秘密殺機

Little Secrets

珍妮佛・席利爾 Jennifer Hillier——著
趙丕慧——譯

給達倫和摩克斯
我的今天都是傷害我的一切造就的
再來一次我還是願意

給蘿莉・柯賽托
沒有妳我走不過來
我永遠感激

1

派克市場平常就是個遊人如織的地方，再加上聖誕節購物的倒數時刻以及極度溫和晴朗的週末——在十二月幾乎可說是史無前例——這裡就成了西雅圖週六午後最繁忙的九畝土地了。塞巴斯欽的外套塞進了瑪琳的托特包裡，可他還是熱得流汗。每次他太用力拉扯，想要走向他要去的地方，兩隻小手就會掙脫她的手。「媽咪，我要棒棒糖。」他又說了一遍。他累了，開始使性子了，他真正需要的是午睡，可是瑪琳還有一件禮物得買。她送禮向來是看人挑東西，這也是她體貼周到的一面，不過她的四歲兒子才不管什麼聖誕採購，塞巴斯欽認為他的禮物都是聖誕老人送的，所以此時此刻他心心念念的就是棒棒糖。

「巴許，拜託，再五分鐘，」她氣惱地說，「然後我們就會幫你買糖。可是你得乖乖的，好嗎？」

這是個公平的條件，所以他也不再耍脾氣了。市場中有家糖果店，他們很熟，因為去過很多次了。糖果店的格調高雅，販售各種糖果，但最出名的是「從可可到巧克力傳統工藝法式奶油松露」。商店的正面漆成湖水綠，炫耀浮誇的店名以鏤空字母在櫥窗上排列成一道金色的弧線：甜蜜巴黎女郎。店裡的商品沒有一樣少於四元，而塞巴斯欽要的特大號棒棒糖——有七彩顏色的那種——要價五元。

沒錯，一支棒棒糖賣五塊錢。瑪琳非常清楚有多離譜，不過也不能怪塞巴斯欽。一開始要不是她強拖著他到這家糖果店裡來買巧克力，他也不會知道世上還有這種棒棒糖；不過憑良心說，他們家的巧克力真的是人間少有的美味。她跟自己說偶爾寵寵他沒關係，再說了，「甜蜜巴黎女郎」的東西都是用有機純蔗糖和當地的蜂蜜製造的。不過德瑞克卻不信他老婆這一套，他覺得她只是因為把兒子變成了跟她一樣不受控的吃貨在找藉口。

不過德瑞克現在又不在這裡。德瑞克在第一大道的某處，在運動酒吧裡享受啤酒，觀看華盛頓大學的哈士奇橄欖球隊比賽，而瑪琳卻得帶著他們沒多久就覺得累的四歲兒子去採購。

她的口袋震動。市場太吵，聽不到手機鈴聲，但是她能感覺得到，她放開了兒子的手去掏手機。可能是德瑞克，球賽已經比完了。她查看了號碼，不是她老公。她現在可沒空閒聊，可來電的是薩爾，她不能不接。

「巴許，別跑掉，」她吩咐兒子，同時按下接聽。「嘿。」

她把手機夾在肩膀和耳朵之間，想到像這種時刻能有藍牙無線耳機會有多好，忽然又想起了她並不想變成那種戴著藍牙走來走去的混蛋媽媽。

「還好嗎？你媽怎麼樣了？」她又握住了塞巴斯欽的手，聽著她最老的朋友敘述他壓力如山大的早晨。薩爾的母親剛動過髖關節手術，正在復元期。有人撞了瑪琳，把她的皮包和托特包都從肩上撞掉了。她對著他們的背狠狠瞪了一眼，因為他們連聲道歉都沒有就走掉了。觀光客。

「媽咪，不要再講了。」塞巴斯欽拽她的手，又開始使性子了。「妳說棒棒糖的。那個大的。有螺旋的。」

「巴許，我說什麼來著？你得等。我們還有別的事要先做。」她對著手機說：「薩爾，不好意思，我可以等一下再打給你嗎？我們在市場裡，這裡簡直就擠爆了。」

她把手機塞回口袋裡，再提醒一次塞巴斯欽他們的條件。這種談條件的做法對他們兩人來說還是新鮮事，是從他兩個月前不肯洗澡開始的。「只要你洗澡，上床以後我們就多讀一本書，」她那時說，而效果卓著，對母子倆是一種雙贏的局面。現在洗澡順利得多，而就寢時，他香香的頭貼著她的臉頰，她大聲讀著自己童年時最愛的書。《好奇猴喬治》和《晚安，月亮》兩本不停輪換。就寢時間的這套模式是她最愛的時光，她在害怕有一天她的兒子會不願擁抱，寧可自己一個人在床上讀他想看的書。

不過現在塞巴斯欽在聽到她說如果他再哀哀叫就得不到棒棒糖時安靜了下來。她跟巴許一樣又累又熱，肚子也餓了，而且咖啡因嚴重不足。糖——和咖啡——都得等一等。他們要在全球第一家開業的星巴克跟德瑞克會合，就在糖果店的旁邊，但是除非該買的東西都買完了，他們母子倆是享受不到的。

她單子上最後一項禮物是給莎蒂的，瑪琳市中心美髮沙龍的經理。她懷孕六個月了，暗示要待在家裡當個全職媽媽。瑪琳尊重任何女性為自己和家庭做的決定，可是她實在很不願意失去她。莎蒂提到過在市場下層的一家經典書書店看到碧雅翠絲．波特的《小兔班傑明的故事》的初版；如果還在，瑪琳會買下送給她。莎蒂為她工作了十年，是非常珍貴的員工，值得一點特別的。再者，說不定可以提醒莎蒂她有多愛她的老闆——以及她的工作——在產假過後她會再回來。

塞巴斯欽又拽她，但瑪琳牢牢抓著他的手，把他往書店帶。幸好，波特的初版書仍在。她在付錢時也放了兩本《小龜富蘭克林》系列到櫃檯上。母子倆正往上層走，她的手機又震動了。這次是簡訊。

比完了。是德瑞克，感謝上帝。她需要幫手。去找你們。在哪裡啊？

她感覺到塞巴斯欽黏答答的小手又溜開了。沒關係，她需要那隻手來敲簡訊。反正，她的兒子就在她身邊，總算追趕上她輕快的腳步，他的一條胳臂緊貼著她的腿，兩人以果斷的快步伐走向糖果店的那條街。答應過的事就得做到，不過她可以承認一想到覆盆子松露巧克力融化在口中的滋味就讓她履行承諾更容易些。

要去那家高級糖果店，她回傳道。然後是星巴克。要什麼嗎？

塔可，她老公答。我餓死了。改到餐車見？

瑪琳做個鬼臉。她不怎麼喜歡那些餐車的塔可，或是任何一種的路邊攤。上次她在這裡吃了塔可，結果上吐下瀉。

不要，她寫道。我們何不到菲尼克斯去買兩個手撕豬肉三明治回家？肉比較好。

現在就餓，德瑞克答道。需要東西墊一墊。還有寶貝，今晚我會給妳好肉，只要妳乖乖的。

她翻個白眼。她的朋友們會抱怨老公不再和她們調情了，她的老公卻樂此不疲。好，就買你愛的油膩塔可，可是你欠我一次，大小子。

好極了，因為我已經在排隊了。他的回答還附了一個眨眼的表情符號。等會見，我會幫巴許買油條。

她正要否決，忽然發覺她不再感覺到塞巴斯欽的手抵著她的腿了。她放下手機，調整了一下越來越重的托特包，再低頭看，四處尋找。「巴許？塞巴斯欽？」

他不在附近。她本能地停下腳步，害得某個人從後面撞上她。「我最討厭有人突然停下來了。」那人對著同伴嘟囔，繞過她，還故意從鼻子裡噴氣。

她不在乎。她看不到兒子了，而她正進入驚慌模式。她伸長脖子，在本地人和遊客之間搜尋，他們似乎全都在市場裡成群結隊行動。塞巴斯欽不可能走得太遠。她的眼睛射向四面八方，想要瞥見她兒子的深色頭髮，無論在色澤上或質地上都和她的酷似極了。他穿了一件褐白雙色馴鹿毛衣，是沙龍的一位老客戶親手織的，塞巴斯欽喜歡極了，這個星期來幾乎天天穿。衣服穿在他身上非常可愛，馴鹿的小耳朵是以假皮草縫製的，兩隻眼睛和鼻子則是鈕釦。

她到處都看不到他。沒有馴鹿。沒有塞巴斯欽。

她在人群中更用力推擠，轉來轉去，覺得快被皮包和兩人的大衣和過飽的托特包壓扁了。她大喊他的名字。「塞巴斯欽！塞巴斯欽！」

有些逛街的人注意到了，但絕大多數人只除了瞄她一眼之外什麼也沒做，自顧自往前走。市場格外擁擠，吵雜聲讓她幾乎連自己思考的聲音都聽不到。她愣愣地往海鮮攤位前進，那兒的三名魁梧的漁夫穿著沾血的工作服正起勁地拋接新鮮鮭魚，娛樂遊客。

「塞巴斯欽！」她徹底的驚慌失措了。她手上的手機震動，是德瑞克傳來另一則簡訊，快輪到他點餐了，他想最後確認她要不要什麼。這則簡訊莫名其妙的討厭。她不要什麼他媽的塔可，她要她的兒子。

「塞巴斯欽！」她放聲尖叫。她早已過了驚慌模式，現在是快歇斯底里了，而且她敢說自己的樣子快像個瘋女人了，因為四周的人正以關切又恐懼的表情盯著她。

一名髮型時髦的銀髮婦女向她走來。「這位太太，我能幫忙嗎？妳的孩子走失了嗎？」

「對，他四歲，這麼高，褐色頭髮，穿一件馴鹿毛衣，他叫塞巴斯欽。」這串話是一口氣說完的。瑪琳需要冷靜下來，需要喘氣，因為歇斯底里是沒有用的。驚慌失措也可能根本就犯不著。他們是在一處觀光市場，有警衛，而且又是將近聖誕節的時候，當然不會有人在聖誕前之前綁架兒童。塞巴斯欽只是稍微晃遠了，某人馬上就會把他帶回來，而她會怯生生地道謝，再用力摟抱兒子。那時她會彎下腰狠狠教訓他，要他時時刻刻待在能看得到媽媽的地方，因為萬一她看不到他，那他也就看不到她，而他的小圓臉會皺成一團，因為每次她生氣他就會難過，無論是什麼理由。然後她會捧著他的臉親，跟他解釋在公共場所他需要時時刻刻都待在她的身邊，因為安全是很重要的。她會再次向他保證沒事了，然後是更多的吻，當然還會有棒棒糖，因為她答應過他。再然後，等他們回到安全的家裡，塞巴斯欽上床睡覺了，她向德瑞克敘述這件事，她會跟德瑞克說她有多害怕——徹頭徹尾的害怕——在她不知道兒子跑哪裡去的那幾分鐘裡。然後就換她老公來安慰她，而且他會提醒她事情圓滿落幕。

因為是會圓滿落幕的。因為他們會找到他，一定會的。

她敲手機，打給德瑞克。她老公一接聽她就失控了。「塞巴斯欽不見了。」她的聲音大了三倍，調門也比平常高了半個音階。「他跑丟了。」

德瑞克熟悉她所有的音調，立刻就知道她不是在開玩笑。「什麼？」

「我找不到塞巴斯欽！」

「妳在哪裡？」他問。她四處張望，這才發現她又移動了，已經走過了魚貨區，現在正站在大門附近那塊標誌性的「公共市場」霓虹招牌下。

「我在豬旁邊。」她說，知道他會了解她指的是那尊雕像。

「待在那兒別動，我馬上就到。」

幫助她的那位婦人又找了三位不同年齡的關心婦女，以及一名男士——是某人的先生——他去通知警衛了。德瑞克兩分鐘後就出現了，氣喘吁吁，因為他是從市場另一邊跑來的。他看了老婆一眼，沒看見塞巴斯欽，表情一呆。幾乎就像是他以為等他趕來時一切都會恢復正常，而他唯一的工作就是安慰一個受驚的又鬆了口氣的老婆跟一個受驚的在嚎哭的孩子，因為安慰是德瑞克很擅長的一件事。可是沒有哭泣的孩子，沒有鬆口氣的老婆，而他暫時愣住，不知道如何處理。

「怎麼回事，瑪琳？」她老公脫口就說，「妳是怎麼搞的？」

這兩句話說得並不高明，活像是存心在指責。他的聲音刺人，她縮了縮；她知道這個問題會糾纏她一輩子。

她做了什麼？她弄丟了兒子，就是這樣。而且她準備要承受一切的指責，向每個人道歉一千次，只要他們能找到他，因為他們會找到他，他們必須找到他。而等他們找到了，他回來了，安全地在她的懷抱裡，她會覺得像個天字一號大白痴。

她巴不得能快點感覺像個白痴。

「他剛剛還在這裡，我放開了他的手傳簡訊給你，然後，他一下子就不見了。」她現在整個人歇斯底里了，而現在四周的人不僅僅是瞪著她看，還停下腳步，主動幫忙，詢問這個走失的小男孩是什麼模樣。

兩名穿深灰色制服的警衛隨著那位伸出援手的先生回來，他已經說明他們要找的是一個毛衣上有狐狸的小男孩了。

「不是狐狸，」瑪琳生氣地說，但似乎沒有人在意。「是馴鹿。是馴鹿毛衣，褐色和白色的，眼睛是黑色的鈕釦——」

「妳有沒有孩子穿這件毛衣的照片？」一名警衛問道，而她咬住了舌頭才沒對他尖叫，因為這是什麼白痴問題。首先，此時此刻會有幾個四歲兒童穿著跟他一模一樣的手織毛衣？其次，她當然有兒子的照片，因為那是她的兒子，她的手機上有滿滿的照片。

他們截取了照片，四處傳送。

卻找不到他。

十分鐘後，警察出現了。

警察也找不到他。

兩小時後，西雅圖警局過濾了所有的監視畫面，她和德瑞克震驚地盯著電腦螢幕，難以置信地看著一個穿馴鹿毛衣的小男孩牽著一個面目模糊的人的手走出了市場。他們消失在最靠近地下停車場的那扇門裡，但未必見得他們就是要進停車場。他們的兒子另一隻手上拿著棒棒糖，色彩繽紛，還有螺旋，就是他的母親有機會的話會買給他的那種。那個給他棒棒糖的人從頭到腳都穿著聖誕老人的服裝，黑色靴子，白眉毛，白鬍鬚。監視器的角度沒辦法清楚照到臉孔，也看不出此人是男是女。

瑪琳不明白她是看見了什麼，就請他們再重播一遍，兩遍，三遍，瞇眼看著螢幕，彷彿如此一來就能看見更多螢幕上沒有的東西。重播的畫面跳動不連貫，說是錄影更像是一系列粗劣的靜止畫面。她每一次看到塞巴斯欽消失蹤影的那一刻，心頭就更驚駭。前一秒他還在，一腳跨過門檻，下一秒就連影子都沒有了。

看。沒有了。重播。看。沒了。

德瑞克在她的後方來回踱步，對警衛和警察說話，語調激烈，但她只聽見幾個字——綁架、偷走、安珀警報、FBI——因為她內心的尖叫聲更大。她似乎沒辦法接受現實，感覺像是發生在別人身上的事情，像是電影裡的情節。

有個打扮成聖誕老公的人帶走了她的兒子。故意的。有目的的。

雖然監視畫面是黑白的，模糊不清，但有一點是很清楚的，那就是塞巴斯欽並沒有被脅迫。他沒有害怕的樣子。他的表情正常，因為他一手拿著一支五元的棒棒糖，另一隻手握著聖誕老公的手。在甜蜜巴黎女郎工作的女士查看了電腦，確認那天賣出了七支棒棒糖，卻不記得有哪個客人是聖誕老人，而且她們的小店裡也沒有裝監視器，只有對街的監視器，就是塞巴斯欽跟綁匪走入的地下停車場入口，可是角度的關係，監視器只遠遠拍到駛出停車場的車輛的側面，沒拍到車牌。塞巴斯欽消失之後有五十四輛汽車離開，警方一輛也追蹤不到。

監視畫面上的時間戳記證實了，塞巴斯欽和綁匪就在孩子的母親發覺孩子不見之後四分鐘離開了市場，那時派克市場的警衛都還沒有收到報案。

四分鐘。偷走一個孩子只需要這麼一點時間。

一根棒棒糖、一件聖誕老人裝，和兩百四十秒。

第一部

一年三個月後

聽著，你只不過是還會喘氣，這樣就叫作活著？

——美國當代歸隱詩人瑪麗·奧利佛

2

聽說像塞巴斯欽這個年紀的孩子如果走失了，二十四小時內找不著的話，那就永遠也找不著了。

這是瑪琳．馬恰多每天早晨醒來腦子裡第一個有條理的想法。

第二個想法是今天她會不會自殺。

有時她下床去洗澡時這些想法就消散了，被蓮蓬頭噴出的熱水沖掉了。有時是在她喝完咖啡駕車去上班時。可有時卻會纏著她一整天，有如喃喃低語，烏雲籠罩住她的心，是她關不掉的配樂。遇上那些日子，她外表上看似正常，是個普通人在跟四周的人聊著普通的事情。但在心裡，卻是另外一種對話。

比方說昨天早上。瑪琳抵達她在市中心的美髮沙龍，穿了一件她在衣櫃後面找到的仍裝在乾洗袋裡的粉紅色香奈兒直筒洋裝。她走進店裡時模樣俏麗，她的接待員——一名金髮女郎，穿衣品味無懈可擊——注意到了。

「早安，瑪琳，」薇儂妮克大聲說，露出燦爛的笑容。「看看妳，把這件衣服駕御得多好。妳美呆了。」

瑪琳回了一笑，穿過高雅的等候區到沙龍後面的私人辦公室去。「謝了，薇。我都忘了有這件衣服了。今天的預約多嗎？」

「都滿了。」薇儂妮克唱歌似地說，就跟大家早上一樣。

瑪琳點頭，又露出笑容，朝辦公室走去，同時想著：說不定就是今天。我會拿起剪刀——不是我去年夏天用來給史嘉蕾．喬韓森剪髮的那把新的，而是我五年前用在珍妮佛．羅培茲上的那把舊的，那一把用起來最稱手——我會拿來刺進我的脖子，就在我能看見脈搏的地方。我會在浴室的鏡子前刺，才不會失手。對，絕對是浴室，他們清理起來會最方便；地磚是石板，水泥漿是深色的，血跡看不出來。

她並沒有動手。想也知道。

但是她卻想過。她隨時都在想。每天早晨，每天晚上。偶爾連下午都會。

今天，幸好，開始得不錯，那些在瑪琳醒來時攻擊她的想法逐漸消褪，在鬧鐘響時已完全消失。她打開了床頭的檯燈，因為口臭而露出苦瓜臉，她昨晚喝光了一整瓶的紅酒。她拿起床頭几上的水杯喝了一大口，漱洗乾澀的口腔，再拔掉手機的充電器。

一通新訊息。活著嗎？

是薩爾，當然了，這是他慣常的簡訊，每天早晨都會傳送，只要他沒收到她的信息。換作是別人，這種簡訊可以說是沒神經，但他是薩爾。他們兩個是老交情，也有同樣的黑色幽默，而她很感激生活中還有一個人不覺得有需要戰戰兢兢以免傷了她脆弱的感情。她也滿肯定薩爾是世界上唯一一個沒有私底下覺得她是爛貨的人。

她以麻木的手指回覆，眼睛仍惺忪，頭仍因宿醉在痛。勉強，她回傳道。這是她一貫的回覆，簡短，但他也只需要這樣。他會在就寢時間再查勤。薩爾知道就寢時和早晨是她最難熬的時段，是她最無法面對變成她的人生的現實的時候。

她身邊的床位是空的。枕頭分毫未動，床單平整。德瑞克昨晚沒睡在這裡，他出差去了，又是。她不知道他幾時回來。他昨天出門時忘了告訴她，她也忘了問。

她失去塞巴斯欽已經四百八十五天了。

也就是說她有四百八十五天沒給兒子洗過澡，幫他換上乾淨的睡衣，送他上床，給他讀《晚安，月亮》。她有四百八十五個早晨沒有在笑聲及跺腳聲中醒來，沒聽見「媽咪，擦屁屁！」從走廊上的浴室傳來，因為他雖然可以自己如廁，他畢竟只有四歲，仍在學習處理自己的基本衛生問題。

四百八十五天的惡夢。

驚慌之情滲入。她花了一分鐘做心理治療師教她的深呼吸練習，讓最糟的情況過去，讓她能恢復功能。正常已經是陌生的字眼，不過她比以前會假裝了。至少，她不再讓別人害怕。她回來上班已經四個月了。規律的工作對她有好處，讓她離開家，給每一天一個架構，給她一些事情思索，而不是滿腦子想著塞巴斯欽。

她把腿放下床，太陽穴一陣刺痛，她縮了縮。她用杯子裡剩下的溫水吞了她的立普能和一顆綜合維他命，五分鐘內就進了浴室。四十五分鐘後，她走出浴室，穿好衣服，化好妝，頭髮乾淨有型。她覺得好多了。不是非常好——她的孩子仍然失蹤，而且仍然是她一個人的錯——但是她還是有時會覺得沒有吊在一根快速鬆開的繩索上。而這次就是。她覺得就是勝利了。

一天過得很快。四位客人剪髮，一位雙步驟染髮，一位法式手刷染，一場員工會議，她參加了，卻是由莎蒂主持的。她在莎蒂懷孕之後立刻把她提升為經理，給她大幅加薪，現在莎蒂管理三家店的經營事務。在塞巴斯欽出事之前，瑪琳就沒辦法缺少莎蒂這條臂膀；之後，她更是連想都不敢想。瑪琳需要待在家裡分崩離析，而她也這麼做了，為期一年，直到德瑞克跟她的治療師建議她也該回去上班了。

她仍然監督一切——生意畢竟是瑪琳的——但她主要是又回去當美髮師，剪髮染髮，服務一群內部稱之為貴賓的老客人。她們全都富得流油，不少人是不算太出名的名人，付六百元的時薪來讓「瑪琳．馬恰多美髮美容沙龍」的瑪琳．馬恰多親自為她們做頭髮。

因為她曾經也是號人物。她的作品刊登在《時尚》、《誘惑》、《美麗佳人》等雜誌上。以前當瑪琳．馬恰多是很酷的。你可以上網搜尋她的名字，那三位鼎鼎大名的珍妮佛——羅培茲、勞倫絲、安妮斯頓——的照片就會跳出來，她全都親自服務過——但是現在有關她的作品的文章已經退到後面了，最新的文章是塞巴斯欽失蹤。大規模搜尋有如石沉大海，倒是許多人投訴警方給她和德瑞克特殊待遇，因為德瑞克也是號人物，而他們是一對人脈極廣的夫婦，是警察局長的朋友（其實是過於誇大了——他們只在幾場慈善活動上見過她），還有謠傳說瑪琳自殺未遂。

而現在她是個警世故事。

是莎蒂的主意讓她回頭去當設計師的。美髮對瑪琳有好處。這是她喜歡的事情，而且站在椅子後面，調合顏色，刷染頭髮，揮舞剪刀是最能讓她揮灑自如的事。美髮是手藝和化學的完美結合，而她深諳箇中之道。

這會兒坐在她的椅子上的是一名叫奧蘿拉的女人，是位老客戶，嫁給了一個從西雅圖水手隊退休的球員。她天生的褐髮漸漸變灰了，而在前兩次的預約中她染成了金髮。奧蘿拉要求臉龐四周的頭髮要挑染成白金色的金髮，有「海灘風」，但是她的頭髮乾燥纖細又老化。瑪琳決定要手工刷染，使用低效的漂白水混合修復護髮素。等她的頭髮色澤變淡，呈現香蕉皮內側的淡黃色後——過程需要十到二十五分鐘，由一百個不同的因素決定——瑪琳幫她沖洗，再換紫色的色號，但是她靜置不到三分鐘，才能創造出客戶想要的完美白金色。

這個過程複雜，卻是瑪琳遊刃有餘的事。去做結果是可預期的事對她來說是極度重要的。她回來上班的第一週，她就明白了她如果早點回來沙龍而不是把時間都花在心理治療上，那她早就會覺得好多了。

「好，妳覺得怎麼樣？」她問奧蘿拉，調整了幾綹頭髮，這才噴上定型液。

「十全十美，就跟平常一樣。」奧蘿拉總是這麼說，因為她好像再也不知道該如何跟瑪琳說話了。過去，奧蘿拉對自己的頭髮可絕不吝於說出喜歡或不喜歡的地方。可自從瑪琳回來工作後，奧蘿拉對她的美髮師就只有不斷的讚美。

瑪琳密切觀察顧客，看是否有不滿意的地方，但是奧蘿拉似乎是真心喜歡，把頭轉來轉去，從各種角度欣賞挑染。她在鏡中給了瑪琳一抹滿意的笑容。「我好喜歡。厲害。」

瑪琳點頭微笑，接受了她的讚美，摘掉了她的圍布，陪她走向收銀台，薇儂妮克正等著為她結帳。她稍微擁抱了奧蘿拉一下，她接受了，但把她抓得有點太緊。

「妳做得很好，甜心，堅持下去。」奧蘿拉低聲說，而瑪琳直覺感到幽閉恐懼。她喃喃回以謝謝，在客人終於放手時鬆了口氣。

「要走了嗎？」她的接待員幾分鐘之後問她，因為看見了她拿著外套和皮包從辦公室裡出來。

瑪琳看了眼接待員的電腦，確認第二天的預約。下午只有三個客人，所以在早晨的治療之後，她還有兩小時跟行政人員吃午餐。理論上這類事她都不必做，可是她不好意思全都丟給莎蒂。

「跟莎蒂說我早上會到，」瑪琳說，看了看手機。「晚上愉快，薇。」

她走向汽車，正發動引擎就收到了薩爾的簡訊。最近似乎只有他能逗她笑而不會害她覺得是出於禮貌或義務。

來酒吧，他寫道。我一個人在對付一群除了百威之外不知道還有別的啤酒的大學屁孩。

不行，她說。要去團體。

好吧，薩爾寫道。那等妳自我鞭笞完了就過來。我想念妳的臉。

她想同意，因為她也想念他，可是每次團體治療之後她總是筋疲力盡。再說吧，她寫道，不想拒絕。你也知道我會有多累。我再通知你。

行，他回傳道。不過我發明了一種新的調酒，想讓妳試試——莫西托加一點石榴汁和鳳梨。

我要叫它夏威夷五一〇。

好像很噁心，她回傳道，面帶微笑。她收到一個GIF文檔，是個男人比著中指，看得她哼了一聲。

薩爾沒問德瑞克在哪裡。他從來不問。

開車到蘇多區，也就是西雅圖的市中心南區，要十五分鐘。等她駛入團體治療所在的破舊購物中心停車場，她又悲慘起來了。沒關係，因為這裡可能是全天下唯一可以讓她覺得有多慘就多慘的地方，而不必道歉，因為她還未必就是房間裡最悽慘的人。就連心理治療都不像這樣。沒錯，心理治療是個安全的空間，但周遭仍然有批評，還有一種未宣之於口的期待，期待她來這裡後變得更好。

今晚的集會卻沒有這類虛飾。「失蹤兒童家長支援團體——更好的西雅圖」是個動聽的名稱，其實就是一群發生同一件慘事的人：大家都有孩子失蹤。薩爾把來這裡描述成自我鞭笞，他沒說錯。有些晚上正是如此，也正是她的需要。

一年三個月又二十二天是瑪琳生命中最難熬的日子，她做了最糟糕的事情。全都是她自己的錯，她不能怪別人，只有怪自己。

要是她沒有傳簡訊，要是她沒放開塞巴斯欽的手，要是他們早一點去糖果店，要是她沒把他拖到書店，要是她早點抬頭，要是要是要是要是要是……

她的治療師說她不能再鎖定那一天，說在心裡重播每一秒，彷彿會有什麼新的線索奇蹟似地跑出來是一點幫助也沒有的。他說她需要找出方法來處理發生的事，走過去，但這並不表示是要她忘掉塞巴斯欽，而是她會過著有意義的生活，儘管發生了那樣的事，儘管她讓事情發生，儘管她做過的事。

瑪琳覺得他滿口廢話。所以她才不想再去找他了。她要的就是鎖定那一天，她就是要持續不斷地去挑開傷口。她不想要傷口癒合，因為如果癒合了，就表示結束了，那她的兒子就永遠也找不回來了。她就是沒辦法理解為什麼沒有人能理解。

只有團體中的人。

她瞪著甜甜圈店褪色的黃色招牌，現在是介於芥末和檸檬的顏色。總是亮著。如果去年有人跟她說她會每個月都來一次，跟一群素昧平生的人消磨時間，她是死也不會相信的。

她不相信的事情多了。

她的鑰匙從手上滑掉，幸好在掉進骯髒的水坑之前她接住了。就像這些日子來的寫照，不是嗎？一連串的滑脫和接住，錯誤和懊悔，不斷地假裝沒事，實際上她只想要崩潰。

有一天，所有的球都會掉落，而且不是打破而已。是粉碎。

3

根據聯邦調查局的統計，當前的失蹤兒童超過了三萬人。數字高得驚人，然而身為失蹤兒童的家長竟然是孤絕無依的。除非是發生在你身上，否則你是不可能了解不知道孩子在哪裡，是生是死，是一種多可怕的夢魘。瑪琳需要待在有這種特殊烙印的人旁邊，她需要一個安全的地方來卸下她全部的恐懼，讓她能夠檢驗解剖，知道房間裡的其他人也在做同樣的事情。

她邀德瑞克跟她一塊來聚會，但是他拒絕了。討論感情不是他的作風，而且他也不肯談論塞巴斯欽。每次有人提到他們的兒子，他就會關機。那等於是在感情上裝死；你越是關心德瑞克，他的反應就會越小，最後你只好放棄，隨他去了。他連對瑪琳都一樣，說不定還是對瑪琳尤其如此。

不到一年之前，她第一次參加團體，那時是七個人。聚會的地點是在聖奧古斯丁教堂地下室。現在只剩下四個人，而且也移到了甜甜圈店的裡間。地點很奇怪，但是「大洞」的店主就是位失蹤兒童的母親。

「大洞」這個店名本該是好笑的，可是法蘭西絲．佩恩並沒有多少幽默感。她遇見瑪琳後說的第一句話就是大洞不是烘焙店，因為它只供應兩種商品：咖啡和甜甜圈。她說叫它麵包店抬舉了她並沒有的烘焙水準。法蘭西絲五十幾歲，樣子卻像七十，臉上的皺紋深刻，彷彿是看著一張地形圖。她的兒子湯瑪斯在十五歲時失蹤。有天晚上他去參加派對，派對上的人個個都是未成年，喝酒嗑藥。隔天早晨他就不見了。誰也不記得看到他離開派對。他什麼也沒留下，就這麼人間蒸發。法蘭西絲是單親媽媽，而湯瑪斯是她的心肝寶貝。他失蹤至今已經九年了。

莉拉．菲格羅阿三十四歲，是最年輕的一員。她有三個孩子，是位口腔衛生師，嫁給了兒童牙醫師凱爾。兩人生養了兩個小男娃，失蹤的孩子叫戴文，她的長子，是前一段戀情的結晶。有一天下課後他的生父去接走了他，他並沒有監護權，孩子從此音訊全無。這是發生在三年前的事情，戴文當時十歲，他和他父親最後一次被人看到是在新墨西哥州的聖塔菲。雖然戴文並不是被陌生人綁走的，他父親卻會家暴，莉拉說。戴文還在襁褓中時，因為哭個不停，他父親就抓著他的腿去爐子上燒，所以她才會帶著戴文離開。

賽門．波尼阿克是團體中唯一的男性。他是伍丁維爾的一位豐田車商，每兩個月就會開一輛他正在展示的新車來。他和妻子琳西以前都一塊來，但是半年前離婚了。她留下了那隻拉布拉多貴賓，而賽門則留在團體中。他總愛開玩笑說她佔了大便宜。他們的女兒布麗安娜在十三歲那年被網路上認識的陌生人誘拐離家，那人假裝成十六歲的男孩崔維斯。調查結果崔維斯是個二十九歲的兼職電子產品倉庫員工，仍然和父母同住，布麗安娜失蹤時他也消失無蹤。這是四年前的事情，兩人至今下落不明。

每個月的第一個星期二，他們四人聚集在大洞裡間的小房間裡。偶爾會有新人加入——法蘭西絲有臉書，聖奧古斯丁教堂的佈告欄以及網站上也有佈告，而且網路上也搜尋得到他們的團體——但是新人往往不會留下來。團體聚會，特別是這個團體，不是適合每個人的。

今晚，來了個新人。法蘭西絲介紹她是潔咪——沒有姓，還沒有。瑪琳走進後頭的房間，一看潔咪的肢體語言就知道無論她是什麼情況，都是剛發生沒多久。她的眼睛浮腫，臉頰凹陷，頭髮仍濕淋淋的，可能是她在出門之前硬逼著自己洗了澡。她的衣服鬆垮垮的，像是最近瘦了很多。很難判斷她的年紀，但是瑪琳猜是接近四十歲。她的Coach包放在腳邊，腳上的Michael Kors涼鞋不斷晃動。她像是那種通常會去做足部護理的人，但現在沒有了。她的腳趾甲很長，也沒有搽指甲油。

瑪琳向大家打招呼。坐下之前選了個烤椰子甜甜圈，跟賽門互換了會心的一眼。看新人能持續多久一向是件有趣的事情。有很多連第一次的聚會都撐不到最後。要這樣子過日子太沉重了。罪惡感太沉重了。

「誰想開始？」法蘭西絲問，環顧眾人。

潔咪低頭。莉拉清喉嚨，大家都很巧妙地轉向她，等她發言。

「凱爾跟我不太好。」莉拉比上次瑪琳看到她時瘦了，黑眼圈也更明顯。她穿著牛仔褲和一件針織厚毛衣，胸前縫了個亮片覆盆子。她喜歡穿「俗氣」的衣服，為了診所裡的兒童病患。她的古早味糖衣甜甜圈碰也沒碰，但是她喝了咖啡，口紅褪色，露出了嘴唇上的乾裂紋路。

「我不知道我們還能假裝沒事多久。我們一天到晚在吵架，而且吵得很兇。大喊大叫，捶牆，摔東西。他討厭我來這裡，他說我是賴著不走。」莉拉環顧大家，全身的每一個毛細孔都滲出疲憊。「你們大家覺得我們是這樣嗎？賴著不走？」

他們當然是這樣子。可是瑪琳沒說出來，因為這不是他們任何一個想聽到的話。

賽門在吃第二個甜甜圈，而她預測在他們今晚離開之前他會吃三個。他和琳西分手之後就胖了，全都累積在他的肚子和臉上，而且他也開始留鬍子來隱藏鬆弛的下巴。他的鬈髮糾纏雜亂。瑪琳有好幾種方法能讓這種鬈髮變得服貼，但是她不知道該如何開口而不顯得勢利。她猜他們已經覺得她愛裝腔作勢了，而且今晚穿著這件香奈兒過來可能也沒能改善她的形象。

「就算我們是『賴著不走』又如何？」賽門說，「總得有個地方去啊。那些想法，那些疑問。如果不拿來這裡說，那我們要拿它怎麼辦？」他吃掉了最後一口甜甜圈，兩隻手在牛仔褲上擦。「琳西覺得到這裡來對她並不健康，她想要不再去想，不再去談。她說有時候她在聚會之後反而覺得心情更壞，因為你們全都在提醒她最後可能不會是好結果。」

大家不約而同重重嘆了口氣。儘管話說得難聽，琳西卻沒說錯。失蹤兒童的支援團體就是這樣子。如果你是幸運兒，最終找回了孩子，你就不會再來。無論生死，你的孩子不再是失蹤的，因此你所需要的支援就不是這個。不是他們。跟團體分道揚鑣是不可避免的事，而且每次都是互相的。尤其是在你的孩子死亡時。團體中沒有一個人想要聽。

而如果奇蹟發生，你的孩子沒死，那你就不會再來了，因為你不想讓其他的家長提醒你曾經歷過的煎熬，他們仍日日夜夜浸淫在其中的磨難裡。

莉拉和凱爾的婚姻從瑪琳加入時就有問題。失蹤兒童家長的離婚率？高得嚇人。至少莉拉跟她先生還會吵架。瑪琳和德瑞克就不會。你最起碼得要有一丁點的在乎才會對某人吼叫，而他起碼對你要有一丁點的在乎才會吼回來。

「他常常跟一個兩個月前在牙醫會議上認識的人在一起，」莉拉脫口說。熱血衝上了臉頰，把她的臉頰染成了跟她胸前的漿果一樣的紅色。「一個女的。他說他們只是朋友，可是他們卻一塊喝咖啡，吃午餐。只要我問能不能見見她，他就會有戒心，說他應該有交自己的朋友的自由。可是我覺得……我覺得他在偷吃。」

團體中一片沉默。

「不會，絕對不是。」賽門終於說。總得有人說句話，而賽門幾乎一向都是第一個說話的，因為漫長的沉默會害他不自在。

「他愛妳，甜心。」法蘭西絲說，卻不夠有說服力。

潔咪沒說話，始終盯著地面，一根手指絞著濕頭髮。

又一聲長嘆，大家都轉頭看瑪琳，她這才明白是她吐出的那口氣。

「他可能是在偷腥，」她說。賽門和法蘭西絲瞪了她一眼。瑪琳不在乎。她說不出屁話，騙莉拉一些她自己都不相信的話，只為了讓這個女人感覺舒服一點。莉拉的孩子失蹤了。他們最起碼能做的事是不要讓她去懷疑她知道她自己知道的事。「妳比誰都了解凱爾。要是妳的直覺說他在偷吃，那妳就不應該忽視不管。我很遺憾。妳不應該遇到這種事。」

一顆很大滴的眼淚流下了莉拉的雙頰。法蘭西絲塞給她一張面紙。

「我早該知道不對勁的，」她說，「凱爾不喜歡交新朋友。我也一樣。你們都知道跟陌生人說話是什麼感覺。」

大家都點頭，包括潔咪。他們是知道。新朋友是最糟糕的。他們不知道你的過去，所以你當下就不得不選擇。你是想要假裝正常，假裝孩子沒有失蹤，把自己搞得心力交瘁？或是願意把一切都說出來，一樣把自己搞得心力交瘁？這種事沒有中間點，而無論你選了什麼，都一樣差勁。

莉拉的咖啡因過量，瑪琳從她的一條腿上下亂晃看得出來。「我沒有證據，只是一種感覺。」

「妳要直接問他嗎？」瑪琳的語調溫和。

「不知道。」莉拉的大拇指指甲送進了口裡，像小狗啃骨頭一樣啃齧。「我不知道該怎麼辦。我甚至不知道自己氣不氣得起來。我們有兩年沒上床了。靠，大概是三年。我都想不起最後一次是幾時了。要是我提起這件事，他會否認，然後我們就會吵架。天啊，我真是吵煩了。」

「妳結婚了，」法蘭西絲犀利地說，「跟別人上床可不包括在婚姻裡，我才不在乎是一次還是好幾次。」

「不過，男人是有需要。」賽門說。

「少混蛋了。」法蘭西絲伸出手去打了他的大腿一巴掌。瑪琳很高興她這麼做，因為她自己也可能會動手。

「別理賽門，」瑪琳對莉拉說，「無論男人有什麼需要，凱爾都不能拿來當藉口。不過除非妳是準備好了，妳用不著提起這件事。」

「要是我永遠也準備不好呢？」莉拉的眼睛又淚汪汪的了。「要是我想把頭埋在沙子裡，不去處理呢？我已經有夠多的問題了，知道嗎？」

「既然妳覺得他在偷吃，就應該離開他。」法蘭西絲坦率地說，「偷吃一次就會再有第二次。」

「可是我們一起工作。」眼淚掉得更快，在她的粉底和褪色的腮紅上留下了痕跡，她擦了擦，卻只是欲蓋彌彰。「我們還有兩個孩子。沒有那麼簡單，法蘭西絲。」

「我只是說妳不應該跟一個背叛妳的人保持婚姻關係。」法蘭西絲雙臂抱胸，每次她相信自己是對的就會這樣。「妳一個人過還比較好。我不是在針對我們這位賽門，不過我很早以前就學會了過沒有男人的日子了。」

對，看妳過的是什麼日子。莉拉和瑪琳互相斜睨了一眼，兩人心有戚戚焉。法蘭西絲有個支援團體和一家甜甜圈店，就這樣。

「那要是我不想『學會』呢？」大拇指又進了莉拉的嘴巴。「要是我什麼也不想改變呢？要是這樣……這樣子對我最好呢？要是我是活該呢？」

「放屁。」賽門說，但是認命的表情卻配合不上強烈的語氣。

法蘭西絲沒說什麼，瑪琳也是。她太累了，沒力氣幫別人打氣，也沒力氣說服莉拉去相信連她自己都說服不了的事。他們都非常清楚她的意思。這個房間裡的每一個人的每一天都背負著沉重的罪惡感：他們沒能保護好自己的孩子。身為家長，這是他們有義務做好的事。

所以，沒錯，他們沒資格過好日子。因為他們的孩子生死未卜。

「別這麼苛責自己。」瑪琳最多只說得出這樣的話，而話一出口，她就縮了縮。好老套，好膚淺。她知道不該說出這種套用勵志名言的陳腔濫調，而莉拉也立刻回擊。

「喔，像妳一樣嗎？」她說，而瑪琳眨了眨眼睛。「那妳為什麼還死拖著不離婚？妳跟德瑞克幾乎都不說話了。你們兩個上一次上床又是什麼時候？還有妳……」她把兇惡的目光轉向法蘭西絲。「妳大概從石器時代就離婚了，會跟妳說話的人現在就坐在這間甜甜圈店裡。妳可不是什麼理想的典範，讓我想要在二十年後仿效。」

「莉拉，別這樣，」賽門說，又伸手拿甜甜圈。他的第三個，依照瑪琳的計算。「這樣不厚道。」

「喔，你就厚道了！」莉拉的聲音越來越大。「厚道又讓你得了什麼好處，賽門？你老婆離開你了，而你從來這裡開始就因為甜甜圈胖了二十磅了。」她轉向潔咪，莉拉的眼神一落在她身上，她似乎就萎縮了。「妳確定妳要來這裡嗎？因為這也是妳現在的生活了，妳需要的話，還是有時間可以停留在否認期。」

「嘿，」瑪琳說，拉高了聲音。莉拉對她和法蘭西絲發飆是一回事，她們應付得來。但是賽門卻敏感多了，而且等他哭起來——而且是一定會——大家都會受不了。再者，新人絕對不應該受到這種待遇。他們的日子已經夠煎熬了。「我了解妳很生氣，不過別亂發火。我們是站在妳這邊的。」

「可是我不想要在這一邊。」莉拉的聲音顫抖，手也是。「我不想來這裡，在這一邊，跟你們一起。你們不懂嗎？我不想要這樣子活。而且我也不想聽到妳這樣活，因為如果德瑞克現在沒有出軌，將來也會。男人都一樣。」

「哇哇哇！」賽門舉高了兩隻肥嘟嘟的手，而他的嗓門還是瑪琳聽過最響亮的一次。「大家先休息一下吧，女士們。」

「喔，去你的『女士們』，」法蘭西絲說，站了起來。不出一分鐘，她就會去抽菸。「莉拉，甜心，要嘛妳就忍，要嘛妳就不忍，反正別對我們大吼大叫。我只是說，妳是有選擇的，好嗎？而且妳也有權選擇。不過繼續跟著一個偷吃的老公，只因為妳怪自己害孩子被綁架，妳這樣只是在懲罰自己跟另外兩個孩子。戴文的事不是妳的錯。」

「我沒有準時去接他。」莉拉語不成聲。「我遲到了，要是我沒有遲到，他父親就不會有辦法帶走他，我的兒子就會平平安安地跟我待在家裡。」

「對，他的老師根本就不應該讓他走。」法蘭西絲激躁了起來。她拍打口袋，尋找香菸。

賽門吃完了第三個甜甜圈，把更多的糖霜往牛仔褲上擦。

「可是我遲到了，」莉拉又說，「我遲到了，所以是我的錯。」

「對，戴文被帶走時妳不在，」瑪琳小聲地說，「可是塞巴斯欽被帶走時我卻在。我在那裡。」

「塞巴斯欽只有四歲，瑪琳。孩子都會亂跑。」賽門的語氣跟表情一樣疲憊。「百分之九十九的時間他們都只是跑丟了，又被找回來。不是妳的錯。他會不見是因為有人帶走了他。是綁匪帶走了他。」

他轉頭看莉拉，她在默默痛哭。「而妳的前男友也是個綁匪。妳以為戴文在學校裡很安全，因為學校的責任就是保證他平安無事。確實是，直到那一天。妳遲不遲到都不會改變結果。就算妳準時出現，他父親也會換一種方法把他搶走的。」

大家都呆坐著。這些話之前都說過，但是聽見有人說出來卻很有幫助，即使只是一下子。

瑪琳瞧了潔咪一眼，她對剛才的事毫無反應。她不由得好奇這名新人是服用了哪些抗憂鬱藥。

「休息十分鐘。」法蘭西絲宣布道。別人都還沒出聲她就一手拿著香菸走出了後門。

賽門去洗手間，莉拉吸著鼻子，往女廁直奔而去。瑪琳也得上廁所，但是女廁只有一間，而她知道莉拉需要時間冷靜下來。潔咪站了起來，伸個懶腰，再晃向放甜甜圈的桌子，瀏覽了一遍，挑了一塊楓糖的。這會是她最愛的口味嗎？瑪琳猜測著。她會留下來夠久，找到最愛的甜甜圈嗎？

因為這個團體很糟糕。薩爾是怎麼說來著？喔，對了，自我鞭笞。

賽門對綁匪的說法是正確的。塞巴斯欽快三歲那年的七月四日週末也在奇幻世界跑丟過一次，在人世間最漫長的五分鐘之後，有位陌生人把他帶回來給她。因為那位陌生人看到一個小男孩在人來人往的主題公園中走失，他就決定要幫孩子找到母親。因為那位陌生人不是綁架犯，不是戀童癖，也不是殺人犯。

但是帶走塞巴斯欽的那個陌生人卻是個綁架犯。無論是那個陌生人發現塞巴斯欽在遊蕩，就決定是帶走孩子的好機會，或是事先預謀的，他都是綁架犯，因為他們沒有把塞巴斯欽送回來。差別就在這裡。

一年四個月了，她還是沒辦法理解。塞巴斯欽才四歲，卻是個聰明的孩子。瑪琳和德瑞克都教導過他跟陌生人說話有多危險，教他不能不先問媽咪或把拔就拿別人的玩具或食物或任何一種禮物。他在幼兒園裡也學過，在家裡也討論過。

可那是聖誕老公公。孩子們受的教導是要愛聖誕老公公，可以跟他說話，即使他們膽小或害怕，可以坐在那個歡樂老精靈的大腿上，告訴他他們想要什麼聖誕禮物。而他們可以得到一根柺棍糖。他們因為跟陌生人說秘密而吃到甜頭。

莉拉回來了，兩眼紅腫，但已經鎮定下來了。她走去倒咖啡時捏了捏瑪琳的胳臂，這是她道歉的方式。瑪琳對她微笑，這是她接受道歉的方式。兩人都熟知彼此的沉默姿態；她們每個月都會來一遍。

瑪琳從廁所回來，法蘭西絲又坐回位子上了，談起她作的和湯瑪斯有關的惡夢。她在前兩次聚會時談過，聽起來情況是變得更差了，她會半夜驚醒，呻吟出汗，胃糾結成一團。

「我昨晚看到他，他的半張臉好像被打得血肉模糊。」法蘭西絲一面敘述她的夢一面發抖。

「他的眼珠掉出來了，顴骨露了出來，好像是臉皮被撕下來——」

「法蘭西絲——」莉拉閉上眼睛，但是賽門噓她。潔咪向前傾，似乎是聽得入迷。

「——而且他向我伸出手，我緊緊抓住他的手，好冰。」法蘭西絲的五官糾結，他們每一個都提高了警覺。她通常都非常堅忍，幾乎沒有情緒，更別說是哀傷了。「我覺得……我覺得他是想跟我說他死了。而我應該要讓他走。」

「法蘭西絲。」又是莉拉，這次比較慢，聲音極輕。「法蘭西絲，不要。」

而，終於來了。他們就要失去法蘭西絲了。

希望也只能維持這麼久，只能帶著你走這麼遠。是祝福，也是詛咒。有時，你有的也只有這個。在沒有別的什麼可以攀附時支持著你前進。

但是希望也很恐怖。它讓你一直想要，一直等待，一直希望某件事從來沒有發生過。它像是一道玻璃牆，隔開了你所在之處以及你想要所在之處。你能看到你想要的人生，卻搆不著。你是碗裡的一隻魚。

「我等了九年了。」法蘭西絲的聲音發抖。「沒有理由認為湯瑪斯會回來了。說不定他真的是逃家了。即使我能接受他是出於自己的意願離開的，他也不是一個堅強的孩子。他才十五歲。他沒有街頭求生的智慧。他靠他自己是沒辦法撐這麼久的。」

法蘭西絲在抽噎。她的眼睛是乾的，但如果哭泣不是由眼淚來斷定的話，那可以說法蘭西絲是在嚎哭。「而且他一定會打電話給我，他會讓我知道他沒事。他現在應該二十四了。二十四。在我的夢裡，他仍然是十五歲。一直沒長大，我不知道我還能等多久……多久……」

莉拉從椅子上跳了起來，搶在瑪琳之前衝向法蘭西絲，緊緊抱住了這個無淚啜泣的女人。瑪琳環抱住她們兩個，她感覺到賽門在她的身後，但是她扭頭去看，發現不是賽門，是潔咪，那個新人，默默流下哀痛與團結的眼淚。賽門在幾秒鐘之後也加入。

最後的接受是很艱難的，無論是你得到了消息或是你自行推論出結果。但或許現在法蘭西絲可以開始讓傷口癒合了。

大家都分開之後，瑪琳迎視賽門的眼神，看得出他在想什麼。他們得為這個愚蠢無用，所謂的支援團體找個新地點了。幾分鐘後聚會結束，他們四人向法蘭西絲道別，往外走。潔咪的車就停在瑪琳的旁邊，兩人同時按下了遙控器。

「滿可怕的喔？」瑪琳跟她說。這次的聚會不能算是第一次來的人的理想經驗，如果下次不會見到這個女人，她也不會覺得意外。

「對。」潔咪的聲音比她預期中輕軟，幾乎像個小女生。「『可怕』是很正確的形容。可妳知道嗎？我覺得好多了。下個月見。」

兩人坐進車子裡，瑪琳這才又想到，而且不是第一次了，有時只有別人的痛苦能讓你覺得你自己的沒那麼難以負荷。

4

私家偵探的電郵讓她瞬間凍結。

整整七秒鐘，瑪琳動彈不得，也無法呼吸。她才剛步出淋浴間，濕髮滴水在大理石洗手台上，俯身瞪著手機上的名字：凡妮莎．卡斯楚。主旨空白。

她知道是七秒鐘，因為她在數。等她數到五，她才想起凡妮莎．卡斯楚如果有壞消息是不會發信給她的。她不會用一封信告訴瑪琳她的兒子死了。等她數到七，她吸口氣，打開郵件，讀了起來。只有兩行。

嗨——今早有空見面嗎？
我十點前會到辦公室。

她想見面？天啊。無論私家偵探想告訴瑪琳什麼壞消息，她都想要當面說。

有關塞巴斯欽的消息要如何告訴她並沒有什麼特定的章程，假如真有這麼一天的話。她們從沒討論過。凡妮莎．卡斯楚只說過一件事——而且比較像是不經意提到的——要是她發現了什麼重大的線索，她會立刻就打電話給瑪琳。

瑪琳以發抖的手回覆。

我會到。——MM

四百八十六天。會是今天嗎？萬一私家偵探是要告訴瑪琳她的兒子死了，她一定不會讓瑪琳等上九十分鐘才知道。

但話說回來，也許她會。也許就是這種做法。如果她的兒子死了，那她是現在就知道，或是一個半小時後才知道又有什麼分別？

瑪琳開始更衣，努力要讓心裡裝滿別的事情。在離開房間之前，她先整理了一遍。今天是丹妮艾拉來打掃的日子，但並不表示就該讓她去撿地板上的衣服或是鋪床。反正也花不了多少時間；德瑞克那邊的床單仍是整齊的。她把已經蓬鬆的枕頭拍鬆，忽而想到她不知道她先生今晚幾點會出差回來。昨晚就寢前的簡短訊息中他並沒有明說。不過，她也沒問。他並沒有建議兩人一起晚餐，她也沒說要做飯。

他們現在就是這樣子。過著平行的生活，大多數時候是齊頭並進，從來沒有交集。

她經過塞巴斯欽的房間，一手按著他的門把。只一秒鐘，跟每天一樣。丹妮艾拉不准進來打掃。

瑪琳今天下床得比較輕鬆。她在團體聚會之後總是睡得比較好，而且昨晚回家後也什麼都沒喝。今天早上鏡中人的差異是很明顯的——沒有充血的眼睛，沒有眼袋，沒有浮腫。要不是私家偵探的電郵，今天或許會有個像樣的開始。

她下樓到廚房，啟動咖啡機。這台百富利咖啡機很奇妙，從卡布其諾到拿鐵，只要一鍵就能搞定，咖啡豆是機器為每一杯單獨現磨的。她坐在中島的高腳凳上等著咖啡煮好，一面查看今天的行事曆。她在聯絡簿上找到一組號碼，按下撥號。響了兩次就轉入語音信箱，就和平常一樣。他從不接電話。

「嗨，陳醫師，我是瑪琳．馬恰多，」她在第一個嗶聲後說。聲音略微沙啞，因為是今早第一次開口。「我有急事，跟我兒子有關的，所以不能去看診了。我知道取消得太晚還是要收費，沒關係。謝謝。」她頓了頓，掛上了電話。她可以稍後再打，但是目前，她不確定她想不想再見到她的心理治療師。

陳醫師沒有什麼不好。他人很好，態度冷靜，能體諒，會安慰，很容易傾談，就是治療師應該有的樣子。但是心理治療很難受。全得靠你一個人，而且在開始有回報之前對你的要求很多。而上一次的看診，事情變得……火藥味十足。

瑪琳終於把她的秘密告訴了陳醫師。

她去看診之前就計畫要說，小部分原因是她想要說。那是她之前從來不敢告訴別人的事。但不止如此，她是在測試他，衡量他的反應，看他是否「允許」她繼續，或是會想要她停下來。

在她終於把話說出口之後，陳醫師一向不動聲色的臉孔出現了驚訝之情，但立刻就轉換為關切。不過，他還是過了很久才開口，而開口時他的音調溫和卻堅定。然後他說了瑪琳知道他會說的每一句話。而也許這就是她會告訴他的原因。才能讓他跟她說是錯的，才能讓他叫她不要再做了。

「妳剛才跟我說的事，瑪琳，完全沒有建設性。」陳醫師的聲音把握得很有分寸，但是絕對有警覺隱藏其後。就在他的肢體語言裡，他的姿態比一分鐘前僵硬了一度。「對妳來說不健康。事實上，我覺得妳應該停止。馬上就停。」

「我並沒有每天晚上都做，」瑪琳說，「甚至不是每個星期。只有……在我沒辦法不想他的時候。在我沒辦法不擔心的時候。」

「我了解。可這不是處理的辦法。」陳醫生向前傾。他唯有在覺得不得不強調意見時才會如此。「這樣子……非常不OK。我非常擔心養成了習慣會助長妳傷害自己的想法。更不用說，」他說，以惱人的平靜態度，又回去靠著椅背。「那還是違法的。妳有可能會惹上大麻煩。妳可能會被捕。」

她就知道他會這麼說。她只是需要聽見他說出來。她為自己說話，聲音越來越大，而他仍是一逕的正常語調，直到她的看診時間終了。不過他的挫折是很明顯的。心理治療師也並不是對情緒免疫的。

寫完給陳醫師的訊息後，瑪琳給莎蒂發簡訊。我今天早上不去了，她寫道。抱歉，我知道我答應過要跟妳一起審查販賣機合約的。

不用擔心，莎蒂回道。沒事吧？

不知道，她寫道，瑪琳看著三個發光的點掠過螢幕，等著對方回覆。莎蒂不會多問，從來不會，但是她八成能察覺到瑪琳在擔心。莎蒂不僅僅管理瑪琳的沙龍——她也是極親密的朋友。最後，她的回覆傳來了，貼心又簡短，一如瑪琳的預期。

了解。有需要的話我都在。*xo*

要是沒有莎蒂，她真不知道該怎麼辦。

塞巴斯欽失蹤後一個月，**FBI**跟他們說尋找他們兒子的事會一直列入「進行中」的案子，但是當下並沒有可追查的線索（是「這件案子要暫時擱置」的巧妙話術），感覺就像是又一次失去了孩子。

而瑪琳應付得並不好。一點也不好。

一週後她出院，她做的第一件事就是打給私家偵探。凡妮莎．卡斯楚的名片在她手上一陣子了，至少是有兩週了。卡斯楚把名片留在市區沙龍櫃檯的塑膠缽裡，她之前來做過足部保養。沙龍每個月會抽獎，提供免費服務，但是凡妮莎．卡斯楚並沒有得獎。瑪琳會看到名片是因為她的袖子被缽勾住了，把塑膠缽打翻了，裡頭的名片全都撒在地上。

這位私家偵探的名片並不特別出色——「艾賽克與卡斯楚」幾個字以樸素的藍墨印在中央，底下以小一點的字印著「私家偵探凡妮莎．卡斯楚」——但是在地磚上散落的二十來張名片中，只有這一張是面朝上的。有可能這是唯一一張她需要看到的。宇宙有時就是這麼有意思。

塞巴斯欽那時已經失蹤兩星期了。瑪琳把名片放進口袋裡，之後，在她從精神科出院之後，她就撥了電話。

卡斯楚跟她的生意夥伴都是前西雅圖警察，她專精尋找失蹤兒童，而且也打出了名號，因為她會去警察不找或是不能去找的地方調查。她不拘泥，有點離經叛道。她的外表儘管時髦，卻不怕弄髒手。而且她也貴得離譜。兩人初次見面，她就要瑪琳叫她凡妮莎，但是感覺不對——她們既不是朋友，那次也不是在週日一起吃早午餐。

瑪琳雇用了這名女子來找她的兒子。她沒辦法懷著沒有人在找她兒子的想法活著。一定得有個人在找。

帶走塞巴斯欽的人是否真的認識他，這一點一直是瑪琳和警方——以及稍後的FBI——之間的爭議所在。他們找不到證據可以指出綁匪是他們家的朋友或相識之人，他們搬出統計數字說陌生人綁架案「少，卻意義重大」。他們相信聖誕老人裝束意味著綁匪的意圖就是要偷走孩子——可能是隨便誰的孩子，在一個人滿為患，擁擠堵塞的地方——因為對兒童而言，只有聖誕老人最能代表聖誕節。即使是一個不會自動相信成人的兒童都可能會被紅袍和白鬍子引誘。至於棒棒糖，她和塞巴斯欽離糖果店沒多遠，如果有人已經計畫要綁架他，那綁匪可能偷聽到他們母子的談話。

瑪琳不同意。她雖然承認塞巴斯欽是個天生活潑外向的孩子——而且相當信任成人——他卻不會任由自己被帶走，而不回頭看一眼。而且，聖誕老人又怎麼會知道塞巴斯欽喜歡哪一種棒棒糖？瑪琳看了粗糙的監視畫面幾千遍，她比地球上任何人都要了解兒子。他愛聖誕老公公，但是他親眼看見聖誕老人站在他面前卻會害怕。他一定會先尋求瑪琳的保證，才會安心地去接近他。

除非那是他認識的人。

可是他們在生活中接觸過的人都被偵查過。一個也沒遺漏。而每個人的不在場證明也都查實了。每一個。這一年來，卡斯楚重複了FBI做過的每一件事，以及別的事。

一個月前她們的最新動態會議，瑪琳請卡斯楚擴大範圍，調查德瑞克的員工，以及她的員工，連同她所有的客戶。德瑞克的公司在十二月初舉辦了一場員工暨家屬的聖誕派對，瑪琳在夏季也為客戶辦了一場「感恩烤肉會」。凡是參加這兩場派對的人都見過塞巴斯欽。瑪琳要他們每一個的背景都受到調查，所以卡斯楚就從跟德瑞克和瑪琳走得最近的員工開始。

她頓住。如果是莎蒂帶走了塞巴斯欽呢？萬一私家偵探要告訴她的事就是這個呢？

這是她的心頭第一次掠過這種想法，瑪琳對著空洞的廚房爆出笑聲。太荒唐了。怎麼可能是莎蒂？再說了，她才剛懷孕，她幹嘛會想要瑪琳的孩子？

瑪琳弄著咖啡，倒入一只玻璃杯，杯身的側面蝕刻著沙龍的商標。她的三家分店都販售這種特大號、玫瑰金色的玻璃杯，售價是六十五元，對咖啡杯來說簡直是獅子大開口，但是客人還是固定會給自己買或是買來送人。有時瑪琳會用杯子裝酒，但今天不行。

她坐進車子裡，不知是否該打給人在波特蘭的德瑞克，讓他知道可能有壞消息。儘管兩人在感情上疏離，她並不介意現在聽到他的聲音，因為總是那麼的令人心安、那麼的務實。他一定會提醒她凡妮莎．卡斯楚曾經是警察，現在是專業的私家偵探，如果有確定的線索，她一定立刻就會說出來，絕不會拖到面對面的會晤。

她很想跟他談一談，但是不行。她連一點小事都不能跟德瑞克說。

她一直沒告訴先生她雇用了私家偵探。

5

「車多嗎？」卡斯楚在瑪琳抵達她在弗瑞蒙的小辦公室時問道。她從不問瑪琳好不好。她當然知道。私家偵探自己好像也是剛到，大衣都沒脫。

「橋上的車還好。」瑪琳坐在她對面，注意到上個月來後有些地方改變了。小魚缸以前是擺在牆邊的矮書架上的，現在換到了辦公桌的角落，瑪琳可以近距離觀看。裡頭只有一條魚，是隻鬥魚，紅尾豔麗，她盯著牠游來游去，而卡斯楚則登入電腦。

她跟卡斯楚通常每隔一個月會更新一次動態，不過老實說，一切的訊息都可以用手機或是電郵通知。然而，卡斯楚似乎了解跟失蹤兒童的家長面對面談話對於孩子的母親是有好處的，而且她們每次見面她對瑪琳都是既有耐心又不會拐彎抹角。

對瑪琳而言，她覺得跟私家偵探會面比去找心理治療師有效。

「謝謝妳能在這麼短的時間過來。」卡斯楚在她面前放了一小瓶水。通常她會請瑪琳喝咖啡，但今天處處都感覺不同。

「沒事。」瑪琳瞪著她的臉，尋找著就要聽到恐怖消息的跡象。卡斯楚幾乎是個深藏不露的人，倒是瑪琳像是有點緊張不安。

「好……」卡斯楚停頓了一下。「不是塞巴斯欽的事。」

瑪琳直到吐出一口長氣才知道自己屏住了呼吸。喔，感謝上帝。她伸手去拿水瓶，轉開了蓋子，喝了一大口。

「抱歉。」卡斯楚的眉頭緊鎖。「我不是故意要嚇妳的，我應該在信裡說清楚的。」

「沒關係，」瑪琳說。其實是有關係，但是目前她除了鬆了口氣之外還沒辦法處理別的情緒。「那是為了什麼事？」

「是……」卡斯楚又猶豫了，而瑪琳雖然不再提著一顆心，卻無法想像是什麼事害得私家偵探如此不安。拜託，這個女人以前可是兇案組的。「妳先生好像在跟某人見面。」

什麼？瑪琳又喝了一口水，瞪著偵探，並不完全理解。「妳是什麼意思？」

「我不確定你們兩個的情況如何，可是上次我們見面，妳沒提到分居——」

「我們沒有分居。」

「那我必須非常遺憾地說妳的先生有外遇。」

瑪琳眨眨眼。她聽見了偵探說的每一個字，也不需要她重複，不過，她或許需要卡斯楚用另一種方式來溝通。兩人默默對坐了幾秒，瑪琳覺得她是在等提詞，卻怎麼等也等不到。

這個女人到底在說什麼啊，外遇？她不可能是為了這個把我找來的，這不是她受雇的原因。

彷彿是看穿了她的心思，卡斯楚敲了敲鍵盤，再把螢幕轉過來讓瑪琳看。是一張照片，全彩的，是德瑞克。跟另一個女人。照片充填了整個螢幕。

瑪琳瞪著看，嘴巴合不攏。她的大腦像是想要各別解析她看見的一切；她沒辦法一次吸收。

頭髮。衣著。臉孔。手。樹木。人行道。靴子。笑容。年紀。種族。站在德瑞克身邊的女人有點像奧莉薇亞．穆恩，那個以前跟某個美式足球員約會的演員。但是這個女的絕對更年輕——瑪琳不知道她幾歲，她猜是二十四、五。熟悉的火花冒了出來，是她下巴的角度，她眼睛的形狀。可瑪琳眨了眨眼，那份似曾相識之感就消失了，這女人也變成了陌生人。

一個陌生女人牽著她老公的手。

卡斯楚按了滑鼠，照片就換了一張，是同一天拍攝的，可能是在一兩分鐘之後。

那個陌生女子在吻她的先生。激情地。在戶外。在光天化日之下。

「這是昨天下午拍到的。在波特蘭。」這位私家偵探知道如何傳遞壞消息。她的聲調改變，同情卻中性。她彷彿是在地方電視台播報新聞，讀出讀稿機上的文字，告訴觀眾地球上某處剛剛發生了一件災難，再轉回給查克和蓋瑞播報體育和天氣。「是我的一個眼線傳給我的。很遺憾妳必須這樣子知道。」

德瑞克並不只是去出差——他是帶著他的……他的……情婦一起去的。「情婦」是跑進她腦海裡的第一個字眼，女朋友、情人、小三、妓女也一一掠過，但不知如何，情婦似乎是最貼切的。更齷齪，更可恥，符合她的感覺。

哼，不然妳是覺得應該怎樣？腦子裡有個小小的聲音低聲說，而她也在心裡一巴掌拍過去，像要打死一隻討厭的蚊子。但是牠不肯走，仍在嗡嗡叫，而且一聲比一聲響亮，一聲比一聲堅持，要是她再不冷靜下來，她就會在私家偵探的辦公室裡當場恐慌症發作。

卡斯楚盯著她，一臉關切。「妳還好嗎？」

瑪琳似乎開不了口，她只能點頭，閉上眼睛，咬著牙做了幾次深呼吸。她死命抓著軟墊椅臂，手心冒汗，等著大腦裡務實的細胞打勝這場仗。邏輯上她了解她是安全的。她的心臟並沒有真的裂成兩半，世界也並沒有崩解，房間的牆壁並沒有壓合。卡斯楚以前是警察，一定知道急救方法，真的不幸到這一步的話。瑪琳今天不會死，無論她感覺是有多像是會死掉。

她的皮包裡有贊安諾，但是她是死也不會吃的。她不會讓任何人知道她依靠藥物來讓自己免於溺斃。她又做了個深呼吸，再一個。一會兒之後，她的心率放緩，恢復正常。她睜開了眼睛，緩緩將視線集中在偵探的臉上。

「那個狗雜種，」她終於說出話來。伸手去拿水瓶。「他現在就跟她在一起？」

「事實上，他們現在沒有在一起。」卡斯楚盡量說得既溫和又專業。「他們共度昨天，然後她今天一大早就搭火車離開了波特蘭。我查看了她的IG，上頭提到今天有課。」

波特蘭。火車。IG。有課。太多了。瑪琳又閉上了眼睛，彷彿閉上就能阻擋住卡斯楚剛才向她揭露的畫面。沒有用。已經烙印到她的心裡了。「她是老師？」

「她是研究生。藝術學院。」

瑪琳縮了縮。

「很抱歉。」卡斯楚搖頭。「我知道這樣只是火上澆油。」

「她多大了？」

「二十四。」

二十四，還是藝術家。一個學生，拜託。瑪琳又睜開了眼睛，視線迎向私家偵探的，她正以純粹的同情盯著她，那個神情是那麼的真誠，害她好想哭。

又一分鐘過去，然後卡斯楚開始描述她是如何發現的。根據上次會面瑪琳的指示，她開始調查德瑞克的員工，而他在波特蘭的工廠中有兩個人引起了她的注意。她找了奧勒崗的一位同業，也是警察，放假日則兼職私家偵探，請他深入挖掘。他查到兩名員工都有被捕的紀錄，也被起訴，只是兩件案子都被駁回。

「他們是因為什麼被捕的？」瑪琳問道，想要集中精神在調查細節上，而不是另一個女人的嘴唇緊緊貼著她先生的嘴唇的畫面上。

「一個是因為在酒吧鬥毆，」卡斯楚說，「另一個女的是攻擊隔壁鄰居。」

「女的？」

卡斯楚的嘴上掠過笑意。「她們顯然是合不來。事件起因是有位鄰居指控她偷了她的花園裝飾陶製小精靈。」

卡斯楚說明她的波特蘭同業最後查到了德瑞克下榻的飯店外面，碰巧看見了瑪琳的丈夫跟一個女人從側門出來，而他認出她不是瑪琳。好奇之下，他跟蹤了他們一會兒。他們是要去吃晚餐。珍珠區的亨利客棧。

卡斯楚在敘述時，瑪琳又縮了縮。亨利客棧是她最喜歡的一個休閒場所，而她和德瑞克只要去波特蘭就一定會去一次。他們的芒果瑪格麗塔非常好喝，也有極美味的炸魷魚，裹上麵糊，大火煎炸，再撒上現磨胡椒和海鹽，附上墨西哥辣椒蒜泥蛋黃醬，足夠兩個人吃。

「是什麼原因會讓妳的線人查到那家飯店？」瑪琳努力不去想像她先生餵他的情婦吃炸魷魚。他當然不會點他們一向會點的開胃菜吧。

「他調查了那個員工的通聯紀錄，那個因為在酒吧鬥毆而被捕的，」卡斯楚說明道，「有一通十分鐘的電話從摩納柯飯店打到他的手機。他在飯店外盯梢，看到德瑞克跟另一個女人從飯店走出來，他就拍下了照片，傳送給我。」她按了滑鼠。「對了，那條線索是不相干的事。原來那名員工的連襟為了到波特蘭看拓荒者比賽，兩人在約定相會的時間。電話就是他的連襟從飯店房間打出去的。」

螢幕上出現一張新照片。他們坐在了餐廳裡。德瑞克在說話，兩手比劃著，他的情婦被他說的話逗笑了。兩人都點了調酒。德瑞克的是老經典，是他必喝的調酒，就算她不知道，看到柳橙皮也絕對認得出來。那個情婦喝的是粉紅色的——草莓黛綺莉？——還插了支傘。

兩人正他媽的共享著炸魷魚。

讓人意外的地方是在塵埃落定之後瑪琳有多麼的震驚，即使她有所覺察，即使在某個程度上她知道。她並沒有對種種跡象視而不見。她和德瑞克結婚就快滿二十年了，儘管她每晚都喝酒服藥，她也知道情況起了變化。不僅僅是他們不再上床，或是德瑞克越來越常因為工作而外宿，而且外宿的天數也越來越多。而是他在家時，他們兩人之間有一種感情上的距離，越拉越遠，而目前已經到了一塊大陸的大小了。

「我昨晚沒寫信給妳是因為我需要先深入調查，」卡斯楚說，「因為我假設妳會有疑問。」

「多久了？」話說出來像烏鴉叫。瑪琳又喝了一口水潤嗓子，把整瓶水都喝光了。卡斯楚把空瓶丟進了辦公桌旁的回收箱，又放了一瓶水在她面前。

「據我所知，至少半年。」卡斯楚又在敲鍵盤。

半年。半年。那就不是逢場作戲，那是談戀愛。

瑪琳吐出重重一口氣，了解了事情的嚴重。這半年來她是死到哪兒去了，竟然會沒有發覺？喔，對了，是在應對他們的兒子失蹤的這件事。這種事往往會佔據做母親的全部的精力。

餐廳照片消失了，瑪琳硬起頭皮來承受另一道刺心的傷口。但出現的不是照片，而是一張試算表，是德瑞克的通聯紀錄。卡斯楚快速捲動頁面，她已經把那個女人的號碼標示出來了，無論是來電或是打出去的。鮮黃色的星點不停掠過。如此看來，德瑞克跟他的情婦聯絡得很殷勤。

「通聯紀錄可以追溯到六個月前。我可以再往前追查，不過我得用另一種方法取得資料。我只能查到這些，因為他的手機帳戶是在妳的名下。」

瑪琳不打算問她這些紀錄是如何取得的。去年她們第一次見面她就給出了非常清楚的條件。每條線索都不能放過。不能有遺漏。每條線索都要追，無論會查到什麼，無論會查到誰。她本期待——不，是她執意要求——公開透明。私家偵探查到什麼瑪琳都要知道。

卡斯楚說她辦得到，卻警告瑪琳她使用的並不是平常的手段。瑪琳對她做事的方法知道得越少越好。然後她又提醒她說客戶不見得會喜歡答案，有時得不到解答反而會比知道真相更輕鬆。

而真相是此時此刻，瑪琳結褵將近二十年的先生正在和一個年輕的女人上床。而且已經為時整整半年了。

她的喉嚨感覺像砂紙，她扭開了第二瓶水。「德瑞克以前總是每個月去一次波特蘭的工廠，現在則是每星期都去，而且一次都去好幾天。他的公司有拓荒者的年票，」她有氣沒力地說，彷彿這就說明了一切，彷彿這麼一來他老是不在家就有了合理的藉口。而又因為她有自虐傾向，她問道：「還有照片嗎？」

卡斯楚又按了滑鼠，另一張照片充滿了螢幕。德瑞克兩手抱著那個女的，兩人都在笑，瑪琳又一次感覺她見過她。她會有這種想法並不稀奇——她有三家沙龍，幾千名顧客，大多數是女的——說不定德瑞克的情婦曾去過她的沙龍，剪髮或是美甲。這一次似曾相識之感也是一閃即逝，而且快得讓她來不及深思。

在這些啞口無言、驚愕交加的時刻，瑪琳似乎記不住那個女人的相貌。看著她都讓她覺得想吐。她似乎沒辦法盯著這個女的一直看，長到足以讓她判斷她漂不漂亮，或是看出她先生究竟是看上她的哪一點。等她漸漸想通，她只覺得噁心，必須改變焦點，專注在德瑞克身上。而這麼一來，她看見的只有先生的笑臉。他看著那個女人時的眼神。他有好久好久沒這麼看著瑪琳了。

仔細算起來，是四百八十六天了。

照片很清晰，彩色的，高畫質，不是她想像中的粗糙黑白照片。這件事沒有一點跟她想像中一樣。電影裡，來傳遞配偶有小三的消息的私家偵探是年紀大、飽經風霜的男人，憤世嫉俗，孑然一身，穿著皺巴巴、不合身的套裝，而且照片是沖洗出來的，裝在牛皮紙袋裡。現實中，私家偵探是女性，年紀和瑪琳差不多，穿著深藍色牛仔褲和合身的外套，相當迷人。她沒戴婚戒，不過在現代這並不代表什麼。

卡斯楚正看著瑪琳的戒指，別的女人也常這樣。十年前，德瑞克把她的訂婚戒升級為五克拉的正方形鑽石。當時這個大小似乎沒有什麼不妥——他們社交圈裡的女人大多有同樣大小的鑽石，有的甚至更大——但是在這裡，這間小辦公室裡，只有黃色的牆壁和茂密的盆栽，小小水族箱裡一隻小小的魚，德瑞克跟另一個女人的照片顯示在電腦螢幕上，戒指就好像一個大笑話。過大，晶瑩閃亮，所費不貲。是瑪琳想要的，不是嗎？好讓人人知道他們過得有多富裕，多幸運，多——而她尤其討厭這個說法——得天獨厚？

她巴不得把戒指摘下來丟進魚缸裡。她的眼睛刺痛，她快速眨了眨，不讓眼淚落下來。她瞪著德瑞克和他的情人的照片，影像因為淚水而變得模糊，只剩下一團色彩和形狀，不知所以然。

「我得接個電話，」卡斯楚突然說。瑪琳別開臉，發現私家偵探拿著手機。她沒聽到電話鈴聲。「我馬上就回來。」

辦公室門在她身後關上。瑪琳聽不到她在接待室裡說什麼，接待室有辦公桌卻沒有接待員。她過了幾秒才明白根本就沒有電話。卡斯楚是給客戶一點時間獨處，有必要的話還可以哭成個淚人。她很體貼，但是瑪琳是不會嚎啕大哭的，至少此時此刻還不會。她很會假裝。她知道她能忍到回家，到時她就可以一個人盡情宣洩，拿著她的藥丸和一瓶酒，沒有旁人看。

瑪琳變得狂妄自大了。這是唯一的解釋。尤其是在她懷了塞巴斯欽之後，在四次辛苦的人工授精之後。她得到了太多——太多的錢，太多的成就，她老公和孩子太多的愛——所以宇宙就出手來糾正這種失衡，奪走了對她而言最重要的東西。

她的兒子。

麻木感漸漸滲入，而她很感激。她從經驗得知人類忍受感情上的激烈痛苦只能持續一段時間，然後就會變得木然。這是身體的應變機制，而且與其說是解脫，倒不如說只是暫時緩解。痛苦還會回來。瑪琳稍後會感覺到每一點每一滴，而那時她就會需要用贊安諾和一瓶赤霞珠紅酒來把它吞下去，以免情況變得更糟。

辦公室的門打開了。

「我回來了。」卡斯楚坐了回去，瑪琳注意到，而且不是第一次了，她有多瘦。四號的體型，甚至是二號的。瑪琳從來就沒有這麼瘦過，連她在十六歲還有暴食症時都沒有。

私家偵探密切地盯著她看，瑪琳知道她的樣子正常，而她不禁猜想這個女人是否因此而批評她。如果她瀕於崩潰，而不是對德瑞克外遇的事坦然接受，那是不是更好？她想要卡斯楚喜歡她。瑪琳想要她能感她所感，而不是替她覺得難過。

她向來就不大會處理別人的同情，尤其是別的女人的。她反而渴望她們的認同。她懷疑是因為她的母親對她真的非常嚴格，一直到她嚥氣的那一天。

「我幫妳整理出了一份小檔案，妳回家後可能會想看一下。」卡斯楚敲了幾個字。「我直接寄給妳。」

幾秒鐘後瑪琳的手機震動。她從口袋裡掏出來，確定檔案打開無誤。她點了一下下載。「收到了。」她說。

「我想跟妳坦誠以對。」兩人認識以來的頭一次，卡斯楚一臉生氣。「我昨天收到照片，甚至不確定是不是該讓妳知道。妳雇用我不是為了查這種事的，而且我以為妳可能已經知道了。我不想雪上加霜。妳要處理的事情已經很多了。」

「妳做得對，」瑪琳說，「我一開始就跟妳說得很清楚，我請妳把查到的每件事都告訴我。不必覺得抱歉。我寧可知道。我……我沒辦法再面對更多的未知。」

卡斯楚呼口氣。「好吧。我也是這麼覺得。」

她發現偵探在看手錶，那麼今天就到此為止了。瑪琳喝完了第二瓶水，伸手拿外套。她好像是以慢動作在移動。在感情上被突襲讓人喘不過氣來。

「在妳離開之前，還有一件事，」卡斯楚溫和地說，「現在可能是重新評估我們的目標的好時機。」

瑪琳停住，外套放在大腿上。「什麼意思？我的目標並沒有改變。」

「我們上次見面時，我說我一直在重複警察局六個月前做的調查。妳的社交圈裡裡外外都被列入嫌犯。我也篩揀過德瑞克過去和現在的雇員，他的生意往來，妳的員工，妳的生意往來，在塞巴斯欽失蹤前一年出入沙龍的全部客人。市場的監視畫面交給了兩位我私下雇用的鑑識專家在分析研究。沒有新的線索。到今天已經超過一年了，我們卻沒有新的發現。」

瑪琳猜到了私家偵探想說的話，給自己做好心理準備。西雅圖警局和FBI在塞巴斯欽失蹤之後立刻做過全面的搜尋，兩個小時之內他們兒子的照片就刊登在各新聞媒體上，而他的「失蹤兒童」海報更是在隔天就在臉書和推特上瘋傳。幾天之後，案子得到了全國注意，大家開始紛紛議論古典主義和精英主義，因為有關當局準備給馬恰多夫婦特殊待遇。可是瑪琳和德瑞克都不能為這件事道歉。既然有優勢，為何不利用？遇到這種情況還不能請有錢有勢的朋友幫忙，那結交他們又有什麼用？他們一心一意只想找到兒子，為人父母的哪個不是如此？

卡斯楚密切觀察她，瑪琳強迫自己專心。

「我不想浪費妳的時間和金錢，但是我覺得我們已經來到了一個階段讓我跟妳說……」卡斯楚嘆氣，兩手放到大腿上。「我知道一點道理也沒有，而且也極其痛苦和不公平，可是有很多時候……這類綁架事件真的不是針對某個人來的。」

耶穌基督，瑪琳最恨別人這麼說了。警察就是這麼說的。陳醫生也是。但是知道不是針對個人也不會就讓妳好過點。她的四歲兒子被綁架，只因為偏偏就是他離那個變態最近，這種想法一點也不會讓她好過。

她並沒有對卡斯楚這麼說。她把話悶在心裡。私家偵探也不過是職責所在。

「妳的聘用定金裡還有兩萬五千元沒有動用，」卡斯楚說，「我很樂意繼續調查，不過我覺得在這個階段，妳可能會想要考慮——」

「我們還沒完。」瑪琳有力的聲調嚇了她們兩人一跳。她的喉嚨不乾了。她又像是自己了，果決威嚴，而且是個像莎蒂說的，徹頭徹尾的「女老闆」。「我們連接近完成都還沒有。我要妳繼續調查。」

兩人視線交會。卡斯楚面無表情，但是瑪琳能想像她的心思在飛轉，而她努力要解讀出來。但是她什麼也沒說，而每一秒鐘過去，私家偵探說的話就變得更加沉重。

「凡妮莎，」瑪琳說，說到最後聲音哽咽。「凡妮莎，拜託。」

她從來沒有叫過私家偵探的名字。

卡斯楚又瞧了瞧瑪琳的戒指。就算她現在是單身，以前也結過婚。瑪琳覺察得到。她可能還有孩子。瑪琳也察覺到了。做媽的認得出另一個做媽的——就刻劃在她們的臉上，她們的疲倦上，她們的保護欲上，她們的脆弱上。瑪琳很想要把戒指送給私家偵探，只要她繼續調查。

「我知道妳不能保證結果，我也沒有這麼想過。我只是需要妳保證會繼續全力以赴。」瑪琳現在是大老闆模式火力全開，跟私家偵探說話的樣子就像是在跟沙龍裡的員工說話，某個相當有價值卻需要一點鼓勵的人。「我先生的外遇呢？跟他睡覺的女人是誰？她到底是想要什麼？德瑞克不是名人，只是經常上媒體版面。我們兩個都是。她一定知道我們是誰，我們失去了什麼。我覺得她這條線值得深挖。」

瑪琳向前傾。「我了解妳不可能每一天每一分鐘都在忙這件案子。我知道妳還有別的客戶。可是只要可以，只要妳有空……我需要知道有人一直在找我兒子。如果妳需要更多錢，這不是問題。」

瑪琳的聲音開始發抖，她又恢復了母親的身分，而不是一個女老闆，一個委託人。她討厭聽到自己在顫抖，想起來她像是要失控了，她在哀求。而她就是。

「不過如果妳真的覺得該做的都已經做了，那我只能再去找別人，重新開始。拜託別逼我那麼做，凡妮莎。拜託。」

萬一卡斯楚說不，說她的調查已經完全沒有疏漏，瑪琳真不知道她還能不能活得下去。去年警察說他們已經盡力了，影響幾乎就跟失去塞巴斯欽一樣不堪設想。

她知道兒童失蹤的統計數字，她知道大多數的孩子在失蹤後的幾小時內就死亡了。她知道。要是卡斯楚不再調查了，那塞巴斯欽就等於被宣判死刑了。

而萬一他死了，那瑪琳也會一樣。

「妳要我調查多久我就調查多久，瑪琳。」這也是卡斯楚第一次叫她的名字。她又像是看穿了她的心思，而瑪琳因為找到她而感激不盡。凡妮莎．卡斯楚就是做這份工作的不二人選，甚至是唯一的人選。「我保證，好嗎？我不會停止，除非妳要我停，而且我保證這件案子會排在第一位，這一點妳不必擔心。我們會一直找他。我懂，我也支持妳。」

「謝謝妳。」瑪琳的整個身體都放鬆了下來。眼睛又被淚水刺痛了。不過，眼淚並沒有掉下來。

她站了起來，兩腿虛弱，大衣穿了兩次才穿上。她知道她一坐進車子裡就會哭，沒關係，只要不在這裡哭就好。她在心裡跟那條魚道再見，鬥魚華麗地甩尾，然後就躲進塑膠葉子後面了。

卡斯楚陪她走出辦公室，回到寥落的小接待室。兩人握手。她的手有力，笑容親切。換作別的情況，這兩個女人可能會是朋友。她正是那種瑪琳會邀請來參加「女企業家晚宴」的人；瑪琳是委員會的主席。

卡斯楚遲疑了一下，她顯然還有話要說。瑪琳可以趕緊離開，或是讓她說完。她決定了聽她說完，不然就太不禮貌了，所以就在門口逗留。

「妳先生的事很遺憾。」私家偵探說。

她的話，儘管用意良善，卻惹惱了瑪琳。她幹嘛要道歉？女人幹嘛要這樣？卡斯楚並沒有告訴她什麼她自己做的壞事；她只是報告了委託人的先生跟情婦的事情。欺騙瑪琳的又不是她，是德瑞克，跟一個二十四歲的研究生。

然而，凡妮莎．卡斯楚卻抱歉。可能只是嘴上說說，可能只是在表示安慰，可是天殺的，瑪琳受夠了別的女人為不是她們的錯的事情道歉。她受夠了為不是她自己的錯的事情道歉。但是她沒有跟凡妮莎．卡斯楚說這些話，她可以改天再大發議論。瑪琳謝了私家偵探就離開了，等她下了樓梯，她已經全身發抖。等她坐進汽車裡，她已經在心裡尖叫了。

她氣壞了。她覺得憤怒有如熱蠟澆頭，覆住了她的軀殼，變得堅硬，罩住了柔軟的、黏稠的、脆弱的、沒有保護的地方。

她張臂歡迎。她有好久沒有這麼憤怒過了，而她很樂意用憤怒來取代傷心。四百八十六天來，傷心把她打得歪向一邊，削弱了她，困惑了她，使她變得軟弱，說動她讓她接受她不想接受也從來都不曾接受的事情。

憤怒卻能搞定所有的屁事。

6

如果你正在經歷什麼可怕的事情，就會發生奇怪的事。就彷彿你的身體和心靈分了家，而你不再是一個完整的人。你的身體做出讓你存活下去所需的活動——吃喝拉撒，一再重複——而你的大腦卻更細分成「你現在就需要做的事」以及「等恢復理智之後應該處理的事」。

瑪琳已經麻木太久了，所以憤怒的火花才會嚇她一跳。感覺就像是在沉睡過後一條腿醒了過來，針刺一樣的感覺，會痛，有點痛，但也感覺很舒服，因為它提醒了你你還活著。

她給莎蒂傳了簡訊。

下午不去了。需要一點空間。放心，我沒事。

莎蒂立刻就回覆了。她八成急著想知道瑪琳去找私家偵探是為了什麼事，但是她沒有問——那句「我沒事」目前就夠了。莎蒂是瑪琳允許自己信任的少數人之一。

了解，她的經理答覆道。都交給我。保重。

莎蒂附上了一張照片，是她的女兒愛碧嘉，她穿著上個月滿一歲生日時瑪琳送的那件粉紅色大象連身衣。愛碧嘉的照片總是能讓她微笑，而她也回了許多開心的表情符號。

終於不下雨了，所以她搖下了車窗，呼吸新鮮的春天空氣。她一整天都沒事可做，但她只想要回家。

他們在國會山的家不算特別大，也不是豪宅，卻氣派恢宏，佔地一百一十二坪多一點，是一片圓形的土地。她和德瑞克在二〇〇九年買下了這棟屋子，就在經濟最蕭條之後。這是一棟待修屋，他們慢慢從底層裝修到上層，同時兩人仍住在安妮女王區的那棟兩房小屋中。國會山的家目前的房價是五百萬多一點。而安妮女王區的房子——他們沒賣掉，目前是出租中——價值一百萬多一點。他們從來沒說過要賣房子，但是知道房價也是好事。

她駛入車道，直接停進車庫，從落塵室走進廚房。塞巴斯欽還在時，落塵室總是一片狼藉。靴子、鞋子、玩具、帽T、少了一隻的手套，永遠四散在地板上，即使他們的兒子有自己的小儲物間和掛鉤可以存放他的東西。儲物間上甚至還寫了他的名字。她的一位客人——就是織那件馴鹿毛衣的——在回收木材上以完美的草書寫下了他們的名字，送給他們。

「上面寫什麼，媽咪？」塞巴斯欽在她把他的名牌掛上去時這麼問她。

她退後一步欣賞。「寫的是你的名字。塞巴斯欽。」

「字母的樣子好好笑喔。」

「這是很漂亮的字。」瑪琳把他抱起來，親了他一下。「配你的漂亮地方。你要在這裡掛外套，放東西，好嗎？別人都不能放，只有你可以。」

小儲物間和掛鉤現在都井井有條。瑪琳走進落塵室會把玩塞巴斯欽的外套，就是他那天穿去市場的那一件，他要她拿著因為他走路走得太熱的那一件。他的外套和雨鞋一直留在儲物間裡，這是另一個她的心理治療師建議她可以考慮改變的地方。

「妳當然不必把東西都丟掉，瑪琳，」陳醫師說，在兩個月前。他把話說得很溫和、很親切。「不過這對妳而言會是一種照顧自己的舉動，由妳自覺把他的東西收到不會隨時看見的地方。也許妳可以把他的外套和靴子放進他的房間裡，如此一來妳仍然隨時都可以到房間去看，而不是每次走進屋子就得對上。」

「那不叫對上，」瑪琳說，感覺沮喪又頑固。就是在那時她開始懷疑是不是該繼續治療。「我兒子以前在的地方全都變成了很大的空洞，我一點也不想讓那些洞重新移位。」

她不懂為什麼每一個人都老是要她向前走，她只想要待在原地不動。

瑪琳把鞋子踢掉，走進廚房，廚房的味道清新乾淨。塞巴斯欽在家時，她一天到晚在煮飯。現在她不煮了，反正德瑞克一次出門都好幾天，也沒必要。她想念他們家庭生活的舒服混亂。即使每週都有一名清潔工來打掃，屋子裡總是沒辦法保持整潔。到處都是塞巴斯欽的痕跡，無時無刻。廚房餐桌底下的蘇打餅乾碎屑，廚房椅子上的牛奶污漬，樓梯上的樂高和風火輪小汽車，沙發椅墊下不成雙的襪子。這一年來，這些東西都整理乾淨了——不是一次整理好的，而是漸進式的，找到什麼就收拾什麼——現在不再有塞巴斯欽來攪得天翻地覆了。所以誰也不准碰他的落塵室儲物間，或是他的臥室。丹妮艾拉仍然每週五來，但現在她的工時變得很短。

「瑪琳太太，我隔一個星期來一次可以嗎？」丹妮艾拉有一次怯怯地問道，是在塞巴斯欽失蹤後的幾個月。「屋子現在沒有那麼亂了。」

「還是每個星期吧，」瑪琳跟她說。她不想害這個年輕女人失去一半的收入。「哪裡需要打掃就打掃，沒有什麼事可做提早走也沒關係。我還是會付妳全額的費用。」

丹妮艾拉經常在工作時戴藍牙耳機，主要是聽音樂，但有時也會講電話。「*Aqui ya no queda much que hacer*，」瑪琳有一次聽她說，一面撢著不需要撢塵的書架，一面對著手機說。「*Me siento mal de haber tomar su dinero*。」

現在沒什麼事可以做。我拿他們的錢都覺得不好意思。

瑪琳用特大號馬克杯泡了茶，帶上樓到臥室去，躺在特大號床上，伸手拿她的超薄型麥金塔筆電。跟屋子裡其他房間一樣，臥室是由專業設計師裝潢的，連竹纖維床單都是。不是第一次了，瑪琳覺得她算是南西．梅爾斯導演的浪漫喜劇片裡的典型富家女。只不過少了浪漫，也不是喜劇。根本沒有人在笑。

她是活在悲劇裡。

她的筆電活了過來，瑪琳很想登入害陳醫師擔心的違法網站，但她忍住了。她還有別的事要做。凡妮莎．卡斯楚寄給她的電郵裡主要是照片以及德瑞克的巨量通聯紀錄。卡斯楚也在試算表的首頁附了一條註記。

MM——

他們之間的簡訊太多，而且他們也有使用第三方通訊應用程式（像WhatsApp或Facebook Messenger）。建議妳找一個叫影子的應用程式。妳會馬上知道是否有妳感興趣的東西。——VC

瑪琳用不著去找，她知道「影子」應用程式。有一次在互助團體中提到過，賽門說他真希望在他女兒失蹤時有這個東西。「影子」這個程式可以讓家長去讀孩子的簡訊而不讓孩子知道。他們的孩子送出和接收的每一則簡訊都會下載到他們父母手機上的這個應用程式裡。賽門在討論時差一點就情緒崩潰。

「如果那時候有這個，布麗安娜就還會在家裡，」他那時說，胸口起伏不定。「她會恨透我們監視她，可是她不會不見。」

這個程式鎖定的客群是家長，因為，為了要讓應用程式啟動，你必須使用自己的姓名。孩子通常拿到的手機都是家長的網路方案的延伸。這也就是這個應用程式適合瑪琳的原因。剛結婚時，她是那個第一個買手機的人，因為她有固定的收入和相當的信用。一年之後，她為德瑞克添購了一支，也就是說直到現在他的手機號碼都還是在她的帳戶裡。他們兩人都沒想過要更動，因為只是小事一樁。也就是說瑪琳從一開始就可以查看她先生的通聯紀錄。

可她有什麼理由要看呢？她連自己的都懶得看，除非是每月的通話費超額，但那是從來沒發生過的事，因為他們用的是最大用量的網路方案。

瑪琳下載了應用程式，選擇了每月訂閱。一年的費率較便宜，但她想不出一兩週後還會有用到的機會。其他的設定包括簡短的幾個步驟來取得德瑞克號碼的使用權。應用程式問她是否想要取得德瑞克所有的簡訊，或只是某特定號碼的。

她停下來考慮。德瑞克總是用手機工作，跟她一樣，也就是說他一個月會收到上千封的簡訊。她查看了卡斯楚的檔案，謹慎地鍵入了他的情婦的手機號碼。然後就完成了。

她打開了通知，等著應用程式同步，半以為會出現一堆舊的簡訊。然後才想起了在應用程式啟用之前的東西是沒辦法下載的。真令人失望，也有點反高潮。瑪琳倒想知道德瑞克跟他的情婦的關係是如何發展的，結果她只能等待新的東西出現，而如果他們今天早晨是在波特蘭，那就還得等上一陣子。

卡斯楚給德瑞克的情人作的檔案比瑪琳預期中來得簡短，但也是在情理之內，因為私家偵探是剛得知外遇的事的，並不知道瑪琳會請她再深入調查。檔案基本上就是那個女人的一生簡介，還有她的IG、Snapchat、臉書和推特的連結，後二者她幾乎不使用。瑪琳把她的住址輸入到谷歌地圖，出現了大學分校的一棟公寓建築。她的美術碩士學位修了一半，主攻家具設計。她之前念的是在愛達荷州首府波夕的一所美術學院。她養了一隻貓，有一個室友。她在「綠豆子」當咖啡師。

她的名字是麥肯姬．李。

她的華盛頓州駕照證實了她的確是二十四歲，一百七十八公分高，六十一公斤，褐髮褐眸。她的駕照相片是兩年前拍的，跟昨天在波特蘭拍的照片不像。她目前的頭髮是淡粉紅色的，棉花糖的顏色。

二十四歲。粉紅色頭髮。他媽的，要不是實際發生在瑪琳的身上，說不定還挺爆笑的。

還有很多相片卡斯楚並沒有在辦公室點開給她看。長鏡頭拍到德瑞克和麥肯姬昨晚在蒙納哥飯店，窗帘拉開來，活像是他們並不在乎誰會看見。

她的臉。瑪琳既然在家裡了，沒有地方可去，也沒有人在觀察她的反應，她就可以盡情盯著她的臉看，讓自己感覺自己的心情。

而她感覺到的是恨。純粹的、沒有過濾的、白熱得令人盲目的恨。瑪琳恨麥肯姬・李，她把沒用來感覺內疚、傷心、抑鬱、驚駭的每一盎司力氣都拿來恨她。

而且，天啊，恨得好舒服。瑪琳都不知道這麼負面的情緒居然還可以把生命吹進瑪琳的體內。

根據德瑞克的紀錄，顯然他和他的情婦只有在不在彼此身邊時才通電話。兩個月前有整整三天的時間沒有通聯紀錄。瑪琳查看德瑞克那時是在哪裡；他們有個家庭行事曆，方便兩人配合各自的行程。她先生那一週是在紐約，籌募資金。整整四天都在跟曼哈頓的投資人開會。

她打開Safari搜尋麥肯姬的IG，那是公開的，沒有隱私設定。瑪琳看了幾十張相片，找到了那一週的。果然，柔焦濾鏡拍下了他們紐約之旅如詩如畫的鐵證。麥肯姬站在帝國大廈及洛克斐勒中心外面。「奇緣3」名店的巧克力冰沙。她在布魯明黛百貨公司對著一個Dolce & Gabbana包流口水。在百老匯的理察羅傑斯劇院外，嘻皮笑臉地舉著兩張「哈姆雷特」的戲票。

去他媽的哈姆雷特。瑪琳從來就沒看過哈姆雷特。

沒有德瑞克跟他的情婦的合照，但是最後一天有一張在史坦頓島渡輪上的自拍。是她的笑臉，粉紅色頭髮在風中飛揚，背景是自由女神像。有一條胳臂搭著她的肩，絕對是男人的。藍色襯衫的袖子捲到肘部，前臂覆著一層金色汗毛，手腕上是一支勞力士錶。

即使沒有這支勞力士——那是瑪琳送的生日禮物——她也認出這條胳臂。她被同一條胳臂抱過，被同一條胳臂搔癢過，她睡在同一條胳臂上。她知道那條胳臂的觸感。她知道肌肉在哪裡，血管在哪裡，她知道那些汗毛貼著她的臉頰的感覺，她也知道那片皮膚的味道——乾淨、麝香、男性。

照片中，他並沒有戴婚戒。照片的說明文字是：第一次的紐約市之旅在那個（Dolce & Gabbana）包裡！（看我拿著什麼哈哈）謝謝，自由女神和貝！

貝？什麼鬼？瑪琳搜尋，而《都會字典》的解釋是這是親密的詞語，意思是寶貝，甜心，「最重要的人事物」。顯然是三十歲以下的人的專用語彙。

這張照片有一千人按讚，二十來則留言。關注麥肯姬的人都問了同一個問題：誰是那位神秘男士？或誰是貝？她只回應了一個人，而且使用的不是文字，而是貼了一個微笑著吐舌頭的表情符號。

如果血液是能沸騰的話，瑪琳的血液就是著火了。她的體溫瞬間飆高，害她以為她是不是熱潮紅。但聽起來或許奇怪，知道是誰想要毀了她的人生反而有好處。那個奪走塞巴斯欽的人沒有臉孔，但是這個想要偷走她老公的女人卻有。

她的手機叫了一聲，她沒聽過這種聲音，所以微微嚇了一跳。是「影子」應用程式。程式符號旁的提示通知她有新的訊息，瑪琳點開來，心臟怦怦跳，唯恐會看到什麼內容，又覺得不能不看。她把麥肯姬放入了程式的聯絡人名單，如此一來她的名字就會出現，興許可以跟德瑞克的手機一樣。假設他是以麥肯姬的真名登記的話。

麥肯姬：火車提早十分鐘到，剛好讓我準時上班！吔！今天超忙，已經客滿了。討厭！已經想你了。稍後發簡訊給我。

瑪琳吐口氣。不算太糟。這個年輕的女人可能會說什麼性感或露骨的話。不過，在反思之後，這個可能更糟。她的簡訊讀來就像輕鬆的閒話家常，像是她每天都會傳給她的……男朋友。

瑪琳需要看見她。她知道「綠豆子」在哪裡，滿確定她曾去買過拿鐵。她現在就可以過去，跟那個賤女人自我介紹，跟她對質，大鬧一場。在她的同事面前讓她下不了台。把她漂亮的眼睛挖出來。

這當然是個可怕的點子。瑪琳灌飽了咖啡因，怒火也助長了腎上腺素，而且現在可能也不是在大庭廣眾面前向老公的年輕情人撒潑尖叫的最好時機。她應該等到德瑞克回家，先跟他談，聽聽他的說法，查知他對這個女孩的感情。說不定不是戀愛，說不定只是性。男人有需要，昨天老好人賽門這麼說過。

不是針對你，不過，去你的賽門。

她尚未改變主意之前就坐進了汽車，正倒車出庫，薩爾就傳了簡訊來。

活著嗎？

瑪琳踩住煞車，以便趕緊回覆。

沒這麼活力十足過。

7

瑪琳一走進去就瞧見了粉紅色頭髮和修長的四肢，但是那個年輕女人一下子就消失到裡間了，兩隻手都提著沉重的垃圾袋。

「綠豆子咖啡吧」很大，更像酒吧而不是只賣咖啡。就跟大學區的別家咖啡店一樣，這裡的生意極好，每一桌都坐滿了大學生、嬉皮、專業人士，以及六個有理想有抱負的作家，一臉正在嚴肅地質疑他們的人生抉擇的模樣。瑪琳知道她格格不入。她的高跟鞋太高了，大衣太客製化了，妝容太完美了。她的樣子就像是一家高檔沙龍的女老闆，客人幾乎清一色是名人和貴婦，跟她本人一樣。但是她知道她的外表很稱頭，她也需要如此。這是她唯一的盔甲。

她心裡其實是憤怒與驚懼交加。

咖啡味瀰漫了她的鼻腔。咖啡店上方架高的擴音器播放著輕音樂，是民謠風的吉他搭配歌聲，「超脫」和「珍珠果醬」樂團的歌曲。她能理解這家店為什麼受歡迎：店面寬敞卻溫馨舒適。桌子的形狀和大小都不同——圓桌可坐六人，長方形桌十二人，方桌能擠下四人。櫃檯對面的側面擺了一組沙發和一個瓦斯壁爐，而在遠遠的角落有個小舞台，擺了張椅子、麥克風、擴音器。入口的招牌上寫著週五和週六晚有現場表演。她也看到今天的餅乾是燕麥蔓越莓葡萄乾。

瑪琳排在五個人後面，隊伍移動得夠慢，讓她幾乎可以說服自己打消念頭。她的心臟在胸腔裡像在打鼓，好痛。她的手心冒汗。她到處都沒看到那個女人，但是她一靠近櫃檯就看到了她，彷彿是憑空冒出來的，無論她剛才是消失到哪個裡間去的。她現在是櫃檯後的三名咖啡師之一，動作快速，四肢像瞪羚，粉紅色頭髮如波浪，及肩長，褐色圍裙緊緊綁在腰際。

德瑞克的情人。她真的存在。

感覺像是等了一世紀瑪琳才站到櫃檯前，半希望是由別人來替她服務。但當然是不可能的。麥肯姬遞給瑪琳前面那位客人一份義式脆餅，然後期待地轉向她。

即使瑪琳穿了高跟鞋，麥肯姬也高多了，瑪琳覺得自己又矮又胖又老，仰望著她老公的年輕情婦的臉孔。親眼看見是那麼的不一樣。電腦螢幕上的她是某個瑪琳可以痛痛快快地貶損輕蔑的人。面對面，瑪琳幾乎沒辦法看著她的眼睛。

兩人視線相遇，瑪琳硬起頭皮，等著她認出她來，等著她露出驚恐或尷尬的表情，她絕對在第一時間無法掩飾得住。

但是麥肯姬．李的表情沒有變化。她的笑容沒有動搖，臉頰沒有漲紅。她的眼神穩定。

「妳要點什麼嗎？」她愉快地說。

瑪琳張口欲言。*我要妳別再跟我老公睡覺。我要妳離他遠一點，否則我就殺了妳，妳這個破壞別人家庭的婊子。*

這番話沒出口。瑪琳反倒聽見自己說，以一種絕對愉悅的聲音：「特大杯雙份豆漿拿鐵，不加糖，不要奶泡。還有今天的餅乾。」

麥肯姬用金色麥克筆在一只細長的褐色紙杯上草草地寫字。她的字跡漂亮，寫來輕鬆流暢，過大的字母超出了印在杯身上的小框邊界。她鍵入了餐點，告訴瑪琳金額，接下瑪琳遞給她的十元紙鈔，找錢，在瑪琳把零錢丟進小費罐時跟她說謝謝。

她把餅乾拿給她。「妳的拿鐵請到櫃檯的另一邊去取。用餐愉快。」

瑪琳站到一邊，攥著餅乾，蠟紙袋裡的餅乾仍然溫熱。每一分鐘都讓她覺得更渺小、更微不足道、更窩囊。六個月了，這個女人跟她老公睡了六個月。六個月來瑪琳在傷心，在自責，在痛罵自己，沉湎在各種的處方藥和酒精之中，而德瑞克卻沉湎在……她身上。六個月，而她完全不知道瑪琳是誰。

幾分鐘後麥肯姬把她的拿鐵拿給她，兩人又視線相遇，仍然沒有認得的跡象，而她最愛的電影《公主新娘》中的一幕躍入腦海。劇中奇蹟·麥克斯對伊尼哥說：「我把他變好了，杭伯丁吃癟了吧？」伊尼哥說：「釘在恥辱柱上了！」

這句話總是會把她逗笑，她也記得有一天和塞巴斯欽一起看，心情很興奮，因為她很肯定等他年紀夠大，聽懂了劇中的笑話，他也會喜歡。現在卻一點也不好玩了。「釘在恥辱柱上了」——成了她將來的回憶錄的書名。

她帶著咖啡和餅乾選了窗邊的桌子，面對著櫃檯坐下，打開了筆電，另一個女人的IG相片仍在螢幕上。她先生的情婦在現實生活中並沒有那麼完美。她淡粉紅色的頭髮，照片中亮麗光澤，現實中卻比較乾燥，長短不一，瑪琳也看出半吋的褐色髮根長了出來。想要染出這種粉紅色，她的天然褐髮必須要先漂白成幾近白色的金髮，之後再使用淺桃紅染劑，非常傷髮質。她的沙龍裡有修復髮質、恢復光澤的護髮項目，要是她們是朋友，瑪琳想也不想就會帶樣品過來給她試用。不過她們不是朋友。

她們是敵人。還是不是你死就是我活的那種。

如果有個人不經意看過來，瑪琳就跟別的客人一樣，喝著咖啡，處理一些公務，瀏覽網路上的東西。只不過她看的不是什麼隨便的東西，她看的是小三的照片，而這個小三就在她眼前，但又有哪個不是過來人的人敢批評她。

除非是發生在自己的身上，否則你是不可能會懂這是什麼滋味的。

卡斯楚的檔案上沒說的，麥肯姬．李的IG上全都說了。她標記了所有的相片，向世人展示她是位#藝術家、#愛書人、#愛茶人，而且她跟朋友出去主要是喝#精釀啤酒。#貓咪布佛，一隻蓬頭垢面的東西，大耳朵，水汪汪的眼睛，一週至少會出現一次（#領養取代購買）。她拍了海量的自拍，通常是因為她在炫耀一件全新的#跳蚤市場買的衣服，或是一款嶄新的#髮型靈感的髮色，不過無所謂，因為這些全都標記上了#不知羞恥自拍，只是想讓關注者知道她知道自拍有多自戀。她最喜歡的嗜好是#改造舊家具，她重新上漆，透過#臉書市集販賣。她最愛#追劇#網飛，而且她似乎完全不介意把生活中最俗不可耐的小事和徹底的陌生人分享。甚至是她有天醒來#生病，眼睛浮腫，充滿血絲——而且坦白說，她的確是一副鬼樣——她是在#表現最真實的一面。而她的粉絲愛極了。單單是這一張照片就收獲了將近兩千個按讚。

她的粉絲有五萬人。五萬個人關心麥肯姬．李的貼文。相較之下，瑪琳的沙龍IG帳號連一半都不到，而去年她的沙龍淨值還超過三百萬呢。

她就是瑪琳最討厭的年輕世代的縮影。

這個女人的一舉一動都記錄在網路上，只隱藏了她的有婦之夫。不能談論他，她一定忍得都快岔了氣了。可如果別人知道了她的真面目就不會這麼喜歡她了，不是嗎？麥肯姬時不時就會暗示有個很特殊的人，卻只是暗示。

瑪琳會很樂意建議一些標記給她，比方說#破壞家庭、#婊子，以及#淘金女。

她對餅乾沒胃口，只喝了一大口咖啡。她說不出味道如何，因為她喝不出來。口腔裡的金屬味就是不肯消散。她學到了銅臭就是背叛的味道。

她老公的情婦在自助區，就離她十呎遠，填裝奶精、牛奶和餐巾紙。瑪琳的身體變得緊繃，她屏氣凝神，等著麥肯姬看過來，終於明白她是誰。但是那個小三始終沒有看她這個方向，就當瑪琳不在這兒似的。

當瑪琳是空氣。

但是麥肯姬卻一直是存在著的。在某個程度上，瑪琳是知道的，是她不想看見。德瑞克的情婦就活在瑪琳的鼻子底下六個月。她是他在傳簡訊時背對著她的原因，是他出差次數多了一倍的原因，是瑪琳在他離家時幾乎沒有他的音訊的原因。

可是活在否認之中比直接面對要輕鬆。否認是一個安全的小氣泡，能保護你柔軟的腹部不會被刮、被咬、被燙到。

她的手機響了，又是影子應用程式。她得過一陣子才能習慣這個聲響。德瑞克終於回覆了麥肯姬稍早的留言，瑪琳讀時覺得一陣噁心。

德瑞克：我也想妳，寶寶。今天亂七八糟的，晚上需要跟我的女孩多逍遙一下。我七點會回西雅圖，在我們最愛的飯店訂了房，要是妳有心情的話……

麥肯姬：好！！！

年輕女人的嘴咧到了耳朵邊，笑容並沒有針對誰，而她那種明顯的開心就像是一隻手捏住了瑪琳狂跳的心臟，像捏氣球一樣擠壓。每一個驚嘆號就擠一下。

德瑞克今晚會晚點到家。麥肯姬知不知道他得向妻子說謊才能跟她在一起？她會覺得心虛嗎？她覺得男人的這種特質迷人嗎？即使麥肯姬沒認出瑪琳來，她也必定知道他是有家室的人。只要她上網搜尋過德瑞克——有哪個千禧世代會不上網調查他們睡覺的對象？他的公司簡介就會出現，而裡面會提到瑪琳。還會出現什麼，你知道嗎？

他們失蹤的兒子的新聞報導。十五個月前，是本市最熱門的新聞。只要在網上搜尋德瑞克或是瑪琳的名字就一定會看見塞巴斯欽的失蹤兒童海報排列在前五項連結中。

#騙子。#破壞家庭的婊子。#蕩婦。

麥肯姬現在是在五呎之外，舉著咖啡壺，在和一個客人聊天，看他們互動的樣子，是個常客。瑪琳好想要拍下照片傳給德瑞克。不需要附上文字。讓他看見，等他明白他是在看什麼，他的心臟會跳到嗓子眼，因為那就是他的太太在看的東西。這不是很過癮嗎？

不過她並沒有。

「續杯嗎？」年輕女人問道。

瑪琳嚇了一大跳，猛地合上筆電，以免麥肯姬看到螢幕中佈滿了她的照片。瑪琳坐著，這個小三顯得更高更瘦。窗戶射進來的光照亮了她的皮膚，清新又雪白無瑕。她嬌俏的鼻子上有一些雀斑，瑪琳剛才在櫃檯時沒看到，而且她除了玫瑰色的唇蜜、一點眼影之外沒有別的化妝。她不需要。她的眸色是金黃褐，眼睛形狀像貓眼。她渾身上下都生氣盎然，充滿了異國情調。

她此時就站在瑪琳的面前，舉著咖啡壺，掛著期待的笑容。瑪琳就跟剛才一樣又感覺自己像隱形人。兩人又視線交會，再次確認。她真的不知道瑪琳是誰。

「我，呃，點的是拿鐵。」瑪琳覺得臉頰發燙，但是就算這個小三注意到她臉紅了，也沒有表現出來。瑪琳別開視線，俯視著超大紙杯，已經空了。餅乾也只剩下碎屑。她不記得自己吃喝，但很顯然她在盯著麥肯姬的IG看時因為壓力而暴飲暴食了。

「沒關係。內用的客人都可以續杯。」麥肯姬稍微再把咖啡壺舉高一點。「現煮的。是我們的招牌咖啡豆，中度烘焙。幾乎每位客人都喜歡。」

瑪琳把杯子向前推。兩手已經在打顫了。她不需要更多咖啡因，但是她也沒打算喝。「那一點點就好。」

年輕女人似乎渾然不覺瑪琳的不適，為她加了咖啡，愉快的態度既可笑又惱人。因為瑪琳知道她的心情為什麼這麼好。她知道這個小三今晚的計畫，她知道麥肯姬正想著德瑞克。

瑪琳好想跳起來，一把搶過咖啡壺就丟到她身上。她想要這個小三痛苦喊叫，讓滾燙的液體燒灼她漂亮的皮膚。她想要用指甲抓花她被熱咖啡澆淋的臉，摳她的眼睛，撕扯她的頭髮，好讓她把她老公的情婦的外表弄得像她的內在一樣醜陋。瑪琳想要毀了她的人生，就如她在摧毀瑪琳的人生一般，就如她在毀掉瑪琳一樣。

我恨妳。我恨死妳了。

當然，她什麼也沒做。她坐在位子上，耐著性子，沉默不語。

「好漂亮的戒指喔。」麥肯姬笑看著瑪琳的手。「要是我結婚的話，我也要有那樣的戒指。」

簡直是太超過了。瑪琳感覺到怒火勃發。她用盡了每一滴的意志力才沒有往年輕女人快樂的笑臉上送出一拳。

妳這個破壞家庭的婊子離我老公遠一點妳個蕩婦妳個賤貨妳個騷娘們我會宰了妳我會搶下妳手上的咖啡壺砸在妳頭上用玻璃片把妳的臉皮剝下來……

但是想法歸想法，念頭一過，麥肯姬也走了，細窄的臀部隨著咖啡壺搖曳。想要傷害她，瑪琳就得追上去，而她知道她是做不出那種事來的。她不是那種人，因為她太端莊，太得體，而她老公的情婦當眾受窘也等於是她當眾丟臉。

釘在恥辱柱上了。

影子應用程式又響了。麥肯姬傳給德瑞克一張照片。縮圖小小的，很難看得清，但顯然是某個人的。瑪琳的呼吸卡住，胡亂想著麥肯姬是否把德瑞克老婆的照片傳給了他，就像瑪琳險些就要把他的情人的照片傳給他一樣。

但那不是瑪琳的照片，是自拍，照片中麥肯姬一絲不掛。真的一件衣裳也沒有，從頭裸露到膝蓋。

麥肯姬：今早我離開之前拍的。小小預告一下待會兒……

麥肯姬剛從淋浴間出來，鏡子起霧，玻璃擦乾淨了一塊，剛夠讓她平坦的小腹和凹陷的肚臍映照在鏡中。不過她粉紅色的乳頭仍很明顯，身體側面從乳房到大腿上的花朵刺青也是。瑪琳不知道她有刺青——不是因為她看得不夠仔細，就是因為這個小三並沒有在IG照片上炫耀。而且除了她的頭之外，她連一根汗毛也沒有。

她們兩人都在等德瑞克回覆。麥肯姬在卡布其諾機器附近徘徊，手上拿著手機，直到一位客人走近，她才不得不把手機收起來。

裸體自拍？真的假的？她是存一堆在手機裡，時機適合就傳送嗎？

#我恨妳。

影子應用程式響了。麥肯姬仍在忙著招呼客人，沒辦法查看手機，所以瑪琳就搶先讀到她老公寫給情婦的情話。

德瑞克：我要舔遍妳的每一吋。

瑪琳要宰了她。

8

「我認識一個人，」幾個小時後薩爾跟她說，「他專門幫人擺平事情，他媽的貴得要命，不過等他完事之後，連屍體的一塊肉都找不到。想要他的聯絡方式嗎？」

薩爾．帕勒摩不確定瑪琳是不是在說笑，就已經無條件支持她了。他懂。表面上，他們兩人似乎大相逕庭。他是前科犯，偶爾販毒（他總能弄到羥考酮和氫可酮，能在短時間內取得三種不同的大麻），也經營一家廉價酒吧。他們曾經一度很認真地交往，是在大學時代，為期一年。二十多年後，他們仍是知交好友。他是她永遠愛著的男人，卻不是談戀愛的對象，在他們只有二十一歲時，她也從無意害他心碎。

「我是在開玩笑。」她說。

「我可不是。」他說，而像是有一輩子那麼長，她終於笑了。

她把空杯推向他，杯中原本是裝著杏仁酸酒，而她要續杯。她和薩爾以前約會時也是喝這種調酒。而她現在只有在薩爾親手幫她調酒，而且是在他的酒吧裡才會喝。否則的話，她只喝紅酒。

「再來一杯。」她跟他說。

薩爾的酒吧——酒吧就是這個名字——昏暗又窮酸，在美式足球場附近。客人喜歡這裡有兩個原因：比賽夜的啤酒便宜（敬謝不敏）以及大蒜帕米森薯條（大蒜加量，拜託）。這裡原本是叫「福瑞德的後院」，大學時期他們都會在週末來這裡喝酒，因為老福瑞德待他們就像是當他們在他自家的後院裡——他從來不查身分證。後來在週日夜足球賽時福瑞德突然心臟病發，撒手人寰。

薩爾的父親也在三個月後過世了，那時酒吧由福瑞德的兒子接手，卻經營不善，一片狼藉，流失了大量的客人。在薩爾的要求下，瑪琳跟一票朋友在葬禮過後把薩爾帶到酒吧，幾杯龍舌蘭下肚，再喝上幾回庫爾斯淡啤之後，薩爾走向那幾個兒子，提議要買下酒吧。他們起初當他是在開玩笑，很不高興這個喝醉的大學小子趾高氣揚，還帶著一幫吵鬧的朋友。薩爾說明了他繼承的錢剛好夠把酒吧買下來，現金。

一週之後，酒吧易主。合約一簽，他就退學了，誰也沒覺得驚訝；薩爾的成績連差強人意也談不上，而他最怨恨的除了他的父親之外就是念書了。

老薩爾，一位釀酒人，在義大利隨著他的父親研究釀酒，看見獨生子不肯在自家的釀酒廠裡工作，卻買下了城市裡的一間酒吧，一定會氣得在墳墓裡翻身。

當時感覺他這麼做有點太極端，一個二十一歲的大學退學生買下他們在考試之後一塊喝酒的地方，但現在看來並沒有比瑪琳一畢業就嫁給德瑞克來得誇張。年輕時膽子大，不管不顧。那時要做出自發的、改變一生的決定比較簡單。幸好，薩爾經營得有聲有色，在一個酒吧和餐廳開了又倒倒了又開的地區，薩爾的酒吧屹立不倒，也仍有利潤。

在他買下酒吧時，瑪琳和薩爾表面上仍是一對，而且她是持反對立場的。感覺像是又一個薩爾的輕率念頭，而她固執地要他念完大學。兩人常常吵架，但持平而論，兩人本來就一天到晚在吵架。吵架和上床是兩人戀情中的家常便飯。在瑪琳的記憶中，上床的部分很精采，吵架則否。

他們還是當朋友比較好。

「要是我殺了她，你覺得我在牢裡過得下去嗎？」她問薩爾。「我覺得我可以。我是個潑婦，我覺得我可以在牢裡當老大。」她第二杯酒喝得比第一杯快，她輕拍杯身。「再來一杯。」

薩爾瞪著她，她看得出來他不喜歡她這樣子，也不喜歡她酒喝得那麼急。他見過她這個樣子——失控，瀕臨發飆的邊緣——但從不會在眾目睽睽之下。她害他緊張。

「我沒有要開車回家。」她翻個白眼。「放心吧。」

事實上，她走進酒吧的第一句話就是這個：她會搭Uber回家，她需要一杯調酒，或是五杯。薩爾並沒有假設是出了什麼差錯，只問她車子是不是又進廠了。

這個問題其來有自。三年前德瑞克送了她一輛保時捷Cayenne Turbo作生日禮物，而車子進廠修理的次數比她去看醫生的次數還要多。她對這輛車是又愛又恨。她在四十歲生日那天打開前門就看見車子停在車道上，興奮極了，珍珠白的車身，在巨型紅色天鵝絨蝴蝶結下閃閃發光，停車的角度帶給她最大的衝擊。就連兩個鄰居都跑出來看是為什麼騷動，但考慮到他們住的社區，這輛車其實沒有那麼了不起。也不是那一年同一條街上第一個人收到汽車這樣的禮物，而且送達的方式一模一樣。

瑪琳那天學到了兩件事。第一，車商收回了蝴蝶結。那麼大的一朵繡球只能用在送汽車當禮物上，所以誰也不需要；而且，那種蝴蝶結是客製的，很昂貴，所以車商把汽車送到客戶手中之後就會回收。第二，沒有人真的給別人買車。德瑞克並沒有走進車店掏出信用卡來付六位數的車價，而是以她的名義簽了四年的租約。這輛車符合營業支出，是她可以沖銷的，擁有一輛折舊車子實在是沒什麼道理，可是他付了訂金和稅金（也可沖銷），處理了文書作業，挑好了顏色。他知道她會喜歡珍珠白，而且他猜對了。

有錢人都是這麼做的。只要能融資，就融資。只為了能最大化現金流通；負債只是寫在紙上的數字。所以她對保時捷才不確定該有什麼感覺。像是半買半送的。他們倒是被拍了一張可愛的相片——他們的一個鄰居拍下了他們兩人坐在引擎蓋上，像是一對自命不凡的笨蛋，而德瑞克親吻了她的臉頰。這是當年她在臉書上最受喜愛的一張相片。

現在是下午兩點了。她應該回家去補足今早到咖啡店盯梢犧牲的睡眠，但她還是開車兜了一圈，想要釐清頭腦。她的想法越來越黑暗，但是她並不害怕，反倒是漸漸覺得從中可以得到安慰。

瑪琳開始想像麥肯姬．李消失。她開始想像讓麥肯姬．李消失。

「我不敢相信妳跑到她的咖啡店去，」薩爾說，「那可是很嚴重的跟蹤欸。」

「那不是她的咖啡店，她是在綠豆子工作的。」她又用指甲輕敲酒杯，示意酒杯空了。「我們現在就可以過去，要是你想看看她的話。」

「才不要，」他說，表情極近似震驚。「我們才不要過去，妳也不准再過去。絕對不行，聽到了沒有？離她遠一點。別跟她說話。處理妳的問題的第一步是了解妳的問題究竟是什麼。在這件事上，是誰。一切都要怪妳家的那條毒蛇。如果妳想殺人，就殺了他。」

她在聽，但沒聽見他說的話。又意有所指的看了一眼，輕敲了酒杯，薩爾嘆口氣，再幫她調一杯酒。

瑪琳經常好奇，要不是她遇見了德瑞克，她跟薩爾會怎麼樣。當薩爾的女朋友並不容易。他的童年過得不快樂，被惡魔糾纏。不過這兩件事都不是他們分手的原因，當年她最受不了的是他的人生缺乏方向。跟他在一起很好玩，卻漫無目標。他討厭學校，而他似乎也沒有什麼雄心壯志，除了週末計畫之外沒有長遠的目標……而有時甚至連當下的目標都沒有。瑪琳簡直給逼瘋了。

他父親過世後兩人大吵了一架，那是在薩爾買下酒吧之後，於是雙方都同意分手。他們不是第一次大吵，也不是第一次分手，但是他沉浸在一個黑暗的地方，情況也真的很緊繃。她需要空間。她衝動之下跟她的一票女朋友跑到墨西哥的聖盧卡斯角去度週末，就在那裡跟德瑞克開始交往。他們早就認識，他是朋友的朋友，而且兩人之間始終有火花，但是她不能怎麼樣，因為她是有男朋友的人。可是在那趟旅行中，理論上她是單身，而薩爾跟他的魔鬼都在兩千哩之外。能跟一個和她聲氣相通的人在一起感覺太美好了，他跟她一樣有野心，對於他想要的妻子有清楚的想法。德瑞克最最吸引她的地方就是他的企圖心。

等週末結束，她已經認定了德瑞克就是她的真命天子。薩爾從來沒能讓她有這種感覺。等她從墨西哥回來，薩爾想要復合，而且坦白說，他有十足的權利以為他們會復合——吵架再和好一向就是他們的模式。但這次不行。

「我遇到了別人。」她跟他說。她甚至都還沒把行李打開。她才剛到家，而且時間很晚了，薩爾想要過來。她建議他們到他們最愛的二十四小時小館見面。「科學怪人」就在她和兩個女生合租的公寓的三條街外，她抵達時頭髮都還是濕的，而他已經先幫她點好餐點了。她總是吃同樣的東西。嫩煎荷包蛋，馬鈴薯煎餅，培根，全麥吐司。

「遇到了別人？誰？」薩爾問道。

她跟他說了德瑞克。

「那妳是有了一段戀曲。」薩爾縮了縮。「想到妳跟別人在一起我就覺得噁心，可是我想我也不能生氣，因為我們分手了。不過我可能會傷心。」

「對不起。」她說。但只是嘴巴上說說，心裡則未必。在她吻了德瑞克的那一刻他們就結束了。

薩爾抓住她的手。「那就叫他滾，回到我身邊。瑪兒，是妳跟我欸。我只要妳。我們可以搞定這件事。我知道事情變得……奇怪，在我爸死後。可是可以變好。我可以變好。」

「對不起，」她又說一遍，捏了捏他的手才放開。「我要我們仍然是朋友。可是我們要的東西不一樣。你現在有這家酒吧了。而我和德瑞克在一起，我們都再幾個月就要畢業了。每件事都……不一樣。也許本來就應該是這個樣子的。」

對，跟德瑞克的進展太快，可妳就是知道。薩爾從來都不會是瑪琳生命中的摯愛。他從來不能填滿她，而原因則是她無法深究的。無論當初他們之間是該存在什麼樣的不知名因素，就是沒有。至少在她來說是沒有。

薩爾傷心欲絕。他覺得被突襲，被拋棄。薩爾花了好長一段時間才願意當她的朋友，而從男女朋友的關係轉變為柏拉圖式的友誼，這一路也走得磕磕絆絆的。

是信任救了他們。他信任她，而她也信任他，在某個程度上，瑪琳逐漸明瞭了信任比愛情更好。愛情無法預測，愛情會傷人。信任卻很可靠，而且結實牢固。像薩爾。

他從來就不喜歡德瑞克。當時就不喜歡，現在仍然不喜歡。起初她假設是因為他責怪德瑞克橫刀奪愛，但時間拉長，有件事漸漸變得清晰，就是有時候有些人就是不對盤。而且以後也不會，無論你怎麼做。他們兩個簡直就是日與夜。德瑞克魅力十足，瑪琳可以帶他到各種場合。薩爾稜角分明，她永遠也猜不到他會得罪誰。德瑞克在工作上享受聚光燈，喜歡接受採訪，熱愛公關。薩爾在買下酒吧那年曾榮登《陌生人》雜誌，他的一名員工把文章裱框掛在牆上，卻害他難堪。文章沒有摘下來的唯一原因是對生意有益。

幸好，德瑞克和薩爾都沒有逼她在他們兩個之間做選擇。這兩個男人幾乎見不到面，偶爾見面也是客客氣氣的。有必要的話，他們也能找出話題聊上一個小時，一般都是聊運動。他們為了她而彼此忍耐。

德瑞克是她的此生最愛，但要她摸著良心說的話，薩爾才是那個讓她覺得最自在的人。跟薩爾在一起不必假裝。他跟她別的老朋友不一樣，從不因為她跳入了一個新稅級，因為她買了一棟位於更高尚社區的大房子，因為她成功而處罰她。而且他也不像她的新朋友，瞧不起以前的那個她，瞧不起她（和德瑞克）是白手起家，瞧不起她坐上了慈善委員會的位子，即使理論上她是「暴發戶」。在薩爾的面前，不完美一點關係也沒有。她不必時時刻刻都端莊冷靜。在情感上，她對他的依賴可能超出了應有的程度。

誰能想到你愛的人跟讓你覺得安全的人可能會是不同的兩個人呢？

酒吧幾乎沒有客人，她獨自喝著她的第三杯酒，而薩爾則在跟一名員工說話。瑪琳沒見過她，所以她一定是這兩個月才雇用的，因為瑪琳有兩個月沒來了。她在回來上班之前是常客，而且通常都是在這個時段過來，午餐之後，在大批客人過來開心逍遙之前。

薩爾可能在跟她上床。她正是他的型，深色頭髮，渾圓的臀部塞進過緊的牛仔褲裡，低領的T恤露出了魔術胸罩擠出的乳溝。奇怪的是，她讓瑪琳想起了年輕時的自己，在她自己的風格成形之前。新來的服務生老是往她這邊看，八成是在猜測瑪琳究竟是何方神聖，不過她是多心了。瑪琳可不是那種偷男人的女人，儘管部分的她很享受自己還是能招別的女人嫉妒的感覺。反正呢，薩爾的這段戀曲最多不會超過三個月。一向如此。而且他們也不會繼續當朋友，因為分手時總是會撕破臉。據瑪琳所知，只有她這個前女友到現在還是薩爾的朋友。

再三杯杏仁酸酒出現，附帶一大碗炸薯條，撒滿了新鮮大蒜、帕米森乾酪以及極微量的松露油。她笑望著那排調酒。薩爾知道她鐵了心要喝醉，而如果他不讓她在這裡醉，他知道她會找別的地方。但是他也知道她需要吃東西。薯條美味極了。

「看到了嗎？」薩爾誇張地比著調酒，整齊地一杯挨著一杯。「這些喝完了，就沒了，聽到了嗎？」他坐到她身邊的高腳凳上。

她點頭。等她喝完這三杯酒，他得把她從地板上拖起來，正好就是她的打算。但是三杯酒是有代價的。意思是她不想談都不行。

「那妳打算怎麼辦？」薩爾拿了一根薯條。「除了喝酒以外。妳上一次睡覺是在哪一天？妳需要安眠藥嗎？我後面還有一點。還有樂耐平。另外傳統的大麻也有神奇的效果。我有一些可以吃的，樣子像小熊QQ糖。」

「我累死了，我知道我一副鬼樣。不要再推薦藥物了。」

他輕戳她的胳臂。「妳最悽慘的時候都不會一副鬼樣。今天是妳最悽慘的一天嗎？」

「不是。」她連想都不必想。她最悽慘的那天是四百八十六天前。在那之前，或之後，都不算一回事。直到她接到電話聽到了她最不想聽到的事情。

「那就振作起來，親愛的。」薩爾說，而她從鼻子裡笑，正是他想看到的反應。

「我應該離開他。」她說這句話時不敢迎視他的目光。

「妳是應該。」他的眼皮連眨都不眨，而羞恥有如髒洗澡水一般當頭罩下。「德瑞克知道妳知道了嗎？」

她搖頭。不看著薩爾談比較容易，所以她就又盯著電視，螢幕上有個穿紅色制服的人被某個穿白色制服的人擊倒，在大喊犯規。

「妳是怎麼知道的？」

「卡斯楚告訴我的。她在追查一條線索，意外發現的。」

薩爾險些被薯條嗆到。「那個私家偵探？她還在調查？」

「我跟你說過了。」

「不，妳沒有。妳說妳雇用她一個月，在一年之前，然後妳就沒提過她了，我還以為……要命……」

「你為什麼這麼在乎？」

「我不是在乎，」他說，「我是擔心。我覺得妳……」

「怎樣？說啊。」

他別開臉，咬著下唇。她抓住他的下巴，把他的臉轉回來。

「說啊。」她說。

「妳好像還是停在塞巴斯欽失蹤的那個點上。」她放開了手，他定睛看著她。「妳完全沒有向前邁進。妳……卡關了。」

「你真像我的治療師。」第四杯調酒的酒力上來了，她的舌頭也鬆了。「我也要跟你分手嗎？」

「妳沒再去看陳醫生？」

「還不算正式的。不過他也是一直說我卡住了。」

「德瑞克怎麼說？」

「你又是從幾時開始在乎德瑞克的想法的？」

「我通常是不甩他的。可是妳去年都沒看到，瑪兒，在……在那次的驚嚇之後。」

她慢慢學會了誰也不喜歡用「自殺」這兩個字。大家會用他們想得到的別的字眼來迴避這個詞。他們會說：妳想傷害自己的那次。或是，妳的情況不太好的時候。

她自殺未遂過。她可以承認——那別人為什麼不行？

「我沒看過他那麼害怕。」薩爾在咀嚼薯條，感覺起來他比較像是在自言自語。一小塊蒜黏在他的嘴唇上，她伸手彈掉了。「他覺得他會失去妳。他簡直是崩潰了。妳沒跟他說妳不去治療了，對吧？」

「公平起見，今天是我第一次取消了陳醫生的門診而沒有再預約。我可能會回去，我還不知道。」

他端詳她。「那……這一次是有什麼不一樣？」

這一次。他指的是外遇。因為很久以前也有過一次。

「她二十四歲，」瑪琳說，「而且持續半年了。」

「幹。」薩爾吐出髒話，而她因此而知道情況果然跟她想像中的一樣糟。幹。他又抓了一根薯條，恨恨地咀嚼著。單是這個動作就讓瑪琳覺得舒服多了。真朋友就是會陪著你暴飲暴食，即使給你壓力的事情並沒有發生在他的身上。

她伸手拿手機，給他看那張裸體自拍。「她的頭髮是粉紅色的。」

他接過手機，仔細看照片，眼睛微微瞪大，下顎抽動，有那麼一秒鐘，她以為他是在生氣，但是他卻咯咯笑了起來。

「你覺得很好玩？」她厲聲說。

「對不起。」他嚥回另一個笑聲，把手機還給她。「只是……她的頭髮。那些刺青。感覺上他是在找一個跟妳完全相反的人。」

「她很漂亮。」

他揮了揮手。「妳也是啊。重點不在這裡，跟這件事的重點完全無關。」

「別笑了。這個一點也不OK。」

「對，妳說得對，」他說，笑容消褪了。他用雙手按著她的肩搖晃她。「這個一點也不OK。那妳來這裡幹嘛？妳為什麼沒有坐在離婚律師的面前，討論要如何從這樁婚姻裡脫身？」

她沒回答。因為她不知道答案。她的大腦還沒追上她的情緒。

也真好笑，人生可以在幾分鐘內就炸得粉碎。前一分鐘妳還有個兒子，下一分鐘他就不見了。前一分鐘妳的先生還忠實，下一分鐘他就在睡一個二十四歲大的女人，而妳則在懷疑妳最好的朋友是否真的認識一個人。因為如果有誰會認識那種人的話，絕對是薩爾。

他拍她的大腿。「好吧。該擬個計畫了。我會幫忙。幾天以後等妳把事情解決了，要來跟我擠一擠嗎？公寓裡有間客房，床單都是乾淨的。妳會有自己的浴室。」

「慢點。我還沒有想那麼遠。」

「他是混蛋。」

「他也是我老公。」

「他是騙子，還偷吃。」

「他只騙了我偷吃的事。」

「妳又不是什麼都知道。別幫他說話。」

「他是塞巴斯欽的爸爸。」

「那又怎樣？那可不夠。」薩爾的聲音苦惱。「妳不能再拿兒子來當藉口了。」

「我仍然愛他。」

「那又怎樣？」他的聲音炸裂，少數的幾位客人紛紛轉過頭來看。新的服務生從吧檯的另一頭看著他們，表情糾結，懷疑和關切參半。在她的眼中瑪琳和薩爾可能是情人在吵架，因為他們兩人坐得那麼近，討論得那麼激動。「愛情把妳帶到了哪裡？妳要是問我，瑪兒，我會說愛情是被高估了。去他媽的愛情。我們應該要跟我們喜歡的人在一起。還有信任的人。」

「像你嗎？跟那個新來的服務生睡覺？」瑪琳轉頭給了那個新來的服務生犀利的一眼，再朝薩爾挑高一道眉。他向後仰，很意外她看出來了。她當然會，她了解薩爾。「那你是喜歡她了？能持續多久？頂多幾個月，最後她會辭職不幹，因為你又喜歡上了另一個，而一起共事會很彆扭？你老是弄得不歡而散，差一點就吃上性騷擾官司，老兄。你又懂什麼是婚姻，什麼是承諾，什麼男女關係？」

薩爾像鬥敗的公雞，垂頭喪氣坐在高腳凳上，像是被她放掉氣的輪胎。瑪琳話一出口就後悔了。她反擊得太激烈，一點也不恰當，因為薩爾並不是想要傷害她。儘管外表像個硬漢，薩爾的心思是很細膩敏感的。他沒結婚，沒生孩子，這一個痛點是她不應該去戳的。

「對不起。」瑪琳握住他的手。他沒有拒絕，幾秒鐘後，他捏了捏她的手掌。謝天謝地，他癒合的速度跟受傷一樣快。「我很賤。跟你沒有關係。你說的話以前都說過。」

「對，而且我一直在希望有一天妳真的會聽進去。」他的表情讓她想到大學時他請她回到他的身邊，而她卻告訴他她在和德瑞克約會的那次。可憐巴巴的小狗眼睛。下撇的嘴巴，現在周遭沾滿了鹽和胡椒。「妳太美好了，他配不上妳。我討厭妳不知道這一點。他之前做過一次，卻不用承擔後果，所以他才知道可以再來一次。」

「哇，謝謝了，薩爾。」她放開了他的手。「責備女人。所以他會偷吃是我的錯？」

「不是。」薩爾一隻手拍打吧檯。「可是妳留下來就是妳的錯。妳懷孕的時候他第一次偷吃。誰會那樣？可是妳沒離開。妳懷了塞巴斯欽。而現在妳又來了。醒醒吧，瑪兒。誰知道還有多少個？那些妳根本不知道，將來也不會知道。」

「我們仍然是夫妻，」她小聲說，「我發過誓。」

「他沒發過嗎？」薩爾的聲音如雷鳴。她心裡一驚，他極少拉高聲音。她仍面對著吧檯的鏡子，她看到後面有好幾顆腦袋又抬了起來。新服務生的眼神如雷射，從對面射過來。她甚至不認識瑪琳，就已經討厭她了，因為她害薩爾不高興。

「妳不必因為塞巴斯欽的事就懲罰自己在一樁破碎的婚姻裡乾耗著，瑪兒。妳難道不懂？兩件事都不是妳的錯。哈瓦那不是妳的錯。已經夠了。」

他說的不是古巴的城市。好朋友都有自己的簡略說法，而哈瓦那是他們給一個女人取的綽號，她的原名是卡門，是諾德斯特龍百貨公司的古巴裔銷售顧問，是瑪琳懷塞巴斯欽時德瑞克外遇的女人。

在四次的人工授精之後，這是她第一次懷孕超過十二週。瑪琳既欣喜若狂又擔驚受怕。德瑞克發誓只有一次。諷刺的是，告訴瑪琳的人正是薩爾。他去約會，坐在一家餐廳的靠窗位子，就看到德瑞克跟一個不是瑪琳的女人挽著手走過，有說有笑。薩爾隔天早晨告訴了她，但是她一口咬定是薩爾看錯了，那個男的不是德瑞克，不然就是薩爾看到的情況另有解釋。兩人吵了一架，薩爾指控她故意睜隻眼閉隻眼，而她則指控他老是想興風作浪，因為他總是把她老公往最壞的方面想。

接著，兩天後，一名諾德斯特龍的櫃姐打電話給德瑞克說他訂購的菲拉格慕鞋子到貨了。德瑞克的諾德斯特龍帳戶一定是連結到瑪琳的手機號碼上，櫃姐不知道她是在他太太的語音信箱中留言。她回電了，是自動生成的：「您撥的電話是二〇六九七一……」

瑪琳重播了兩次，深信是自己聽錯了。

「嘿，德瑞克，我是卡門。你的菲拉格慕到貨了。我在打烊前都在店裡，如果你有計畫要過來……是的話，也許我們可以喝一杯？上次我真的很開心，我，嗯……我沒辦法不想你。希望等會能看到你。拜。」

瑪琳一等德瑞克回家就質問他，播放了留言，聽得他畏縮。他道歉，懇求她原諒，堅稱只是一夜情，是人工授精的壓力以及想懷孕的壓力讓他扛不住，所以他失去了控制。那她是該怎麼辦？他們懷上了孩子，而她要這次懷孕——需要這次懷孕——成功。他們去參加伴侶治療，在塞巴斯欽出生之後，他們終於找到了辦法回到從前，卻不一樣了。信任打破了就會這樣。

薩爾挪過來，臉孔離她只有幾吋。他的呼吸隱約有大蒜味，但不會讓她討厭，因為她自己八成也是。有時她會懷疑她對薩爾的傷害是否比她想像中還要深。他無法跟別人定下來的原因是否有可能是因為他們在大學的戀情害的。他從沒這麼說過，她也沒問過。

「妳沒有他會更好，」他說，「妳可以重新開始。德瑞克是他媽的有錢，妳可以拿到一半。那就很多了。」

「你是說像緹雅？」

薩爾知道她在說誰。緹雅是兩人的大學朋友，嫁給了一個富有的大廚暨餐廳老闆。她住在俯瞰華盛頓湖的房子裡十年，不必上班，在家裡帶女兒，打網球，參加慈善委員會。然後布萊恩遇見了另一女人。兩人的離婚鬧得很難看。布萊恩找的律師比她的更厲害，所以她拿到了和解金，他則保住了一切，而且還又開了兩家餐廳。緹雅現在住在公寓裡，跟前夫以及破壞他們婚姻的那個女人共享女兒的監護權。

瑪琳有一年多沒見過緹雅了。上一次是塞巴斯欽失蹤的消息曝光之後，她帶著砂鍋菜來看望她。緹雅說她對「新生活很滿意」，可是很難想像她會有多滿意。緹雅和布萊恩離婚時所失去的是永遠也替換不了的。陪女兒的時光，經濟上的安全感，身分地位。

瑪琳不想要對新生活很滿意。她想要對她已經有的生活……或者該說是曾經有過的生活滿意。

「妳不是緹雅，」薩爾說，「妳一直在工作，緹雅卻沒有工作過。」

「你知道我一個人是沒辦法過我們現在這樣的生活的。」她覺得說出來很糟糕，但事實就是如此。沙龍是賺錢，但卻只是德瑞克的收入的零頭。

「對，可是妳有我啊，」薩爾說，「而且妳仍然是妳自己，無論妳的銀行戶頭有多少錢。」

「我不想失去我一手打造的一切。」

「如果可以讓塞巴斯欽回來，妳願意拿出來交換嗎？」

「一毛錢都不會少。」她毫不猶豫，儘管酒精害她的腦袋輕飄飄的。

「那麼如果只要妳的兒子回來妳就會快樂，德瑞克就沒有什麼能給妳的了。這一年來他都在哪裡？他從來不在家。他在感情上拋棄了妳。」

「德瑞克是個好人。」她說。

「不，他不是。他人不壞，但那是有差別的。你可以對別人不壞，卻照樣欺騙。你可以不壞卻做爛事。你可以不壞卻毀了別人的一生。他的人不壞，瑪兒，但是他不是好人。我希望將來有一天妳能分辨出其中的差異。」

「薩爾，」有人喊他。他們兩個都回頭。那個穿緊身牛仔褲的服務生從廚房門口盯著他們。「送酒的，他說需要簽名。」

「那就簽啊，」他喊回去，有點不高興。「那是金妮，」他低聲跟瑪琳說，「她越來越煩了。妳說三個月？我倒不確定能不能撐上三個星期。」

「你跟她睡了幾次？」

「只有兩次。」他一臉被得罪的表情。「可是現在我覺得她有感覺了。」

「嘿，你在床上一向很厲害。」

薩爾仰頭大笑。瑪琳聽見了覺得心情比較好，知道她還是能逗笑別人。

「薩爾，」金妮又喊：「是葡萄酒欸。」

他消失到裡間，時間長得足以讓瑪琳叫Uber了。他回來時正好看到她搖搖晃晃從高腳凳上下來。房間天旋地轉，她險些昏倒。他一把抓住她，把她扶起來。

「要命，妳喝醉了，現在還不到四點呢。」

「了不起的成就，」她說，但是話說得模糊不清。「我叫了Uber，三分鐘內會到。」

他拿走了她的手機，叫車應用程式仍開著，他取消了她的車子。「我開車送妳回家，把鑰匙給我。」

她從口袋裡挖出來，交了給他。「你確定店裡不需要你嗎？」她在他們走向門口時問。地板在波動，她靠過去擁抱他，卻動作不協調，反倒整個人趴在他身上。金妮在對面用眼睛射出刀子，瑪琳朝她搖搖手。對方沒有回應。

「金妮，」薩爾對她喊。「我今天不回來了。湯米來了以後提醒他我晚上會去農舍。」湯米是他的主廚兼副理。

「你幾時回來？我們有——」

「我想幾時回來就幾時回來。」他不客氣地說。

金妮吃了排頭，低下了頭。

「你沒說你要去普羅瑟。」瑪琳說，靠在他身上。她的嘴巴裡像是有棉花。

「臨時決定的。」

「跟你媽說哈囉。我好想她。」

他把她扶進了保時捷的乘客座，幫她扣好安全帶。他摸索了一會兒，在俯身時瑪琳吸了一口氣。香皂和水，還有洗髮精。同樣的味道。同樣的薩爾。他的氣味令人心安，他令人心安。她覺得安全。她閉上了眼睛。

她睡著了。

9

感覺才過了一秒鐘薩爾就把她叫醒了。瑪琳一定是睡死了，因為等她睜開眼睛，他們已經在她家的車道上了，而且薩爾又一次俯身過來幫她解開了安全帶。

他扶著她下車，走上前門的台階，讓她靠著他想出密碼。她幾乎不使用前門。她和德瑞克都停在車庫裡，從落塵室進屋，而那裡是極少上鎖的。第一次，她太晚才想起她的ATM密碼，結果小紅燈閃個不停。第二次，是他們的結婚紀念日，也錯了。

然後她想起來了。前門的密碼是塞巴斯欽的生日，她輸入號碼時頓時感覺被一波哀傷的巨浪淹沒。紅燈終於變成了綠色。

「怎麼了？」薩爾問，感覺到她倒向他。「怎麼回事？妳要吐了嗎？」

「不是。」她不是要吐，她從不嘔吐，至少不是因為酒醉。不再是了。「你能扶我到臥室嗎？」

他關上門，上了鎖。她踢掉了鞋子，抖掉大衣，全都丟在玄關地板上。薩爾扶著她登上長長的迴旋梯，進入臥室，她倒在床上，閉上眼睛。房間仍在旋轉，但是她比離開酒吧那會兒清醒了一些。

薩爾坐在她旁邊，她靠著他的肩膀。她喜歡他的感覺。那麼牢靠。那麼有存在感。

「你急著走嗎？」她問道，清楚知曉兩人都在床上。但是她不想一個人。最近她老是一個人。

「沒有，」他說，臉頰貼著她的頭。「我可以留一會兒。」

她窩進他懷裡，想要跟他一塊躺下來，但那樣子當然是完全不成體統。他們已經快要越界了。

「記不記得我說過認識一個人？」他喃喃說，輕撫她亂七八糟落在額頭上的頭髮。可能是因為兩人獨自在這間安靜的臥室裡，可是他的聲音卻害她輕顫。他的聲音沙啞、親暱，兩人不再是男女朋友之後他就沒再這樣對她了。令她興奮，她感到一陣哆嗦，但可能只是酒精害的。「我不是在開玩笑，瑪兒。真的。他可以幫妳解決這個問題。」

「停。我是在開玩笑。」她想要抽身後退，抬頭看著他，但是他的胳臂強壯，肌肉結實，不肯鬆手讓她離開他的懷抱。

「我不是。」他對著她的頭髮說。

「好，把他的電話給我。」她可以順著他玩個兩分鐘，直到他離開。薩爾沒說話，她又說：「怎麼，他連名片都沒有？這傢伙到底是做什麼的？律師？」

「我說過了，」薩爾說，「他專門幫人處理事情。」

「好極了。他能把人殺了卻佈置成是意外嗎？」

「也許。他絕對認識這樣的人。」

「你以前用過他？」

「一兩次。」

「你信任他？」

「我誰也不信任，」他直率地說，「只有妳。」

他放鬆了手臂，她退到能看著他臉龐的距離。他迎視她的視線，定住不動。感覺像永恆，等待著他的嘴唇抽動，等待著微笑的跡象，讓她知道他是在說笑，等待著說出笑哏。因為儘管他有些朋友不正派——偶爾就跟他一樣——他當然不會真的認識可以讓別人被殺的那種人。那就太荒唐了。

可是笑哏沒有來。他嚴肅得要命。

瑪琳可以承認她去酒吧時是一肚子的怒火，但是拜託，開玩笑說要殺掉一個女人卻太離譜了，即使是像薩爾這樣有黑色幽默的人。她知道她一整天腦子裡都是可怕的想法，可是這個……

而最後，薩爾的臉上綻開了一抹不懷好意的奸笑。

「你個混蛋。」她用力拍了他的胳臂一巴掌，而他發出衷心的笑聲。那個她記得的老薩爾又回來了。那個妙語如珠的薩爾，那個輕鬆隨和的薩爾，那個無條件愛她的薩爾。

笑聲總讓她覺得跟他很親近，她想也不想就吻了他。

是一記不協調、酒醉的、濕答答的吻，他沒回應，但是他也沒抗議。她一秒鐘後退開，覺得臉頰因難堪而發燙。他什麼也沒說，只是長嘆一聲，而她立刻就希望能把那一吻收回來。她過了很不順心的一天，而現在她完全跨越了一條她壓根就不應該接近的界線，把事情弄得更糟。她開口想道歉，還沒能說什麼，薩爾就抓住了她的肩膀，把她丟在床上。

他的舌頭伸進了她的口腔，而他的體重感覺沉甸甸的，很舒服。她激情地回吻他，用身體貼著他，任他的手到處游移，兩人好像想要融入彼此的身體中。他的唇貼著她的唇，她的臉頰，她的脖子，她的鎖骨，她的乳房，而她要他，全部的他，在她的上方，在她的體內，好讓她遺忘她感覺的一切，她知道的一切，即便是一下子都好。

彷彿覺察到她的想法，他忽然翻身離開，就跟他壓上來一樣突然，在床上坐起來，呼吸急促。

「怎麼了？」她喘息著問，「你為什麼停下來？」

「我不能，」他說，不回頭看她。「妳喝醉了，瑪琳。而且妳是我最好的朋友。這樣子不對。」

她注意到他並沒有說妳結婚了。她向他伸手，按住了他的胳臂。「薩爾，看著我。」

他聽了，朝她轉過頭來。他一副天人交戰的表情。眼中充滿了慾望，但是嘴巴卻堅毅地抿成一條線。

「我是喝醉了，可是我知道自己在做什麼，」她說，「你需要我同意嗎？因為我同意。我同意。我想要。我要你。」她向前傾，用臉頰挨著他的胳臂，透過他的襯衫感覺他的體溫。「我需要你，薩爾。別走。陪我。拜託，陪著我。」

她抬頭看他，他的嘴唇線條柔和了，而他也用兩人在大學時的那種方式看著她。

「你知道我愛你，」她說，而在內心深處，她知道她不應該跟他這麼說，因為不公平。她是為了讓他留下來，以免她孤伶伶一個人而在玩下流手段。「也許我沒有以你值得的方式愛你，但是我用我知道的最好的方法愛你。我一直愛你，也會永遠愛你。」

他在動搖，她看得出來。她一手摸著他的大腿內側，以食指輕劃那裡的鼓起。她能感覺得到。

「妳得答應明天不會恨我。」薩爾的聲音沙啞。「因為要是妳恨我，我會活不下去。」

「我絕不會恨你，無論是發生了什麼，」她說，「你到現在還不知道嗎？天底下只剩你一個是我信得過的人了，薩爾。」

對任何人來說，這也不過是說說而已。但是這句話卻是薩爾在父親過世的那一晚親口對她說的。他不知所措，大喊大叫，歇斯底里，幾乎前言不對後語，花了好長好長的時間才冷靜下來。瑪琳在警察趕來後負責說話。她是他沒有被捕的原因。天底下只剩妳一個是我信得過的人了，瑪琳。

這一刻可能是他們最有機會談那一晚的時候了。而且甚至還不是刻意為之的。

他向她伸出手，緩緩脫掉她的衣服，雙眼飽覽她的裸體，上一次他看到時還是在大學公寓裡的雙人床上。然後他脫掉了自己的衣服，而看見他的身體讓她心安，自從最後一次之後大致上沒有變化，只除了體毛可能多了一些，還有肌肉變多了。

他不再是個大學生了。她也不是。

他們又找到了彼此，在被單上交纏。一會兒之後，他抽身後退，胸膛起伏不定，問道：「妳有那個嗎？」

她愣了愣才明白他指的是什麼。已經很久沒有人問她這個問題了。她大概從將近三十歲開始就不使用避孕的東西了，因為從那時起她和德瑞克就開始積極地想製造孩子。

「沒有。」她把他拉回來。「沒關係。」

懷塞巴斯欽花了十萬塊，四次的人工授精。她不擔心今天可能會發生的情況，她只知道她需要這個，比長久以來她需要任何事或任何人都要殷切。

薩爾緩緩地進入她，他的眼睛盯住了她的，被充滿，不再空虛，感覺太好了。她整個放開，感覺比記憶中還棒。兩個人都比她記憶中要棒。開始溫柔，近結束前像野獸，完全符合她的需要。

她在凌亂的床上睡著時他正在穿褲子。外頭天黑了。他靠過來吻她的唇，既悠長又留戀，充滿了未說出口的話和一份要她的慾望，她現在明白了，這份慾望始終沒有真的減少，而是被壓抑住。她回吻他，自始至終知道這會是他們最後一次如此親吻。多年以前他們分手，他們並不知道最後一吻會是最後一吻。

但是今天，瑪琳知道。這種事不能再發生了。

「我愛妳。」他低聲說。

她在昏暗的燈光中對他微笑，輕撫他的臉。「我愛你。」

一模一樣的話，卻是迥然不同的意思。

一小時後，她被手機輕柔的響聲吵醒，臥室一片黑暗。不是影子應用程式，是她的iMessage。德瑞克終於撥冗查看了，瑪琳用手肘撐起身體來看。

嘿，我要在波特蘭機場再延一晚，受邀和投資人吃飯。真希望可以拒絕。我明天晚上才會回去。

說謊，說謊說謊說謊。他不在波特蘭。他八成才剛到西雅圖的飯店，他們兩個最愛的那一家。

沒關係，她回覆道。他們花大錢請你就是為了這個啊。

明天我會趕回家吃晚餐，我保證，德瑞克寫道。預訂妳想去的餐廳。我會送妳一個小驚喜☺。

最蠢的是，他真的會。他上一次去波特蘭，帶回了一對及膝高的范倫鐵諾靴子給她。不是她的生日，不是聖誕節。他在諾德斯特龍的櫥窗裡看到了，就買下來送她，「就是想送」。這一次會是什麼？他會花多少錢來減輕他的內疚？

那還得要他覺得內疚呢。他不像瑪琳，內疚是她的預定值，渲染了她的每一個想法、每一種感覺、每一個舉動。她感覺到怒火又冒了出來，滲透了她的每一個毛細孔。她很歡迎。憤怒能切穿所有的狗屁和混亂。憤怒能解開她的心結，讓一切都變得澄明。

她伸手拿手機，打給薩爾。他接聽後，藍牙花了一秒鐘連線，讓她知道他是在車子裡。

「嘿，」她說，「你在路上？」

「對。什麼事？」他說，而短短的四個字感覺已經不同了。好像他鼓足了勇氣準備聽她對他們做的事說什麼，但是她還沒辦法談。

「我想見見你的人，」她說，「如果你是認真的話。」

他的反應幾乎是即時的，而且不是瑪兒，我是說笑的，一如她半期待的反應。反而是「不需要。我可以替妳跟他談。」

「不。」她走向臥室窗，看著戶外。太陽下山了，後院的樹木變成陰影。「我需要跟他面對面見一見。要是我見不到他本人，我就放棄。感覺不對勁。」

沉默。她知道他聽見了，因為她仍聽得出他開著擴音。

「好吧，我會安排，」他終於說，「我計畫明天晚上六點左右開車回去，所以我應該會在九點過後就到。我會安排他跟我們——」

「不是我們，是我。我需要自己來，薩爾。越快越好，免得我又後悔。」

她聽見了自己跟他說的話，這時才想到也許她應該要等到明天。也許後悔是件好事，因為她在考慮要做的事情絕對是失心瘋了。

幾秒鐘過去，薩爾仍然沒吭聲。她知道他還在。她能聽到汽車的行進聲像柔和的白噪音，以及藍牙連線的輕微回音。她不禁猜想他是否後悔了打開這扇門，帶著她走上這條路。薩爾始終都有點在體制外，反權威，有點像不法之徒，而瑪琳則守正不阿。

「我再打給妳。」他說，短促的再見之後，兩人掛斷了，未說出口的話意猶未盡。

一小時後，他發了簡訊。*今天午夜。科學怪人。別喝酒。*

10

麥肯姬．李的信用卡不能刷。又一次。難堪之餘，她扭頭瞧了瞧。德瑞克坐在雅座裡，用蘋果手機在看郵件，沒察覺到她在看。他從來就察覺不到。這方面他們還沒那麼有默契。

「再試一次。」麥肯姬轉頭回櫃檯，盡量不讓聲音透出焦急。到這裡來是她的主意，想讓他知道她沒那麼高消費。她想要提醒他她的哪一方面在一開始吸引住他。不過，她沒辦法不端著餐點回去，她不能跟他說她一點錢也沒有了。通常她去點餐，不用開口他就會給她現金。但是今晚他還有別的心事，而打死她她都不會自己開口要錢。得由他主動。

麥當勞的收銀員頂多十五歲，在護目鏡下懷疑地看了她一眼。他又刷了一遍她的Visa卡，螢幕又一次說交易失敗。「對不起，女士，還是不行。妳有別張卡嗎？」

首先，他可以把「女士」兩個字塞回他自己的屁眼裡。她才二十四歲欸，幫幫忙。第二，不，她沒有別張卡。她別的信用卡都刷爆了，只剩兩張她覺得還能用，這是其中之一，是她在幾個月前申請的，額度低利率高。她沒辦法用得太頻繁，不過也可能是已經用得太多次了。要是她肯把第一張對帳單打開來看一看，她搞不好就曉得了，偏偏她就是把它擱在廚房流理台上，跟其他沒打開的帳單堆在一起。

排在她後面的女士帶著兩個過動的孫子，不耐煩地嘆氣，一隻腳在地板上輕拍，厲聲叫孫子

「乖乖站好，否則就把你們送回去給你們的爸爸。」要是他們選的這一家麥當勞生意忙一點，噪音大一點，收銀員多一點，客人也多一點，可能還不會那麼丟臉。麥肯姬對這個招呼她的高中小子的批評態度極其清楚，此時此刻這小子口袋裡的錢可能都比她銀行戶頭裡的要多。

德瑞克有一次跟她說他之所以有今天完全是因為小時候家裡很窮。真了不起。她討厭當窮光蛋，而且她知道就算拿到了美術碩士學位也不能改變她的前途。是啦，她是願意當那種不在乎錢的人，像她許許多多的藝術家朋友。可如果妳被學生貸款和卡債淹沒，而妳的母親又有早發性阿茲海默症，住進了照護中心，雖然不是最貴的，卻仍然貴得要命，那麥當勞和一元商店的速食拉麵之間就會有很大的差異。因為，沒錯，還有比速食還要低的等級。

她亂翻皮包，希望她保留下來救急的那張二十元鈔票仍然在她藏的地方。她想不起來是不是用過。她不知道在麥當勞刷卡失敗算不算是正式的緊急事件，但感覺上就是。她的外婆總教她要放點現金在皮包裡，因為有時信用卡會出問題，有時附近沒有提款機。外婆說得對，而麥肯姬突然好想念她，害她更難深呼吸。

喔，哀傷，你個狡猾的王八蛋。

她找到了二十元鈔票，對折起來夾在舊的西爾斯百貨會員卡和她的Sephora會員卡之間。兩張卡她都不用了，因為西爾斯百貨歇業了，而第二家彩妝店她買不起。麥當勞的餐點費用是十四元六毛八。她考慮著要把她的烤雞組合餐換成「一元菜單」上的那個漢堡，可是她後面的女士又在嘆氣，麥肯姬不得不承認她太難為情了，不敢再說什麼。她把鈔票攤開，遞給收銀員。他找給她一張五元鈔票和一些硬幣。她把錢塞進皮包裡，盡量不去想她這星期只剩下這些錢了。

德瑞克在她端著餐點回來後仍沒抬頭；他太忙著看手機了。他沉浸在手機中忙公事的樣子就跟她沉迷在手機上忙一切不是公事的雜務一樣，而且他在打字時不喜歡被打擾，所以她什麼話也沒說。坐下來之前，她想偷看一眼他在看什麼。但，他當然察覺到了，把手機歪向一邊，不讓麥肯姬看到螢幕。

她很討厭他這麼做，讓她想起了他有秘密。她應該知道的。她就是其中一個秘密。

她打開烤雞漢堡，咬了一口，讓自己忙著看IG，任他繼續裝得像她不在這裡。在他們開車前往飯店的路上她上傳了一張照片，是她把腳架在儀表板上，搶在他叫她把腳拿下來之前拍了一張。雖然她脫掉了鞋子，她知道還是會惹惱他。她比他以為的還要了解他。要是他知道他偶爾會出現在她的IG上，他八成會很不高興，即使沒有附上真名或是露出臉孔或任何可辨識的特徵。不過反正他自己從來不看社群網站，所以有什麼關係？

他漫不經心地伸手拿薯條。他沒有說謝謝妳，他也不需要——反正別的東西都是他付的——德瑞克在一頓晚餐上浪擲百元根本就不算什麼。麥肯姬在這頓麥當勞上花了將近十五元，就讓她到領薪日之前都得勒緊褲帶。再者，她想不起他哪次特別對她有禮貌過。她記得初相識時她覺得他彬彬有禮，簡直就是個標準的紳士。

他不再是那個人了。說謊又偷偷摸摸了半年改變了他。但是她不能太不高興，因為她也變了。麥肯姬以前是控制得了他的，可現在感覺他快溜走了。今晚去飯店可能是他的主意，不過她也不笨。男人真心想跟她在一起和只是不想回家，兩者是有很大的差別的。

「一切都還好吧？」她在他放下手機時問。

「都好。」但他沒微笑，麥肯姬不知道是因為他的手機，或是因為她。她不會問；他們不來這一套。他們不會查問彼此的情緒，他們不深交。他們的模式不是這樣的，雖然她試過。他只是盯著面前的食物，皺著眉頭。他拆開了裝漢堡的紙盒，眉頭更加深鎖。「我說要四盎司牛肉堡。」

「你說大麥克。」她知道他說的是大麥克，因為她記得他說的時候她心裡還想：可是你通常都要四盎司牛肉堡。她有自信自己沒記錯，而她從他飄移的眼神中看得出他在懷疑他是不是也確實是這麼說的。但是德瑞克討厭認錯，而且他是硬拗大王，所以他會一直否認他點的是大麥克，最後把這一晚徹底毀了。

「我幾時吃過大麥克？」他說，但是說得有點氣虛。他瞪著麥肯姬，活像是她應該要知道答案。她明白他從波特蘭開了一下午的車回來很累了，可是她在他來接她時提議由她開車到飯店，他卻一口咬定他沒事。其實他們兩個都知道他是不想讓她開他的寶貝瑪莎拉蒂。既然他都不肯讓她把穿著襪子（乾淨的）腳放到儀表板上，他當然不可能讓她握住他那輛貴得不像話的跑車的方向盤。德瑞克覺得瑪莎拉蒂令她興奮，一開始確實是。但是這輛車也讓他像個花心大蘿蔔。

而且，你知道嗎？累的人可不只他一個。她在綠豆子站了一個早上招呼客人，然後瑪琳·馬恰多走了進來，一副想用她完美的牙齒把麥肯姬的喉管咬穿的樣子，卻仍能顯得雍容高雅，從頭到腳都明豔照人。

麥肯姬知道德瑞克的老婆是誰，她當然知道。

她使出了渾身解數才沒有露餡，假裝她情人的老婆只是一般的客人，多虧了她在愛達荷念書時選修的戲劇課。如果有最佳咖啡店演員獎，麥肯姬一定能奪冠。猜測瑪琳是否會越過櫃檯勒死她，或是當著她的同事和整店的客人面前高聲罵髒話、撂狠話，實在是痛苦的經驗。後來麥肯姬甚至還拿著咖啡壺去給她續杯，給她機會撒潑——她覺得她們可以速戰速決，至少她有點心理準備——可是瑪琳什麼也沒說。她只是坐在角落，盯著她工作，瞪著麥肯姬，活像她是一隻蟲子，而她想要用她的 Jimmy Choo 鞋子踩死她。

麥肯姬看過瑪琳的照片。網路上、雜誌上、慈善活動、美容業，而且德瑞克的老婆在臉書和IG上很活躍，無論是工作或是個人生活上。但是瑪琳．馬恰多本人卻完全是另一個等級的。比方說，她長得像莎瑪．海耶克（她也幫她做過頭髮，《時尚泉》雜誌上說的）。她長了一雙魅惑眼睛，豐胸俏臀，腰肢纖細，名牌服裝貼著她的身體，凸顯了她的身材。瑪琳在櫃檯前面對她時，麥肯姬覺得自己又高又瘦又笨手笨腳，像尚未發育完全的青少年，太高太瘦，而且急需要來一番改頭換面。瑪琳．馬恰多柔軟豐滿，而麥肯姬卻平扁，瘦得見骨，兩人在外表上的差異有如雲泥。

所以她才會傳給德瑞克那張裸體自拍。她需要保證。

瑪琳．馬恰多聰明，成功。她有自己的事業，經營三家沙龍，工作團隊也似乎都愛她。她白手起家，也回饋社會，而且她的主題標籤總是#女老闆和#女人擁有的和#給力女性，而且她差不多就是麥肯姬長大時想要變成的那種人。

她想像不出瑪琳心裡打的是什麼主意。她顯然知道麥肯姬是誰。但是沒有對決，而且她顯然也沒告訴德瑞克，因為如果她說了，麥肯姬現在就絕不可能會跟他在一起。

德瑞克還是沒開口，所以她就繼續想著瑪琳，一面吃薯條。看見他老婆本人說明了很多事情。人人在IG上的照片都很漂亮，因為有濾鏡和Facetune。不過看到現實生活中的某人卻不同。德瑞克一定以為跟他冷靜自持的老婆相比，麥肯姬大多數時候都很邋遢。她下班後衝回家去洗個戰鬥澡，德瑞克開車來看到她時做了個鬼臉。

「把頭髮吹乾也花不了多少時間吧。」他說。

「我差不多都是讓它自然風乾。」

他伸手到後座拿運動袋，翻找出一條超細纖維毛巾。「向前坐。」他說，等她照做之後，他就把毛巾披在皮椅上。

「我的頭髮比你的毛巾乾淨。」她說。

「我的皮椅比妳的頭髮值錢多了。」

她沒有回嗆。她敢說像瑪琳這樣的女人絕對不會濕著頭髮出門，也不會在臉上的化妝品少於五樣時出門。

德瑞克來接她時甚至沒有上樓到公寓來。如果他抵達時她沒站在路邊，他就傳簡訊。他甚至不肯走下這輛天殺的車子來按大廳的對講機。他有一次不客氣地說：「我又不是他媽的Uber司機。」這句話讓她知道他從沒叫過Uber。那些駕駛也是不下車的。

然後他們就坐在他這輛華而不實、很不舒服的車子裡半個小時，最後麥肯姬才建議到麥當勞。德瑞克雖然追求物質享受，卻和她一樣是從小吃慣了速食，她也知道他不會在意量產的漢堡和薯條。另外，他的心情很差，她覺得速食可以讓他稍微開心一點。誰知竟是反效果，他們只是坐在這個黏答答的小隔間聽他在抱怨她用應急的錢幫他買的漢堡。

她注意到他的大麥克原封不動。「德瑞克，你既然這麼在意，我可以去請他們換。」她放下了烤雞堡，刻意誇張地重重嘆口氣。

各位女士各位先生，他們現在來到了「誰是大人有大量」的舞台現場，正進行唇槍舌戰比賽，得分默記在心，被動攻擊，直到最後有人勝出。勝利者會是誰呢？她想要是她自己，因為她跟他一樣喜歡贏，可如果他們不肯免費替換漢堡，那她就得要再拿出僅存的五塊錢來買，然後想辦法熬到週末發薪水。也就是說，到頭來，輸的人是她。

「沒關係。」德瑞克說。這下子比分板上兩個人都有成績了。

他咬了一大口他堅稱不是他點的漢堡，也就是說他吃了不想吃的東西，所以他再得一分。然後他露出苦瓜臉，表示他不喜歡大麥克，所以她得了一分，因為他說了沒關係。但接著他咀嚼完畢，吞了下去，等於，靠，他又得一分，因為他真的打算消化這玩意。

「你要我的烤雞堡嗎？我可以吃大麥克，我不介意。」叮叮叮，她能聽到腦子裡鈴鐺響，記錄著分數。提議交換當然可以拿三分，於是麥肯姬領先了。看吧，她也很擅長這個遊戲。

「我說了沒關係。」

這是他得分或者她失分，她不知道。兩人沉默不悅地進食，誰也沒贏。誰也不會贏。她不知道他們為什麼要玩這個遊戲，她不知道他今晚為什麼想見她。如果他真的不想回家，那他可以留在波特蘭啊。

十分鐘後他們回到汽車裡。他打開了音樂，只要他沒心情說話就會這樣，而最近類似情況是越來越多了。德瑞克以前就像水龍頭一樣關都關不住。畢竟兩人就是這麼開始的。談話在頭兩個月是他們的果醬，後來開始有性行為，而他們這才發現他們更喜歡性交。

他的播放清單從她認識他起就沒變過，而他的音樂品味主要是「聲音花園」、「珍珠果醬」、「愛麗絲囚徒」和「超脫樂團」。很棒的西雅圖樂團，沒錯，可都是在她出生之前的，讓她想起了她爸，他總是在聽這些唱片，直到那年夏天他搬出去為止。也讓麥肯姬想到德瑞克的年紀較大，而儘管在開始時這些差異很新鮮，現在卻像根鬆脫的繩子，他們兩個都得不時拉拽，而兩人的關係也開始鬆散。

不能鬆散。麥肯姬在這上頭投資得太多了。

「香柏溪小屋」在西雅圖外三十分鐘車程的地方，就在西雅圖國際機場旁邊。德瑞克第一次跟她說起時，她以為那是一家普通的機場飯店，結果卻令她驚喜。飯店有時髦的餐廳，豪華的SPA，德瑞克訂的套房幾乎就跟麥肯姬和室友泰勒合租的公寓一樣大，還有壁爐。飯店的周遭環境也是花木扶疏，精心照顧，而且相當浪漫。但是德瑞克喜歡這裡不是因為這個原因。他們來這裡是因為他不太可能遇上認識的人，而萬一遇上了，他可以拿要搭乘一大早的航班當藉口。

他們兩個的事跟浪漫是扯不上邊的。

德瑞克駛入了停車場，指示她在車裡等，他則到櫃檯去登記，拿房卡。幾分鐘後就回來了。

「我們走側門。」他跟她說，而現在的他笑容滿面，心情愉快，努力要讓她忘掉他不想讓櫃檯人員看到她的這件事。他們每一次都是走側門，而他覺得還有必要提醒她，當她是個小孩子，需要不斷重複才能學得會，實在是很侮辱人。

他們從側門進去，德瑞克拎著過夜包，她提著她自己的。剛開始，他總是提兩個人的行李，而麥肯姬愛死了這種紳士表現。不過，久而久之，他不再主動幫忙了。她說過一次，卻被他嘲笑。

「得了，肯姬。妳是Y世代，又自己說是女性主義。妳不能說自己是這種人又指望男人幫妳提行李。」

也許他說得對，但這個跟期望一點關係也沒有，她也不知道該如何跟他說明而不會把事情鬧大。她要德瑞克在走進飯店時是那個想要幫她拿行李的男人。她想要他是那個在人行道上牽著她的手，來接她時會上樓來，帶她到他的朋友可能會看見的地方吃飯，跟她一起自拍再允許她放到IG上的人。

麥肯姬想要好多好多不是這樣子的東西，可是她不知道該怎麼要，因為她直到現在才想要。

她從一開始就知道他是有錢人。她知道他已婚。她知道他的年幼兒子失蹤了。她知道他脆弱，外遇的時機成熟了，歡迎任何能帶走失子之痛的東西。她也知道他對自己的錢包很大方。總而言之，他就是個完美的標的。

她跟著他在走廊上前進，第一百次猜想究竟是怎麼走偏的。她從來就不應該要對他假戲真做的。要是她不快點想出下一步，那她就會把整個計畫都搞砸了。

11

她的裸體自拍是瑪琳的蘋果手機桌布。

而現在，只要她拿起手機，就會看到麥肯姬的奶頭。每次她查看時間，就會看到麥肯姬的私處。她瞪著那個櫻花刺青，從年輕女人一邊髖骨延伸到乳房。瑪琳對刺青一無所知，但就連她都看得出其中的美，鮮豔的桃紅和粉紅墨水有著水彩的效果。只有二十四歲的女人，有著這種纖細的身材才能半裸著身體自在地躺在折疊桌上幾個小時，任由陌生人拿針在她的肌膚上蝕刻。

這張照片看得瑪琳一肚子怒火，但她仍盯著不放。憤怒比傷心要強。憤怒比麻木要強。這個女人是瑪琳的相反，而她只能假設這就是德瑞克最喜歡她的地方。

時間將近午夜了，瑪琳坐在「科學怪人」的小隔間裡，等著一個她連面都沒見過、連聲音都沒聽過的男人出現。她只知道他叫朱利安，而且他顯然不覺得晚上十二點跟陌生女人在餐廳見面有什麼不正常。

科學怪人是一家舊式的小餐館，就在大學城的中心。念大學時她和薩爾是這裡的老顧客——其實，他們也是在這裡分手的。隔間擺著充滿刮痕的木桌和破裂的塑膠椅，沿著牆壁以及用餐區的中心排放，每個隔間都由昏暗低垂的檯燈照明。塑膠地板因為潑灑的咖啡和煎餅糖漿永遠是黏答答的。洗手間翻修過，但還是很噁心，早先她去上廁所，她不得不懸空蹲坐，唯恐屁股會碰到什麼髒東西。

科學怪人的餐點油膩，但供餐速度快，分量也很大，而且價格低廉。小館子吸引了許多無家可歸的人，主要是男人，他們三五成群進來，默默坐在隔間裡，分享幾盤通常會打折的食物。老闆以前也曾經無家可歸，後來他把自己打理乾淨，找到了工作；這是典型的西雅圖故事，媒體也報導過，有張照片裱了框掛在門口附近的牆上。科學怪人也吸引附近大學醫院值夜班的醫護人員，以及本區三個不同的學院學生，包括麥肯姬．李念的藝術學院。

瑪琳這樣的女性是不會來這種地方的。至少是不會再來了。有個一半牙齒爛掉的男人在走向洗手間時朝她咧嘴微笑，而一時間她被籠罩在他的體臭中，是一種混合了尿臊味和垃圾味的露宿街頭的人生況味。她本能地把皮包拉近。是薩爾選的地方，還是朱利安？

想到薩爾她就心痛，她甚至都還沒開始消化今天稍早發生的事情。嫁給德瑞克將近二十年，瑪琳沒有出軌過，連邊都沒沾過。她深吸一口氣，強迫自己把下午的記憶驅逐出腦海。這是一扇她不應該打開的門，而一想到她和薩爾會走到哪裡就讓她害怕。她不想失去他。她不曉得熬不熬得過又一次的失去。

她坐在這裡越久，就越覺得瘋狂。她完全可能是反應過度了。

可每次她質疑來到這裡的決定，她的手機也會因為即時通知而發亮，而每次一亮，她就會又看到麥肯姬．李。年輕、清新、自然大方，她光滑的地方瑪琳有皺紋，她活潑的地方瑪琳則……否。她可能還有生育力，卵巢正常，隨時都能生一兩個孩子，只要德瑞克想要。

而德瑞克想要的是這個嗎？再生個孩子？因為瑪琳知道就是在這件事情上她給不了。最後一次的人工授精用掉了他們最後一個可望成功的胚胎，而它製造出塞巴斯欽。

女人和女人較量是天底下最古老的套路，而她總以身為一個支持別的女人的女人而自傲。無論麥肯姬是在做什麼，背叛的人都是德瑞克。但是瑪琳也傷害了她的先生。如果德瑞克能夠原諒她塞巴斯欽的事——他說他原諒了，說了一百次——那她當然也能原諒他這件事。

因此這個故事中唯一的惡棍就是麥肯姬。她什麼也沒投資，卻想要奪走一切。想得美。

「還要咖啡嗎，甜心？」

女服務生沙啞的聲音嚇了瑪琳一跳，她微微抖了一下。她一手握著咖啡壺，另一手握著水壺，帶著親切的笑容舉高了兩個壺。她的一顆門牙上沾了一點珊瑚色唇膏，這樣就讓瑪琳想起了小時候她爸媽在每週日上過教堂之後帶她去的那家家庭餐廳裡的服務生。她的名字是茉，全名是茉琳。上大學後有一年的感恩節週末，她跟她父母走進了「黃金籃」。瑪琳要求領班讓他們坐在茉的那一區，卻只見領班的表情一沉，告訴瑪琳她最喜歡的服務生一個月前過世了。

「我本來要跟妳說的。」她的母親低聲說。他們坐了不同的桌位，可能是十年來的第一次。

「喔，可是妳沒說，」瑪琳說，「害我現在覺得很靠北，領班也是。」

她的母親抿起了嘴唇。「注意妳的用語，瑪琳。」

服務生褪色的綠色制服鬆垮垮地掛在她勁瘦的身體上，她的名牌以斜體字寫著「貝慈」（*BETS*）。瑪琳忍不住猜想是不是原本是「貝琪」，但是最後的y字磨損漫漶了。她眨眨眼，這才明白她都還沒有回答服務生的問題。

「兩樣都加一點，謝謝。」

貝慈／貝琪幫她加滿了馬克杯和水杯，一滴也沒漏出來。她的指關節好像老薑。

「要吃什麼嗎？」服務生問，「還是還在等人？」

餐館的門打開了，一群吵鬧的大學生走了進來，帶進一陣冷風。他們沒地方坐了，每張桌子都有客人。瑪琳一點也不想吃東西，但是只喝咖啡卻佔著一個足以坐四個人的隔間好像不太對。

她越過服務生的頭看著大黑板上寫的菜單，黑板佔據了開放式廚房的半面牆。「我來份怪獸特餐吧。不過炒蛋只要蛋白，謝謝。不要煎餅、吐司，也不要薯餅。你們有火雞培根嗎？」

貝慈／貝琪挑高了一道描畫過的眉毛。「甜心，這樣就不是怪獸特餐了。只要蛋白的話就要加錢，而且妳會花錢買一堆妳不吃的東西。我們這裡也沒有火雞培根。」她皺著眉說「火雞培根」，活像是光說這四個字都是褻瀆。八成就是，因為只有混蛋才會走進一家二十四小時營業、標榜全天候早餐的餐館，還想要健康的餐點。

瑪琳對她微笑。「那這樣吧，我要嫩煎蛋，酸麵團吐司，薯餅。還有平常的培根，我記得味道非常美味。」

服務生回以笑容。「要再加一塊錢多一片煎餅嗎？」

她絕對吃不完的，不過管他的。「好啊。」

貝慈／貝琪一個字也沒寫下來。瑪琳忍不住猜想她是怎麼會淪落到這裡的，這麼一把年紀了還在廉價小餐館裡值夜班。茉總是說她很喜歡她的工作，說黃金籃的客人就像朋友，同事像家人。但是在科學怪人值夜班卻是截然不同的環境。

現在是晚上十二點整了，薩爾的人還沒來。她沒辦法發簡訊或是打電話確認朱利安是不是會來。薩爾跟她保證他們會合得來，而她只知道這麼多。可萬一朱利安沒現身呢？

她的手機響了。是薩爾傳來的簡訊。活著嗎？

他還沒來，她以緊張的手發訊息。我嚇死了。我不知道行不行。

薩爾的回覆來得很快。妳沒問題的。別緊張。只是談一談。

除了等待之外無事可做，她就點開了IG。她並沒有給社群網站排優先次序；莎蒂和各店的經理會處理IG和臉書上的推文。可是瑪琳今天已經上網成癮，而她學到了年輕的世代似乎毫不在意把整個人生都上傳到這些虛擬平台上。仔細看的話，你幾乎可以把任何人都摸得一清二楚。

比方說，德瑞克的情婦就每天在IG上推文。真、他、媽、的、每、一、天。

她上次看過後又出現了一張新的照片，是一張……腳？兩隻長腳連接著瘦得見骨的腳踝，套著粉紅和白色圓點短襪，隨性地交疊在一輛汽車的儀表板上。拍的角度很有心機，炫耀了方向盤，瑪莎拉蒂的皇冠商標就在正中央。方向盤上有一隻手，顯然是男性的，附上的文字是「超酷車，超帥哥」，加上了戴太陽眼鏡的表情符號。

這張照片有一百則評論，但是麥肯姬只回覆了第一則。

sugarbaby1789：騷包，他是誰？？？

kenzieliart：boo'd up了，妹子！

瑪琳又得查都會字典。「*boo'd up*」意思是有男／女朋友；很認真的關係。

釘在恥辱柱上了。

有個男人坐進了她對面的塑膠椅，瑪琳嚇了一跳，險些拿不穩手機。她又一次沉浸在自己的思緒中，沒發覺他靠近。她沒看到他朝隔間走來，也沒感覺到餐館門打開時有冷風吹到臉上。那一群吵鬧的大學生仍擠在門口。

他一定是從別的地方進來的，從後門，也可能是從廚房。

她的心怦怦跳，手掌也出汗，反射式地伸出了一隻手，但是他卻沒有握手的意思，反而向服務生示意，她端著乾淨的馬克杯和咖啡壺過來。

「老樣子，貝慈。」他說，而她點點頭。

原來她的名字就是貝慈，而且很顯然他們認識。要是他從後門進來，那他可能是這裡的常客。瑪琳把手放回膝蓋上，不讓他看到她在發抖。

她真的要這麼做？

她不敢跟他視線交會，不過他卻一點也沒有彆扭的樣子。他伸手到大衣口袋裡，掏出一包濕紙巾，抽了一張。她看著他仔仔細細地擦手，每一根手指都沒放過，等他擦完，他把濕紙巾團成一球，包在餐巾裡，再放到桌子的一角。

他瞪著她看，把她整個人收入眼底，視線從她的臉孔、頭髮、項鍊、上衣、左手上的婚戒，右手腕上的手鐲一一掠過。他沒笑，但是一張臉卻天生愉快。薩爾跟他說了多少？她不知道自己是否就跟他想像中一樣。

她不知道他做過這種事多少次。

最後，他開口了。「我是朱利安。別緊張，瑪琳。我們只是談一談。」

她直到呼出氣才明白自己一直在閉氣。

「哈囉，」她說，「謝謝你來。」

朱利安——如果是他的真名的話——年紀跟她差不多，可能大個幾歲。深色的眼睛，濃密的眉毛，堅挺的鼻子，剃了個大光頭。黑色V領T恤外罩著黑色的舊重機夾克。體格極健壯，兩手強勁有力，沒戴手錶，沒戴婚戒，不過她覺得這種場面他如果戴了婚戒反而會很奇怪。他不像是一個朝九晚五的上班族，不過，他也不像是個——薩爾是怎麼說來著？——喬事的。

倒不是說她知道職業喬事人是什麼樣子。她沒看過《黑手遮天》這部電影。

他在觀察她觀察他，又一會兒過去了他才說：「那，妳就是那個害薩爾心碎的人？」

她眨眨眼。她沒想到會是這樣子開頭的。

「我……算是吧。」她不知道薩爾究竟跟他說了什麼，所以也不知道該如何解釋，他想聽多少細節。「我們在大學時約會。很久以前的事了。」

「而妳為了後來妳嫁的那個人不要他了？」朱利安問道，但比較像是陳述而不是提問。

要命，薩爾，你都跟這傢伙說了什麼。「不……不盡然。」

「薩爾是好人，」他說，「妳後悔過嗎？選了妳老公而不是他？」

「我……」哇塞。她完全不知道該如何回答。她沒想到會有這類的問題，尤其是來得這麼快，可是這個人似乎是不懂得聊天的。或是打招呼。「我是說，我當然不後悔。薩爾知道。我們沒影響。」

「我只是在確認你們彼此有多熟。」朱利安的眼睛四周出現紋路，她這才發覺他是在微笑。或是試圖微笑。「看妳的說法跟薩爾的是否吻合。因為顯然妳跟我從來沒見過，而我需要確定妳就是他說的那個人。」

「薩爾是我的死黨。」這是最簡單的解釋，也是最正確的。「我們是老交情了。你想確認我的名字的話，我可以給你看證件。」

靠。白痴啊。她不想給他看證件，那麼一來她的個資就全洩露了，像是地址，而那總覺得有點……危險。

他搖頭。「不需要。這樣就可以了。」

「你又是怎麼認識薩爾的？」她問道。

他揚起一道眉，覺得有趣。「他是怎麼跟妳說的？」

「他說你幫他工作過，一兩次。」

「沒錯。」朱利安深邃的眼眸閃過一道光。「不過我們不是那樣認識的。我們曾經都進過MCC。」

瑪琳瞪著他，等待他細說，他卻不說了。然後她了解了。MCC是蒙羅矯正機構，是監獄。

耶穌基督！薩爾十九歲念大二時，因為販賣大麻被捕，是違反毒品管制條例中的輕罪，但因為是第二次犯法，他父親氣瘋了，不肯把薩爾保釋出來，所以薩爾在開庭前坐了三十天牢，最後法官把這三十天算入他的刑期，放他出獄了。這件事發生在他們兩個認識之前，薩爾從不提一個字，所以她經常會忘記他還坐過牢。

「我們出來以後還有聯絡。你們兩個在一塊的時候他會談起妳，現在還是，」朱利安說，「說妳是那個移情別戀的。」

「這倒有趣了，因為他壓根就沒提過你。」她脫口而出，馬上就覺得臉紅了。她並沒打算把話說得這麼白。

但朱利安似乎不介意。他聳聳肩。「我不是那種你會跟朋友提起的人。」

「他什麼事都會跟我說的。」她說。

「是嗎？」朱利安掛著淺淺的笑容，在她能問他這話是什麼意思之前，他又說：「我們兩個不常見面。他需要我的話就會打電話。我的專長是處理一些需要特別處理的問題。」

「哪一種問題？」她屏住呼吸，不知道他會不會說出那些話。

「隨妳的需要，瑪琳。」

他沒有說明，一股彆扭的沉默籠罩住他們，最後被瑪琳亮起的手機打破了。是薩爾的簡訊，查看她的狀況。朱利安的視線很自然地被吸引到她的手機螢幕上，看見了麥肯姬的裸照，瑪琳覺得羞愧。她一把抓起桌上的手機。除了她之外，誰也不應該看到她手機上的這張照片。

「是薩爾。」她能感覺到臉頰的熱氣擴散到脖子上。「想知道情形。」

朱利安向後靠，喝著咖啡。「回他啊。」

她打字打得很快，然後就把手機放回皮包裡。

「抱歉，瑪琳，」朱利安說，「我需要手機放在桌上。」

「真的假的？」

「幫我解鎖，拜託。」他的語調愉快，卻是明明白白的指令，而不是請求。

她用大拇指按住主畫面，手機也解鎖了。

他拿起來開始滑，謹慎地把她打開的每一個程式都關閉，然後才把手機放回桌上，而麥肯姬一絲不掛地笑望著他們直到螢幕變黑。

「我需要確定沒有錄音。」朱利安說。

「我不會那麼做的。」

她沒有理由要錄下來。今晚在這裡無論發生什麼，她都不想要除了薩爾以外的第三人知道，不想讓別人知道她有過這種念頭，更不想別人知道她還認真到跟一個真的能出手幫忙的人有過談話。

「餐點來了。」朱利安說。

貝慈把特大號盤子放在桌上，盤子裡的食物堆得像小山，油光閃亮。她發現朱利安點的跟她的幾乎一模一樣，也額外加了一片煎餅，只有吐司是全麥的而不是酸麵團。

「我們吃完再說，妳覺得怎麼樣？」他拿起了叉子，把蛋切開。蛋黃流在薯餅上。「肚子填飽了再來談殺人會容易得多，妳不覺得嗎？」

12

有那麼一會兒，瑪琳幾乎能假裝他們是兩個來盲目約會的人，其實，說起來也有點像。畢竟他們是由共同的友人安排的。

只除了沒有一個地方是合法的。

「那，就是她？」朱利安終於放下了叉子。「妳手機上的？妳老公就是跟那個女人出軌？」

他吃完了三分之二的食物，而她只吃了一半，但看來他們兩個都飽了。貝慈看到他們吃完了，但並沒有過來。她彷彿是知道在朱利安召喚她之前，她是不准靠近的，而他並沒有看她那邊。他直勾勾看著瑪琳，感覺上他的深色眼睛能看穿她。她覺得就算她想騙他也沒辦法。

她開始說話，而且就像連珠砲一樣。幾乎感覺像是她終於能自由自在地把她想到的每一件可怕的事情都說出來，她從沒在互助團體中說過的話，她只可能會跟心理治療師說的話。朱利安是陌生人，可能就是因為這樣。可能是因為她知道他不會批評她。

「外遇有一段時間了。他現在就跟她在一起。在飯店，城裡的某一家。」羞恥又害她臉紅了，她能感覺到臉頰熱熱的。

「照片給我看。」

她把手機遞給他，羞恥變成了憤怒。他又看了長長的一眼螢幕才變暗，他的唇邊有一抹淡淡的笑意。男人對裸女是怎樣啊？薩爾之前的反應也差不多。好玩，還有一點……色瞇瞇的。

「妳跟妳先生有孩子嗎？」他問道。

「這個問題不重要。」

她的回答讓他意外。他揚起眉毛詢問，但她不肯說明。她絕不會跟這個男人討論她的兒子，她也很高興薩爾也沒有說。塞巴斯欽是不能碰的話題。

「把妳對她的了解都告訴我。」朱利安說。

這部分容易。不像對德瑞克，瑪琳對這個小三只有一種情緒，以ㄏ開始，以ㄣ結束，第四聲。

他專心聆聽，完全不插口。等她說完，她的喉嚨很乾，伸手拿水杯卻打翻了咖啡。幸好，咖啡快喝完了，只有幾滴潑到桌上。貝慈一個箭步就趕了過來，用濕布擦拭，還提議收拾餐盤。兩人都拒絕了打包。

「對不起。」瑪琳擦掉了服務生漏掉的一滴咖啡。「我通常不會這麼緊張。」

「那是因為妳是正常人，」朱利安說，「而這段對話對妳來說是非常不正常的。不必有壓力，瑪琳。我是來幫忙的，不是來讓妳的人生更不好過的。」

他的話出乎意料的親切，瑪琳提醒自己這只是在開會。跟他坐在這裡並不表示她就得要貫徹到底。她不必現在就做決定。

她還是可以改變心意。

他又瞪著她，而現在她傾吐了自己的心事，他明白讓她來此地的細節，情況也變得不同了。她把秘密告訴了他，感覺異常親密。

「薩爾總是說妳很美，瑪琳，」朱利安說，而她覺得臉又發燙了。「他沒說錯。據他所說，妳也很有成就。這種情形我見過很多次，我可以很肯定地說無論妳先生做了什麼，都跟妳沒有多大關係。」

錯了。跟她有百分之百的關係。

「妳有問題要問我嗎？」朱利安說。

她做個深呼吸。來了。「我想……我想費用是個大問題。你要多少錢？你又是如何……你想怎麼……」她吞嚥了一下。

「我的手法和妳無關。」他眼中的閃光回來了。「有些情況我會親自處理，有些我會……外包。妳只需要知道事情會處理好。可是我的收費是二十五，沒得商量。」

「二十五萬？」她不知道她以為的是多少錢。薩爾說過他很貴，可是這個數目還是高出了她的設想。

「妳的錢不會白花。」

「可是我——」她的問題太多，不知該從何問起。她討厭聽起來像個天真又白痴的新手，雖然她就是，而且她在後悔這麼堅持要單獨和朱利安見面了。她真希望薩爾在這裡。「我能……我能先付一半的前金嗎？」

「不能。」他的笑聲短促，更像是吠叫。「妳一次付清。現金或是電匯。」

「只是……我不知道要怎麼解釋這一筆二十五萬的開支。」她知道她有這個錢，但又不是錢就放在活期帳戶裡那麼簡單。而且她也不能沒有好理由就花掉這筆錢。「那不會引起懷疑嗎？」

「如果妳是用電匯的，我給妳的帳號是一家慈善機構的，一個合法的、歷史悠久的慈善機構。妳之前也捐過款吧？」他沒等她回答，已經知道答案了。「我甚至可以給妳開收據節稅。就算國稅局或是有誰關切，妳也只會是個非常大方的捐款人，幫助了一家援助婦女的機構。」

「真的假的？」

他輕啜咖啡，懶得回答。他顯然是個不喜歡一句話說兩次的人。

「可是我怎麼知道你是不是真的——」

「完成工作？妳不會知道。只能靠信任。」朱利安向前探身。「信任在我這一行是大事。而且是雙方的，瑪琳。我也必須信任妳。而且我信任妳是因為妳的好朋友薩爾。」

她花了一分鐘消化訊息，他耐心地等她的腦袋飛掠過一百種不同的情況。最後，她低聲說：「要是我同意，我多快會知道你打算動手？」

「妳什麼也不會知道。妳會在事成後發現，這得要幾週的時間。」

「幾週？」

他放下咖啡杯。「這段對話和實際事件間隔的時間越長越好。那麼多人被抓都是因為拿錢之後太快完成工作，而且委託人也太介入計畫。妳跟所有事之間的距離拉得越長越好。」

瑪琳沒說話。聽他說得像家常便飯，對她卻是那麼的難以想像。他們真的在討論，她真的在做這種事。

「妳付給我的錢不僅僅是殺掉一個人，瑪琳。」朱利安的語氣像聊天。他似乎不擔心四周的人可能會偷聽。「如果妳擔心的只有實際動手殺人，那妳可以自己來，只要妳夠憤怒。或是付錢找個街頭混混幫妳殺，妳還可以省下一大筆錢。殺人是最容易的部分。」

她眨眼睛。她這輩子都沒聽過有人這樣說。

「妳付我的錢是要保證查不到妳身上。」朱利安喝著咖啡。「是要讓它像車禍，或是偶然被搶卻遇害，也可能是什麼怪病，或是失火，或是溺水。某種讓人意想不到，卻很有可能的事。這種事要讓人相信，妳就需要像別人一樣震驚，有確鑿的不在場證明，對消息完全沒有心理準備。如果妳不知道他偷吃那就更好。」他頓了頓。「他知道妳知道了嗎？」

「不知道。」瑪琳的聲音發抖，整個人在發抖。他列舉出的事情，彷彿是有益的選擇，而不是各式各樣讓一個人……死亡……的方法，她實在不知道該如何反應。

「妳是怎麼知道他有外遇的？」

「私家偵探。」她說，而他瞇起了眼睛。

「哪一個？」

她搖頭。「我覺得不重要。」

也不知為何，瑪琳就是不想說出凡妮莎．卡斯楚的名字來。卡斯楚是偶然發現外遇的，在調查她的兒子失蹤的過程中，這也是瑪琳拒絕討論的事情。這些都和朱利安無關。

「要是妳有事情瞞著我，我的工作會更棘手。」他說。

「如果你像你自己說的那麼厲害，那應該也沒關係。」她說。是在挑戰。

他的下巴縮緊，又放鬆。「還有誰知道？妳的心理醫師？」

「你怎麼知道我有心理醫生？」他是在測試她嗎？還是薩爾把這種事也告訴他了？

「像妳這樣的女人都會有。」

「我現在沒有了。」瑪琳一點也不打算透露陳醫師的姓名。朱利安讓她害怕，但是他也讓她覺得對生命中的人有保護欲。「如果你想要問我可能聽過我談起這次外遇的每一個人——對了，我自己也是今天才知道的——那我們可就得在這裡再待上一會兒了。」

朱利安的嘴唇掠過一抹笑。她無論是參加了什麼考試，好像都過關了。

「妳得叫妳的私家偵探停手，」他說，「馬上。」

「行。」瑪琳說，但她在騙人。儘管她了解朱利安不需要有個私家偵探跟著那個他受雇來殺掉的人，她卻不打算叫凡妮莎・卡斯楚停止調查。她會叫卡斯楚不必再去調查外遇，但是搜尋塞巴斯欽的事絕對不變。

「那好。那又回到最重要的事情上了。」朱利安向前傾。「一旦妳把錢匯給我，確認之後，行動就展開了。妳要是兩天之後醒來，害怕了，想要改變主意，行。但是錢花了就是花了，不會退還給妳。了解嗎？」

「了解。」她又開始發抖了，感覺滿傻的，因為他們都已經談到這裡了。她已經把最不堪的一面攤在他的眼前，她連對薩爾都不太敢說，除非是開玩笑或喝醉時，因為她的這一面會讓她直接下地獄。

或者更糟，進監牢。因為已經活在地獄裡的人是威脅不了的。

「妳可以直接跟他離婚的，知道嗎，」朱利安說，「那不是最快的脫身之法，但是至少沒有風險。我認識一個很厲害的律師，可以幫妳聯絡，當然是要收費的。他會挖出妳老公的每一個小污點，保證妳拿到妳有權獲得的每一樣東西。」

她眨眨眼。「你在說什麼？」

她和德瑞克沒有要離婚。離婚很醜陋，而且到頭來也只是讓他可以自由自在地和麥肯姬在一起，或是在她之後他看上的女人。而最後只有瑪琳一個人是輸家。而她不想落得孤家寡人一個，像緹雅一樣。她已經失去太多了。

「我只是在討論另一種選項。因為如果這條路走下去了，就一定會有風險。即使看起來像意外，也是有人死亡，而配偶總是頭號嫌犯。警察可能會介入，會驗屍，會有疑問。而妳先生是個名人——」

「不好意思，你現在說的是哪一齣啊？」她不該半途插嘴的，可是她搞糊塗了。「我不是為德瑞克來的，他是我先生。」她險些加上「以及我兒子的父親」，幸好及時打住。

輪到朱利安一臉迷惑。他似乎嚇了一跳，而她認為他應該不常有這種情況發生。「妳不是要妳老公死？」

「當然不是。」她戳著電話，點出了那張裸體自拍。「問題不在德瑞克，她才是問題。」

他靠著椅背，打量了她一會兒。「薩爾不是這麼說的。」

「那就是我們共同的朋友誤會了。」

可惡，薩爾。瑪琳毫不懷疑薩爾是抱著這種希望的，但是她從來就不想要德瑞克死。他是塞巴斯欽的爸爸。無論如何，她是不會傷害她兒子的父親的。她瞪著照片直到螢幕變黑，默默在心中咒罵薩爾成事不足敗事有餘。

「這樣你會有問題嗎？」她問道。

「不會，」朱利安說，淡淡的笑又回來了。「事實上，反而更輕鬆。」

接下來的兩分鐘兩人都沒開口，但是他現在看她的表情不一樣了。他來這裡是以為她想要一個男人死，結果卻是一個毀了瑪琳人生的女人。是一個想要偷走她僅存家人的女人。如果這樣就讓她禽獸不如的話，隨便。十四天來，她已經想像出十二種讓麥肯姬死的方法了——被公車撞，掉出窗外，跌進一個巨大的天坑，被從懸崖上推下去——而每一種奇想都給了她一時的無限快慰。

角落的隔間傳來震天響的歡笑聲，那群吵鬧的大學生終於吃完了。三男二女，而她的視線特別落在某個女生身上，有著褐色長髮和晶亮眼眸的，她對坐在她身邊那個英俊自信的男生的愛慕連瞎子都看得出來。她很像是二十年前的瑪琳。別誤會了，那些年大都非常美好，只有最後一年像地獄。

「我仍然愛他。」她說，比較像是自言自語。

他伸手到外套內袋裡掏出一本亮皮手冊。是「站起來」，這是本地一家受虐婦女與兒童的庇護所，是一家真正的慈善機構，她覺得以前也捐款過。他在背面草草寫下了十六個數字，她只能假設是銀行帳戶。

她打個哆嗦。朱利安的人脈一定極廣，否則他不會知道如何透過一家合法的慈善機構洗錢。

「今晚之後，我們就不會再見或是再聯絡，」朱利安說，「妳把全額匯進來就代表妳同意進行。妳不會知道細節，不會知道時間。還有，記得，不退款。了解了嗎？」

只有這一件事情他今晚說了兩次。「我了解。」

「妳還有一點時間考慮。要是明天早上九點錢還沒匯進來，我就假定妳的決定是不。」

「要是我沒辦法那麼快決定呢？」

他端詳她，臉上掛著淡淡的笑。「妳已經決定了，瑪琳，否則就不會來這裡。現在的重點是妳會不會扣扳機。」他的笑容擴大。「冷笑話。那是我的工作，不是妳的。」

接著是沉默的兩分鐘。他們四周的噪音變大了。大學大道的酒吧打烊了，大學生正進來尋找便宜的油膩的食物來吸收他們剛喝下的淡啤酒。

帳單送來了，朱利安放下了一張百元大鈔。面額太大了，其實瑪琳也願意付，但是貝慈把鈔票收進口袋裡，咧嘴微笑，並沒有說要找錢。

「愛坐多久都沒關係。」服務生跟他們說。

隔壁桌的女大學生又笑又尖叫，再過去還有一批新來的，盯著某人手機上的影片，開著黃腔。他們隔壁那桌是個遊民，在跟另一個遊民說另外一個遊民的事，聲量很大。她能聞到他們的氣味，他們衣服上的街頭臭味，他們沒清洗的皮膚上散發著汗酸味。

但是她一點也不介意。其實，噪音還是個很受歡迎的軟墊。誰也聽不到他們的對話，誰也不會因為她說的話，她還沒說的話而驚駭莫名。唯一一個可能批評她的人就坐在她的對面，而他沒有道德倫常，所以他對她的看法也無足輕重。

「很高興認識妳，瑪琳，」朱利安說，而就這樣，今天的會面結束了。「平安回家。」

他的語氣好輕鬆、好低調，瑪琳忍不住想他的樣子好正常，好理性，好迷人。

她緊緊抓住皮包，滑出了隔間，套上外套。「我要如何跟你聯絡？」

「不必聯絡。」他抬起頭，卻沒有站起來，也沒伸手跟她握手。「從現在開始都可以透過薩爾。」

兩人的道別就和寒暄一樣簡短。

外面在下雨，她走出餐館仰望著黝黑的天空，停了一下，讓雨滴打濕她的臉，抹去她的妝容，洗去她的罪惡。

她不敢相信會走到這一步。

她真他媽的失心瘋了。

13

一開始，麥肯姬覺得很刺激。外遇在萌生階段都是這樣的。但是現在，躺在飯店床上聽著德瑞克在身邊打呼，新鮮感已經蕩然無存。

已婚男人很累人。他們有本事把妳跟他們同在的那個房間的氧氣吸乾。妳老是按著他們的行程表來，對於變換地點和見面的次數提高警覺。妳只能去某些特定的地方，而只要他們必須要出現在別的地方，妳就得犧牲。他們的家庭排在第一位。而妳不是他們的家人。

妳是那個小三。妳是給他們填補空檔用的。妳的聲量差那麼一點。

來這裡是浪費時間。她應該要把兩次幽會之間的時間拉長一點的。德瑞克漸漸覺得舒服自在了，而要是他不再渴望她，這段關係就等於結束了。不像老婆，他並沒有義務要和麥肯姬在一起。他並沒有許下婚誓，他們並沒有要一起經營人生。等他厭倦了她，他就會叫停。而她還沒準備好。

她伸手拿手機，很想要發簡訊給J.R.，看他待會兒想做什麼。他是她的情人中唯一單身的，但是到頭來他並不想要她。兩人仍是朋友，偶爾會上床，有時會讓她感覺好一些。不過有時卻讓她心情更差，而且沒有辦法預測走向。她放下手機，今天不想知道答案。至少有婦之夫一定會讓妳知道自己的定位。

昨晚兩人進到房間，德瑞克說他有工作，所以麥肯姬就一個人看付費電影，讓他去查看郵件。電影結束後，她睡著了。不知在何時，德瑞克一定也是睡著了，而他根本就沒叫醒她。

那他何必邀她來這裡呢，如果不是為了上床的話？

她溜下床，蹭向窗邊，把窗帘稍微拉開一條縫。太陽升起了，大地的風景很漂亮。她瞥見了玻璃上她的倒映，發現粉紅色頭髮塌扁了，很是沮喪。她又得洗了，這一次要吹乾。心裡暗自咒罵，她轉向浴室去洗澡，邊走邊脫衣服。

她對自己的外貌是沒有幻想的。她又高又瘦，天生骨肉勻稱，還有兩條大長腿。不過她的臉就只是還可以。她化妝後漂亮，但除了眼影和一點唇蜜之外，其他東西她都懶得用。至少她現在還是二十幾歲，皮膚終究是乾淨的。

她最大的資產就是她的異國風情。夏威夷父親，法裔加拿大籍母親……男人一向都喜歡她。她並沒有美豔到害他們卻步，但是她的魅力又足以讓她值得追求。她了解自己的優缺點。她早在許久之前就想通了，跟J.R.在一起的時候，當時她十七歲。然後是翔恩，她十九歲。再來是艾瑞克，再來是保羅，他老婆威脅要殺了她。然後是現在的德瑞克。

一開始全都是一個樣，充滿了她說的「火花」。火花就是讓她吸引住他們的因素。要是他們還沒把她列入選項，有過火花之後就會了。有時是打情罵俏的一句話——友善，但十足曖昧——有時是徘徊不去的一眼。要是已婚的男人真的死會了，那就什麼也不會發生，火花就會熄滅。誰也不會受傷。要是他還有什麼念想，那一定得是他採取主動。

誘惑可以持續幾週，慢慢醞釀，讓那個已婚男人和他的慾望奮戰，最後只是潰不成軍（而且他們總是這樣）。重要的是讓他們相信是他們勾引她的，知道這一點讓他們覺得剛強有力，覺得自己雄風未老，無論是哪種「雄風」。跟他們第一次上床一定要乾柴烈火一發不可收拾，而且只有在醞釀過程實際存在時。重點就在欲擒故縱。

一旦讓他們迷戀上她，到了想跟她廝守的程度，她就可以利用這段關係謀利了。她並沒有不喜歡跟她幽會的男人——她真心被他們每一個吸引。她可不是妓女，拜託。職業女友，算是吧。而且就和所有的戀情一樣，你不會想讓它變得枯燥乏味。

而她和德瑞克就是這種情況了。六個月了，是她有史以來最長的一段關係，而她覺察到快要餿掉了。他變得冷淡懈怠，而她不知道該怎麼辦。兩人剛認識時，他一到她身邊就整個人活了起來。現在他卻退入了哀傷的深井中，她猜想他和瑪琳就是住在深井裡，而這是她從來沒有處理過的情況。也就是說他和麥肯姬在一起的時光不那麼刺激、不那麼值得了，而且會變形成一個複雜的問題，他很快就會決定不想要了。

她沖掉頭髮上免費的飯店潤絲精，把所有的小瓶子都挪到壁架上，以免回家時忘了帶走。她買得起的沐浴用品沒有這個好，除非購買的人不是她。

二十分鐘後她走出浴室，德瑞克已經醒了，正在打包筆電。她拋在地上的衣服都折好了，整整齊齊放在她的過夜袋上。他覺得有必要跟在她後面收拾，這件事讓她既著惱又覺得好玩。

「感覺好像我們剛到。」她說，想要交談。打從昨天他去接她之後他們就幾乎沒說話。

他沒看她。「洗好了？」

他從她面前走過，然後她聽到水流聲。她拿飯店的吹風機對著桌上的鏡子吹乾頭髮，又一次注意到粉紅色褪色了，她又得決定幾時重染了。她使用的那盒染髮劑一劑就要八塊錢，是奢侈品，她還得付學費、房租、食物、貓的照顧費用、水電和美術用品。揹著學貸，靠綠豆子的時薪，她幾乎是被壓得喘不過氣來……可是她媽媽在協助生活中心的費用每個月就差不多三千元，而她去年從保羅那兒撈到的那筆錢也幾乎快花光了。

所以她才需要小心翼翼應酬德瑞克。她不能失去他。重點就是抓準時機。

她拿大圓梳梳出蓬鬆的波浪，她不想再讓德瑞克嫌棄她的濕頭髮了。今天必須順利，他必須開開心心離開這裡，想要再跟她見面。她翻尋著小小的化妝包，搽了一點眼影、一點腮紅、一點唇蜜。然後她套上黑色丁字褲，乾淨的內搭褲，會從肩膀往下掉的寬鬆上衣。不戴胸罩。她不需要。

打扮完成後她很滿意：她就像自己，只是容光煥發。她拍了幾張鏡中的自己，選了最漂亮的一張貼到IG上，加上#粉紅頭髮不在乎和#飯店人生兩個主題標籤。她在社群媒體上的五萬粉絲中只有六個人是她歸類為實際上的朋友的，他們會知道她並沒有這麼頻繁住飯店。

不過實際如何不重要。重要的是看起來如何。

她更新應用程式，看著按讚數增加。只要少於一千個就表示她的照片很無聊，或是她的主題標籤沒下對。她使用濾鏡讓她的頭髮更粉紅，而且從那些雙連擊來看，她獲得了正面的回饋。

德瑞克不喜歡她的粉紅色頭髮。她經常換髮色，兩人認識時她是金黃色頭髮。她第一次染成粉紅色，他哈哈大笑。他似乎是以為她在拿他惡作劇，只是為了看他的反應。後來他發現那不是洗一次就洗得掉的，而且她真的打算要保持粉紅色，因為她是藝術家，而且頭髮是他媽她自己的，她覺得酷斃了，他不高興極了。

德瑞克以為很多事是繞著他轉的。有錢人的調調——錢越多，他們就越小心眼，越不習慣聽別人的命令。上個月她同意一連上五天晚班，他以為是因為他們吵架了，而她在生他的氣，需要藉口不跟他見面。這種屁事擺明了就是在侮辱她。她加班是因為那一週的房租到期了，下學期的學費也是。真遺憾／不遺憾她這份咖啡店的白痴工作毀了他的計畫。

麥肯姬的手機響了，她縮了縮。她的聯絡人各有各的鈴聲，而這一個是泰勒。她沒跟室友說她跟德瑞克在一起，她是故意不提的，她想避開每次提到他都會引發的爭吵。泰勒沒見過德瑞克，可他就是不喜歡他。

浴室的門開了。「誰打來的？」德瑞克走出來時瞧了瞧她的手機，他只穿著內褲。一陣溫暖的蒸汽跟著他出來。

她刻意不回答，因為既然她不准問是誰發訊息給他，那他也沒資格問。她挪向窗邊，看了泰勒的簡訊，又一次瑟縮。

妳在哪？不是要一起吃早餐？

她不想回覆，可如果她不回，他就會一直傳簡訊，直到得到回覆才罷休。還是速戰速決的好。

我跟德在一起，她敲著回信。幾小時後就回去，可是要上班。我多輪了一班。她按下傳送，等著挨罵。

靠！他回答得很快。早知道就睡懶覺！昨晚我三點就回來了，妳個混蛋！我根本都不知道妳不在。還以為今天下午要一起看完鬼入侵呢？

他說得對，他們是這麼計畫的。麥肯姬一直想要自己一個人看《鬼入侵》，卻發現沒辦法，因為太恐怖了，所以她說動了泰勒陪她一起看，即使他最恨看恐怖片了。結果他們一看就上癮，打算要在泰勒今晚上班之前一口氣看完最後三集。

可是德瑞克發信息來的時候她就把泰勒忘了，而且在她的同事問她能不能來代班時又忘了他一次；她會同意代班是因為她需要錢。

對不起，你說得對，我是爛人，她回傳給他。整整一分鐘過去了。

算了，他終於回覆，但是她知道絕對不是沒關係。跟妳的已婚老男友好好玩吧。

我會補償你的，她回傳道。這個週末，我保證，在我拿到薪水之後。艾佐炸雞加鬼入侵加芒果瑪格麗塔！

隨便，他回道。

她吁了一口氣。「隨便」就是泰勒版本的好。「隨便」也等於是泰勒在說要是妳再放我一次鴿子，我他媽的一輩子也不會原諒妳。她通常是個井井有條的人，但是這六個月來每件事都圍繞著德瑞克在轉。想要留在已婚男人的軌道上並不是件輕鬆的事。

沮喪之下，她關閉了程式，把手機拋到床上。德瑞克張口欲言，像是要問她是跟誰發簡訊，卻又改變了主意。他向她走來，按摩她的肩膀，吻她的脖子。她知道這是什麼意思，也知道他想要什麼。除非他是想要性，否則他極少表達感情，但是她向前挪，更靠近窗戶，不讓他抓到。又來了，他以為她的沮喪完全是因為他。以今天來說，沒錯，所以不能讓他輕易得逞。

「寶寶，真抱歉我的心情這麼壞。」他說。

他移向她身後，而她注意到他還沒穿衣服。他用兩條胳臂摟住她的腰，整個身體貼著她，一張臉埋入她的後腦，吸氣，讓她想起了她有多喜歡他的身高，他比她還高，即使她穿上了她最高的高跟鞋。他的臉頰貼著她的臉頰，而他的味道香極了。他搽了他們在諾德斯特龍百貨買的古龍水，她挑的那個貴的，因為香味很性感；他一定是在沐浴後噴了一些。

「我知道我對漢堡的事很混蛋，我害妳覺得很差勁。我大概真的點了大麥克，因為我心不在焉，沒在注意，那樣實在是太差勁了。我真的很抱歉。」

她已經覺得心軟了。他比她認識的男人都更懂如何適當地道歉，而且好好的道歉也就是承認他做了爛事，同時也清楚了解到說出口的垃圾話會影響到別的人。

「工作上的事太多，而且贊助人也變得不可靠。有一大堆人要求我一些目前不是我能控制的事情，我不是故意要拿妳出氣的。」他的語氣像是真的很難過，讓她覺得好多了。「對不起，肯姬。」

「沒關係。」她說，終於允許自己融化在他懷裡。他強壯的手臂把她抱得更緊，她感覺到他的唇貼著她的脖子，他的氣息滾燙。

他的心情不好，她也開始覺得難過了，而且她想要讓他感覺好起來。她真恨自己這麼在乎，因為通常她不會。她恨自己太投入。她知道他太多事情，知道他為了孩子心痛，知道他時時刻刻都在傷心，而現在她也因為她可能幫他買錯了漢堡而增加了他的壓力而覺得自責。她知道他一向都是吃四盎司牛肉堡的。她知道。她應該要幫他點的，因為她確實懷疑他說錯了。可是她被他在車中的沉默，以及斥責她把腳放在儀表板上的事惹火了。

這就是他們的部分模式。他粗線條，害她不高興，結果也讓他不高興，然後又害她自責，所以她就會使出渾身解數來逗他開心。他們就是這樣子，可是她不知道要如何不這麼做。如果只是搞搞外遇，那事情會很輕鬆。可是他們的關係感覺越來越認真，所以又添上了一層的複雜，讓她措手不及。她的感情攪亂了她的判斷力，而她在遇見J.R.之後就不允許有這種情況發生了。

德瑞克的一隻手向下移，越過了她的內搭褲的褲腰，他仍在吻她的脖子，低聲道歉，然後那隻手來到她的私處，輕捻慢揉。她身體的每一吋都著了火，他的大拇指和食指知道該怎麼做，她的內搭褲和內褲的布料很薄，她能感覺到他的每個動作，而且她想要更多。她向後靠著他，把臀部抵在他的勃起上，呼吸粗重，而他知道這表示她不再生氣了，她想要他為所欲為。

百無禁忌。

她想轉身吻他，但是他不肯，而這讓她更亢奮。他一手滑進了她的內搭褲裡，滑進了她的丁字褲，他感覺到她有多濕，忍不住呻吟，而她最愛的就是他總是因為這個而驚訝，那麼的愉悅感激他不需要太費力就能讓她達到這樣的高潮，那麼的愉悅感激她總是已經為他準備好了。她知道這讓他覺得像天神，而且她也很喜歡她能夠讓他有這種感覺，而且他會竭盡所能讓她有這種感覺，因為他是個有耐性的人，只要能讓她達到高潮，需要他做什麼他就做什麼。

他的手指插入了她，感覺美妙極了，但是她仍然貪心，所以她把內搭褲往下拉，彎腰向前，靠著窗戶，雙手按著冰冷的玻璃。她不在乎底下的行人會不會抬頭看，看到他們。剛才他的手所在的地方現在換成了他的臉，他的舌頭無處不在，品嚐著每一吋，好美妙，好淫蕩，而且他正歡愉地呻吟，好像是她在對他做這種事。

而這就是跟他在一起那麼不同的原因。是性，沒錯，但也是性給她的感受。他們性交時，她怎麼樣都可以，想說什麼都可以。她徹徹底底的無拘無束，這是跟別人都不會有的。她就算不知道該如何要求他在公開場合牽她的手，但是她知道如何要求他把舌頭更深入她。她的高潮來得兇猛，貼著他的臉蠕動，但是他一直沒停，直到她滿足了，叫他停止。

她轉過身來，他正在拉下內褲，但是她要他進入她，所以她把他推倒在床上，爬到他身上，凝視著他的眼睛，親吻他，在他的唇上嚐到她自己的味道；只需要短短的幾分鐘，因為他已經高高勃起，她使盡了全力騎乘他，最後他喊出她的名字，眼珠突出，額頭青筋暴凸。

這一刻她最愛的地方有兩個。第一，是德瑞克唯有在這樣的時刻才會醜，因為他一向都很完美，一向都是。即使他在麥當勞是個混蛋，或是在談論他的老人家音樂，或是斥責她把腳放在他一塵不染的儀表板上，他都是完美的。

第二，這是她在兩人的關係中完全主導的唯一一次。什麼事都是聽他的，而能夠讓他這個樣子——堅硬，不必為了她的高潮而收斂——是她唯一有機會做的事。

但是現在也有一件事讓她逐漸討厭了。讓她想起了兩人在一起的時間是有個有效日期的。就在完事之後，德瑞克會離開去上班，她會回到她的爛公寓，回到她滿肚子怨氣的室友以及被冷落的貓身邊，回到充斥著不成對的碗和一包包一元拉麵的櫥櫃前，覺得比這樁外遇開始之前還要空虛，因為她和德瑞克在一起的每一天，他們每一次的上床，都讓她失去一小塊的自己。

他們在性交後不會擁抱，她只是躺在床上，心滿意足，看著他穿衣服，觀察他一絲不苟地扣鈕釦，把襯衫塞進長褲裡，精準地綁鞋帶。他的皮鞋比她和泰勒一個月的房租還要貴。她知道，因為她查過。

「我不能送妳回家，我得直接去辦公室，」他說，「不過我想妳應該留下來，吃點早餐。想要的話可以去按摩。費用掛在這個房間。我會給妳錢坐計程車。」

她坐了起來。「你不能跟我一起吃？」

她察覺到他想要過來坐在她身邊，就在他的肢體語言中，他像是要朝床鋪邁步卻命令自己不行。最近這幾次他一直這樣，道別時異常猶豫。就像他還有話要說，就像他知道他應該要了結，現在就了結這件事，可是他又退縮了。

「我得開會，」他說，「妳自己吃吧。好好享受。等妳想走了——」

「走側門。」

他點頭，終於走過來時她躺了下來，讓他吻她。吻在唇上，卻不帶一絲邪念。她不由得猜想會不會再見到他。在頭兩個月時，道別輕鬆愉快。

現在卻很難。

他抓起行李，人就不見了。她翻身看著窗戶，看著漂亮的樹和多雲的天空，盡量享受在這間豪華飯店房間裡僅存的時光。這個房間一晚的要價恐怕比她在綠豆子一週的小費還要高。真叫人喪氣。不過她的肚子咕嚕叫，她的心情也變好了——至少她還得到了早餐，而且飯店餐廳做的班乃迪克蛋加酪梨吐司極為出色。

她往浴室走時看到梳妝台上的錢，停下了腳步。德瑞克留給她現金，而且比搭計程車的錢多多了。一疊鈔票厚厚的，都是二十和五十元的。她拿了起來，數了數，嘴巴合不攏。

他留給她五千塊。

他以前也給過她錢，那是當然的。她有一個月付不出房租，在談話中提了一句，結果他就從口袋裡掏出三百塊現金，活像那不過是零錢。她有一次發愁說她需要去一趟Cash n' Carry看他們還有沒有雞肉，因為要是她去得太晚，可能就賣光了，結果他搖頭假裝嫌棄，給了她兩百塊，叫她去「全食超市」買有機的放養雞，健康多了。

他們的飯店住宿費都是他付的，也包括幾乎每一餐；他付錢讓她飛到紐約，付錢買「哈姆雷特」戲票，以及在布魯明黛百貨公司的大血拼，他買給她一個Dolce & Gabbana皮包，要價兩千兩百元。兩千兩百元欸！他想說服她挑那個色彩繽紛的，她也看中了那一個，可是最終常識勝出，她選了那個黑色的，知道她可能再也不會得到一個這麼高級的皮包，所以必須要能百搭。

「你確定？」麥肯姬那時問他，在收銀台前緊抓著他的胳臂，而櫃姐則用大大的笑容來掩飾她的冷笑。這種場面她見過，不用懷疑。

「我確定。」德瑞克把信用卡遞出去。「妳也想要那個有花朵的嗎？」

「花朵現在正夯。」櫃姐尖著嗓子說，又把笑容拉高了五十瓦特。

「不，」麥肯姬笑著說，「這個就好。」

她捕捉到櫃姐的眼光，讀出了寫在那個女人臉上的批評：甜心，別傻了。把花朵的也買下。這個可憐的女人知道什麼。她只看到麥肯姬的粉紅色頭髮和吃吃傻笑，但是麥肯姬不需要兩個名牌包。她是在放長線釣大魚。

但是五千塊錢距離目標金額差得太遠了。五千塊連她媽媽兩個月的照護費都不夠，而她花了六個月陪一個已婚男人睡覺可絕對不能被區區五千塊就打發了。

她需要知道這是什麼意思。她抓起了床頭几上的手機，給德瑞克發簡訊。

嘿，寶貝，你忘了什麼東西嗎？

他沒回覆。他可能在開車，所以她就先到浴室去小便，再下樓去餐廳。可能是份禮物。麥肯姬近來的金錢壓力很大——幾時不是？——也許他只是想幫忙。

也許還沒有結束。

一直到她坐在餐廳裡，她的蛋和酪梨吐司送了上來他才回覆。她想像著他剛駛入辦公室的停車場。

都是給妳的。我在那時不想說什麼，因為我知道妳可能無法接受。

哈。說得好聽。

沒問題，她也懂得怎麼玩。她會淡然處之，不當回事。你非常體貼。不過我沒事。下次見面我再還給你。

他的回覆很快。不會有下次了，他寫道。這是道別。我很抱歉這麼做，可是我沒法再繼續了。謝謝妳給我美好的時光，祝福妳，肯姬。

她的手抖得好兇，險些抓不住手機。懦夫。他就這樣子叫停？用簡訊？給個五千塊，幹嘛，安撫受創的感情，讓分手輕鬆一點？對誰？他嗎？

他是腦袋壞掉了嗎，以為能用五千塊錢就甩手走人？保羅辦不到，德瑞克也一樣。不，想得美。半年欸，她投資了時間和精神在一個感情上等於是黑洞的男人身上。

她強迫自己做了幾次深呼吸。接下來說的話才重要。她開始打字，拇指用力敲著安卓螢幕。

德瑞克，拜託。我愛你。別這樣。跟我談一談。

他是不可能用這麼一點錢就脫身的，這個狗娘養的。

她再試一次。如果你是說再也不想見我了，而且是真心話，那沒關係。我不會糾纏你。可是德瑞克，我要你。我要和你在一起。我需要你。

妳是對我最壞的事情，他回道。

天啊。結束了。她搞砸了。

麥肯姬坐在餐廳裡，服務生幫她倒滿水杯，她思索著離開房間前塞進D&G皮包裡的錢。她怎麼會沒預見到？外遇要成功就一定得維持在蜜月期，而她早該明白他們在兩個月前就過了這個階段了。他就正是在這個時間開始漸漸變得沉默的，也不再一走進飯店房間就想性交。那時他開始變得更挑剔，更陰陽怪氣，更退縮。

她早該知道的，可是她太忙著愛上他，開始讓自己以為這一次或許是真的。她完完全全誤判了。而現在完了，而她只收穫了一個瘀傷的自我、一只名牌包，和一小摞鈔票。

說不定還有一顆破碎的心……如果她允許自己去感覺的話。

她的手機在她手上響了，她低頭看。是德瑞克，而她得看兩遍才看懂。看懂之後，她整個身體都因放下了一塊大石頭而鬆懈。

忘了我說的一切。我是混蛋。肯姬，原諒我。我不想結束。我也需要妳。

不是我愛妳，但也夠好了。耶穌基督，好險。

她回傳。我就在這裡。不過拜託不要再這樣嚇我了。我不應該受這個罪。

我不會，他回道。而且妳完全是對的。對不起。他傳給她一個愛心的表情符號。

她也回傳了一個，彷彿是聽到了信號，她的胃叫了起來。她放下手機，拿起叉子。

早餐時間到了。該吃飯就得吃飯。

14

瑪琳整夜躺在她和薩爾做愛的床單上，壓根沒闔眼。

早晨七點，她洗了個長長的熱水澡，化好妝，換上衣服——那件泡泡袖的 Rachel Roy 絲質洋裝。來到廚房，她按下職業級的咖啡機的預定鍵，這是德瑞克幾個月前亂揮霍的成果。三分鐘後，她的馬克杯裝了完美的雙份濃縮咖啡豆奶香草拿鐵。她端到餐廳，坐在窗邊，一邊看郵件。八點四十五，她讀了德瑞克跟他的情婦互傳的簡訊。他想要了結，她想把他拉回去。看來是奏效了。

她下了決定。

這通電話只花了五分鐘。瑪琳私人財務顧問愉快地寒暄，隨即進入正題。她複述了朱利安給她的帳號，確認了金額。就算她的顧問驚訝，也沒說什麼。他不多問。他的客戶都是有錢人，他知道不該刺探。捐給慈善團體二十五萬元是一筆很大的金額，但是她和德瑞克經常大筆捐款，而且一年以來她的捐款額提高了不少。

她幾乎是以為好的果報可以把她的兒子買回來。

但是，沒這回事，對吧？恐怖的事情會發生，而且有時會導致更恐怖的事情發生。

她掛斷了電話，迷失在思緒中。幾分鐘後，她的手機響了。活著嗎？

她拿起了手機，撥給薩爾。他第一聲鈴響就接了。

「嘿，」他說。

「嘿，」她也說，同時覺察到兩人之間的彆扭，昨天還不存在的。線路沙沙響，她想起了他是在農舍那裡，收訊很差。

「昨晚順利嗎？」他問道。

瑪琳遲疑了。她幾乎不想告訴他。感覺很奇怪，說什麼對，非常好，我剛電匯了二十五萬給一個慈善團體，它幫你推薦給我的那個喬事的洗錢，他要幫我殺掉我老公的情婦。

「很順利，」她終於說，「我要那個女的……消失。」

「我還以為妳說的是德瑞克。」薩爾的震驚很明顯，即使通訊不良。

「我從來沒說是德瑞克，是你跟朱利安說的。德瑞克是我兒子的父親。所以必須是……必須是那個女的。」

長長的停頓。她聽到背景的電視聲。正在播放《今日秀》，她聽到笑聲，來自觀眾以及薩爾的母親。她能想像那兩人坐在農舍的客廳，喝著咖啡。到了晚上，咖啡會換成一瓶極其昂貴的梅洛紅酒或是卡本內蘇維儂，來自他們自家的地下酒窖，裡頭存放著薩爾的父親僅存的個人收藏。

「哇。」他顯然不知道該如何回應。「可是妳知道其實問題不是出在她身上的，對吧？」

「我不在乎。她想要破壞我僅有的家庭。」另一頭又是沉默。「怎樣，你覺得我沒那個膽子嗎？」

「我很早以前就學會了不要低估妳。」薩爾壓低聲音，電視聲變遠了。她想像他走進廚房。

「可是妳知道這麼一來就沒有回頭路了吧？一旦妳付了錢，錢就沒了。」

「我知道。已經成定局了。」換她沉默了。「你知不……你知道他打算怎麼做嗎？」

「不知。」薩爾的回答既果斷又快速。「我不問他這種問題。也跟妳無關，相信我。」

「他也是這麼說的。」

「他會辦好的。跟妳一點關係也扯不上。所以他才會那麼貴。」

想到薩爾對朱利安的本領這麼的有信心，瑪琳不免心頭不安。他究竟在過去要朱利安幫他做了什麼？

「要多久，你覺得？」她問道，而她真正的意思是我有多少時間可以改變心意，要是我明天醒來對我做的事情驚慌失措呢？

「不知道，」薩爾說，「不過不會很久。等一下。」她聽到他跟他母親說話，然後又回來了。「抱歉。她搆不著遙控器。」

「蘿娜好嗎？」她問道。

「好一點。大致上行動自如。」

「那就好。那我就不打擾你們了。」

「瑪兒……」薩爾欲言又止。「妳要聽我的建議嗎？把它忘了。忘了餐館，忘了錢。從腦袋裡掏空，就像沒發生過，繼續過妳的日子。別去想朱利安，而且絕對要把那個情婦忘掉。他們對妳來說都不存在了，好嗎？這是唯一的方法……只有這樣才能讓妳心安。還有，千萬別忘了要叫私家偵探停止調查。妳可不會想讓她查出這件事來。」

她點頭，隨即想起了她在講電話，薩爾看不到。背景中她又聽見蘿娜在叫他。

「我得掛了，」他說，「今天晚上我就回去了，如果妳想……談一談。妳可以過來。」

瑪琳了解他的意思，而且他也不是在說朱利安。他說的是他們兩個，以及昨天發生的事，他們到現在都還沒有討論。可是他們需要談一談，但不是現在。不是最近。她沒辦法面對。

「小心開車。」瑪琳說，然後就掛斷了。

薩爾對他的母親很好，她很幸運能有個這麼孝順的兒子。蘿娜．帕勒摩在二十多年前丈夫過世後就沒有再婚，這幾年來她的健康衰退。膝蓋不好，背痛，做過髖關節置換手術，所以薩爾幾乎有一個月的時間不在酒吧，那大概是十六個月前的事。她記得確切的時間，因為蘿娜的手術是在塞巴斯欽失蹤的前兩週，那也是她最後一次見到薩爾的母親。

瑪琳在蘿娜出院後打電話給薩爾，可憐的傢伙心力交瘁。手術順利，可是蘿娜一個人無法生活，房子也需要修理。瑪琳堅持要親自開車去農舍幫忙兩天，儘管薩爾和蘿娜都說他們兩人能行。

「可是瑪琳，妳那麼忙。」薩爾的母親看到瑪琳出現，既開心又沮喪。瑪琳開了三個多小時的車，疲憊不堪。蘿娜微笑，側臉上的疤痕收縮。「妳的小兒子比我更需要妳。」

「他有爸爸帶，」瑪琳含笑說，「他們兩個剛好可以過幾天男生的好時光。」

「可是聖誕節就快到了，妳大概有更好的事情要做，而不是來照顧一個老太婆——」

「蘿娜，我好高興能來這裡。」瑪琳彎腰吻了老婦人的臉頰，感覺到嘴唇下柔軟的疤痕。這是蘿娜的先生最後一次打她留下的痕跡，她那次險些喪命，也終於讓她下定決心離婚。她從沒說過是他，而他也沒有被捕過，但是薩爾知道。人人都知道。「我們認識多久了？妳知道妳就像是我的母親。」

「妳真是個好孩子。」蘿娜抬頭凝視瑪琳，那雙溫柔的褐眸就和薩爾的一樣。「我希望我兒子能快一點安頓下來。生幾個孩子，趁我還在的時候。我可不會長命百歲。想到他自己一個人，我就心疼。」

瑪琳摸她的胳臂。「他不是一個人，妳放心吧。無論怎樣，他都有我呢。說到妳兒子，他人呢？」

「酒窖裡。」她的眼睛發亮。「為晚餐挑酒。妳說妳要來，他好興奮。」

「我去跟他打聲招呼。」瑪琳急著想見朋友，也很樂意逃走。蘿娜有時候會太多愁善感。

薩爾的母親是個甜美的人，但是她傷痕累累，身體上、感情上、心理上。她對薩爾太過溺愛，彷彿是想要彌補在他年少時不夠寵愛他的遺憾。而且她的心智似乎也在退化。她的醫生懷疑她在最後一次挨打之後可能傷到了腦部，當時並沒有診治，現在徵兆漸漸出現了。她沒辦法專心，很簡單的事情也會害她沮喪，瑪琳偶爾也會聽到她自言自語，喃喃吐出混雜了義大利語和英語的句子，薩爾完全聽不懂。

瑪琳無法想像她受過的磨難，薩爾受過的磨難。老薩爾是個暴君，以壞脾氣和鐵拳管理家庭和釀酒廠，他的話就是聖旨，要是有誰膽敢質疑他的判斷，那就是不要命了。他在臥室的保險箱裡放了一把槍，還有一張隱蔽持槍許可。雖然他沒有使用過手槍，他卻跟每個人擺明了說他有槍，而且有時他還會佩槍在產業上走來走去，「好讓大家都守規矩」。據薩爾跟瑪琳所說，男性員工怕極了他的怒火，而女性員工也都知道要避免跟他單獨相處。

薩爾在成長期經常挨打，而他也挨得心甘情願，因為不是他就是他母親。蘿娜那時是個溫吞又急於討好的人，對她的丈夫是既崇拜又畏懼。她到今天仍然如此，雖然沒了丈夫。

「他是個好孩子，對不對？」蘿娜說，在瑪琳在農舍的最後一個下午。

她們坐在大廚房裡，瑪琳在弄點心，老婦人在La-Z-Boy躺椅上休息，這是薩爾從客廳裡拖過來的，讓他媽媽可以舒舒服服的。農舍的後牆上有扇大窗，可以眺望遼闊的土地，蘿娜正看著兒子剪樹枝，那棵樹有點太靠近屋子了。

帕勒摩釀酒廠的葡萄園佔地超過三十英畝，十年之前大多數土地都出售給一家大企業了。新主人不需要農舍，他們要的是葡萄園，所以蘿娜才能保住房子，以及舊的品酒室，品酒室底下的酒窖和三畝的葡萄園。農舍是她唯一的家，她決定要在這裡生活，在這裡死去。這些年來她的健康每況愈下，無力整理家務，她的兒子不得不更頻繁過來普羅瑟。

薩爾正在修剪樹枝。後方有一架鞦韆，只是一片木板加上兩條繩索，是薩爾小時候有位工人給他的驚喜。那個工人可能是想要討好老闆，也可能是想要讓薩爾分心，不讓他發現他的母親總是全身瘀青。無論是什麼理由，薩爾都好開心，有一次他跟瑪琳說那是他的一個比較開心的童年回憶。他開心的童年回憶並不多。

「他真的是個好孩子。」瑪琳從窗戶往外看，看著她的前男友幹活。她不常看到這個版本的薩爾，那個在這裡長大，那個親手砍樹枝，弄得一身髒的。在她來說，他是個城市男孩，經營酒吧，在貝爾敦擁有公寓，過著單身漢的生活。但不可諱言，她發現這個版本的薩爾——農莊男孩薩爾，跟她在大學相識約會並且當了二十年的老朋友的那個男孩恰恰相反——有點迷人。

「妳為什麼沒嫁給他？」蘿娜的聲音中沒有指責，只有失望。「他那麼愛妳。」

每次瑪琳來訪，通常就會來上一次這類對話，而她的回答也總是一樣。「就是沒緣分吧。我們太年輕了。」她再補充一句，沒提她跟薩爾分手之後不到一個星期就跟德瑞克在一起了。

「妳愛妳先生嗎？」

「當然愛啊，」她說，覺得意外。蘿娜從來沒有這麼問過她。「德瑞克跟我在一起很久了。」

「他是個好先生？」老婦人追問道，「也是個好父親？」

「他當然是。」瑪琳給兩個司康抹上奶油，端到桌上，在蘿娜身邊坐下。「怎麼，薩爾跟妳說了什麼嗎？」

蘿娜看著窗外的兒子。「他不喜歡妳先生。」

不意外。

「他說他對妳不好。」蘿娜的視線暫時飄向瑪琳。「他說他出軌。」

瑪琳閉上眼睛，嚥下一聲嘆息。德瑞克只出軌過一次，在她懷孕初期，她真不敢相信薩爾居然會告訴他母親。這件事與他無關，當然更和蘿娜無關。

「德瑞克犯了一個錯。」瑪琳覺得臉紅了。「不會有第二次了。」

「我相信原諒，」蘿娜說著果決地點頭。「妳也是個好女孩，瑪琳。可如果說我從結婚這麼多年學會了什麼的話，那就是妳一定得要保護好自己的孩子。一定。什麼也比不上這個重要，而我自己的兒子我卻沒做到。是他在保護我，應該是我保護他才對。我覺得就是因為這樣他現在才不相信別人。才會不讓自己和別人接近。只除了妳，」她說著淡淡一笑。「妳得照顧他，回到都市裡。確定他不會寂寞。」

瑪琳捏捏她的手臂。「我們彼此照顧。」

一個小時後，她收拾妥當，準備回家了。後車廂裡有一箱各式帕勒摩酒放在她的過夜袋旁。薩爾是不會讓她不帶酒就離開普羅瑟的。

「別太辛苦了。」她跟薩爾說，已經跟蘿娜道別過了。她覺得把他們兩人丟在農舍裡於心不安，可是她急著回西雅圖。農舍被幾千排的葡萄園繞，此外別無他物，半哩之內沒有鄰居，只有連綿的山脈，而且手機訊號很差。瑪琳渴望五光十色的城市，自己家裡的舒適生活。而且她當然想念她的兩個男人。

薩爾給了她一個溫暖的擁抱。他的味道很好，像青草和新鮮空氣。「謝謝妳來。妳幫了我很大的忙。」

「一個星期後見？」

他搖頭。「我還有太多事要忙，我得在下雪之前全都做好。整個聖誕節我都會在這裡。新年再見。」他又給了她一個擁抱。「聖誕快樂，瑪兒。」

五天之後，回到城市裡，聖誕節還有三天，塞巴斯欽失蹤了。蘿娜的話回湧，像天外飛來的，像一巴掌打在臉上，像喉嚨被打了一拳。妳一定得要保護好自己的孩子。什麼也比不上這個重要。

這一點，瑪琳沒能做到。而且是嚴重失職。

在這一點上，她比蘿娜好不到哪兒去。但是在心理治療了那麼久之後，她了解了每個人都是由他們的經歷打造的。瑪琳的母親事事挑剔，所以要她求助才會那麼難，也之所以她總是什麼都怪自己。德瑞克是貧苦出身，所以他現在才會那麼看重金錢，也時時刻刻要別人知道他有錢。而薩爾有個家暴又酗酒的父親，還不滿二十一歲他爸就在五十歲生日派對那晚從十六層高的陽台意外墜落。

至少警方的報告是這麼說的。正式紀錄上，意外發生時周遭沒有旁人，而且意外是個極合情合理的推測。老薩爾是個眾所皆知的酒鬼，而且還是個邋遢、刻薄的酒鬼，身體的協調力和心智判斷力都不如何。

薩爾從來不談那一晚，連瑪琳都不例外，她也出席了派對，一直待到所有的賓客都離開之後，幫忙他清理善後。薩爾的父母在最後一次大吵，就是導致蘿娜頭部受傷的那一次，他們終於離異了，薩爾的父親決定在市區租一間公寓，在釀酒廠不忙的時間讓他可以棲息。這件事發生在她和薩爾開始約會之前，等她跟薩爾的父親見面時，他已經過著王老五的生活了。他給自己辦了個五十歲派對，邀請他在城市的新朋友——跟他打撲克牌的人，主要是——也邀請了他的兒子。瑪琳鼓勵薩爾去參加，覺得會是讓父子倆重拾關係的好機會。她想見薩爾的父親，她卻沒料到會是那種情況。

「人是會變的，」她跟薩爾這麼說，現在看來，還真是一句蠢話。「你說他分居以後變得比較好。他是在敞開一扇門，而你只需要走進去。」

「妳不像我一樣了解他，瑪兒。」

「你說得對，我是不了解他，」她說，「不過別忘了，我會陪著你。」

老薩爾在他們抵達時已經在喝酒了，等派對在半夜兩點結束，他已經爛醉如泥，跟薩爾爭吵，言詞激烈。瑪琳在公寓的小廚房裡把紙盤和紙杯丟進垃圾袋，但是她能聽到他們在陽台上吼叫。滑動門敞開著，公寓裡吹進一陣涼風。她正在綁垃圾袋，忽然聽見薩爾說：「媽不應該非得跟你離婚不可，你個王八蛋。我應該直接把你宰了。」

她聽見老薩爾哈哈笑。笑，彷彿薩爾說了什麼世紀大笑話。然後他回嗆了什麼，瑪琳沒聽清楚，只知道是低沉又充滿了威脅。瑪琳滿心的恐懼。她離開了廚房，直接朝陽台走。她一開始就不該鼓勵薩爾來的。這裡不是她該來的地方。他們需要現在就離開，在情況失控之前。

可她一踏上陽台就看到只有一個人。

一具人體落在人行道上，從十六樓高的地方是聽不到的。你只能想像那種撞擊，那種骨頭碎裂，肌肉摔砸在地面上，但在那麼高的位置是什麼也聽不到的。瑪琳沒看見有人墜落，沒聽見落地聲，但她從欄杆俯視下方，看見十六樓底下那具小小的人體，她只能竭力忍住尖叫聲。感覺幾乎不像是真的。

說不定如果那個人不是從這麼高的地方摔下去的——也許如果只是六樓，或八樓，而且是在大白天——她可能就可以看清楚一點老薩爾·帕勒摩的死狀，因而做出不同的決定。可那時是半夜三更。而且底下的住宅區街道一個人也沒有。

「我的天啊瑪琳我的天我做了什——」薩爾哭得太厲害，連話都說不完。

「噓，」她跟他說，終於明白了是怎麼回事。她用一根手指壓著他的嘴唇，把他拉進公寓裡。「這句話不要再說了，聽懂了嗎？聽我說，薩爾。你在聽嗎？」

他點頭，兩眼茫然。他喝了兩瓶啤酒，但是是在至少一個小時之前，他沒喝醉。他是驚魂未定。

「我們是在客廳裡，你去上廁所，準備送我回家。我到外面去找你爸道別，我沒看見他，就越過欄杆去看，看到了他的屍體。我撥了一一九——」

「瑪琳，不——」

「我撥了一一九，」她重複道，把無線電話拿下來。「因為發生了可怕的意外。你喝醉酒的老子從他自己的陽台上掉下去了。事發當時你根本就不在陽台上。聽清楚了嗎？」

他點頭，於是她打電話，而警察相信了她的說法。參加派對的幾個人證實了薩爾的父親已經喝醉了，腳步東倒西歪。他有喝醉後傷害自己的前科——薩爾還在上高中時，有一次沒人在家，他撞上鏡子，割傷了臉。

她和薩爾在事後一個月分手了。誰也沒承認是薩爾父親的死最終造成了裂痕。怎麼承認呢？薩爾連談都不肯談。但是就如瑪琳告訴蘿娜的，這本來不應該是壓垮一段戀情的最後一根稻草，偏偏它就是。

有新郵件的通知，將她帶回了現實。是她的財務顧問來確認收款方已收到匯款。那就是板上釘釘了。不會退款，誠如朱利安所言。就這麼定了。

如果說在一處繁忙的農夫市場放開小兒子的手是瑪琳做過最不智的事情，那這一件則排第二。只不過這一次她是刻意為之。

她查看了影子應用程式。德瑞克在今早設法結束外遇，卻又在幾分鐘後後悔，之後他和情婦就沒有再通訊。當然是因為哀傷凌駕了理性，因為那個跟二十四歲女孩睡覺的德瑞克不是她嫁的那個男人。人人處理傷痛的方式都不同。瑪琳出錯，德瑞克出錯。她的錯已是覆水難收，但是她可以處理掉德瑞克的錯。

蘿娜還跟她說了什麼？我相信原諒。

麥肯姬不值得她花費時間精力，多一秒、多一盎司都嫌浪費。瑪琳長按影子程式的圖案，出現了小小的X，立刻果斷地點觸。一個對話視窗出現。

刪除「影子」？

刪除程式也將刪除資料。

她按了刪除。然後她發給凡妮莎．卡斯楚一封短信。

VC——不必再調查外遇。我在處理了。多謝。MM

私家偵探的答覆幾乎是立時的。

了解——VC

然後，因為她已經洗好澡，打扮好了，況且事情已成定局，無法挽回，瑪琳就出門去上班了。

第二部

我只是在假裝我搞定了。

——聲音花園樂團

15

麥肯姬攪拌了一下泡麵，盯著計時器，以免煮過了頭。就連多個十秒都會把麵條變得軟爛。她的櫥櫃裡還有九包泡麵，在Cash n' Carry裡一塊錢可以買五包，而且她得靠這些撐過一個星期。今晚的口味是牛肉。

泡麵會害她明天水腫，但是她不在乎。住飯店時她至少拍了三張可以發到IG上的照片，而且都不是自拍。她知道她哪個角度最美，也很會用自拍計時器，稍微編輯一下，就可以上傳了。

德瑞克有一次問她這種事有什麼意義，她為什麼那麼在乎有五萬個陌生人喜歡她。但重點不是有沒有人喜歡。別人會因為你出名而討厭你，卻仍然注意你的一舉一動，你在跟誰約會，你的穿著打扮，你去的地方。討厭你的關注也仍然是關注。重點是能見度，一定得讓人看見你。在現代，你在網路上是誰幾乎就跟你在現實生活中是誰差不多。

「可是為什麼呢？」他追問道，仍是迷惑不解。「妳能從這個賺錢嗎？」

「我能拿到免費的產品，」她說，「可是如果我能讓追蹤人數增加到十萬，我可能就可以開始拿廣告費了。我知道有個網紅因為有兩百萬的粉絲，連婚禮和蜜月的費用都差不多不用自掏腰包。她只需要拍照片，把所有的經銷商都加上主題標籤。」

解釋給別人聽感覺很奇怪，特別是某個在社群媒體上很少留下足跡的人。她認識的人大多了解IG網紅和粉絲之間堅強的生態圈，各公司行號也設法販賣給他們比現有的生活型態更美好的型態。起碼是外觀上更美好的生活型態。德瑞克的公司當然也有每一種的社群網路帳號，只是他從不看。是由行銷部的一名實習生負責的。

「在網路上我想當誰就當誰，」她說，「我能控制別人對我的看法。我掌握了話語權。」

「那很重要是因為……」

「因為就是重要，」她說，「這是我們提醒別人我們存在的方式。」

「妳會把妳的作品上傳嗎？」

「不會，」她說，「我的藝術是不會免費送人的。」

德瑞克怪怪地看了她一眼。「對，我是不懂。」他說。然後戳了她的側面，這時她才明白他是在捉弄她。

她拿枕頭扁他。「閉嘴啦，」她說，「很酷的小孩都這樣，老頭子。」

計時器響了，麥肯姬關掉爐子，把鍋子挪到另一邊的爐嘴上。她用牙齒撕開了調味包，把粉末撒上去，最後一次攪拌，再把麵條倒進碗裡。她要吃的東西一點營養也沒有，就像「裸體淑女」樂團有一百萬的話照樣吃卡夫食品一樣。所以麥肯姬就算嫁給了德瑞克也會繼續吃速食拉麵。

哇靠。她剛才真的那麼想？嫁給德瑞克？她是撞鬼了不成？

天地良心，她是真的沒想過會走到這一步。

他們半年前剛認識時——喔，是光明正大認識的——他根本就不知道麥肯姬是誰。他不記得她。在他第一次走進綠豆子之前，她這個人對他而言並不存在。

咖啡店不忙，她記得她盯著窗外有一輛金屬黑瑪莎拉蒂就停在店門外的人行道邊。在大學區裡，綠豆子絕大多數的顧客都是學生和醫院的員工，一輛瑪莎拉蒂，即使顏色低調，也很醒目。

德瑞克走了進來，身形頎長，一身客製套裝，烏黑發亮的皮鞋，完美的髮型，寬肩上揹著皮革筆電袋，每一吋都彰顯出成功商人的氣派。麥肯姬當下就認出了他。

他是在市場的那個人。

將近一年來，他每隔一週就會到派克市場西端的「兄弟墨西哥捲」餐車。而麥肯姬在剛搬來西雅圖念研究所時就在那裡打工。卡洛斯和喬伊在每次值班後都付她現金，餐車去哪裡她就去哪裡——美食祭、演唱會，甚至還有兩次露天婚禮。這種不必繳稅的賺錢模式很好玩，而且最棒的是她有免費食物可以吃。每逢週六，餐車都會到派克市場，它有固定的位置。

「裙帶牛排，多加酪梨醬、起司和番茄。」德瑞克每次站到窗邊都會這麼說。

塔可四塊錢，他總是付一張五元鈔，把找零塞進小費箱裡。當時她並不知道他是有錢人。他穿牛仔褲和風衣，就跟別人一樣。而有時他會帶著孩子來，偶爾就會給他買根吉拿棒。

後來他的孩子被綁架了，他也不再來了。再後來卡洛斯把塔可餐車賣了。

麥肯姬當然知道那宗綁架案。新聞媒體上鋪天蓋地，市場也到處是警察。有一個到餐車來問大家是否在附近見到一個穿馴鹿毛衣的小男孩。卡洛斯和喬伊什麼也沒看見，他們忙著做菜，極少和客人互動。警察拿照片給麥肯姬看，她搖頭。要是警察拿德瑞克的照片給她看，她就會認出來，可是小孩子差不多等於是隱形人，她也沒有正眼看過德瑞克的兒子。

下班回家後在臉書上看到了新聞，附上的是同一張照片。同一個孩子，同一件毛衣。而在更下方是家長的照片，就在那時她才恍然大悟。

「泰勒，看。」她把筆電轉過去讓室友看見螢幕。他坐在她旁邊的沙發上，頭埋進了手機裡。「這是那個他們今天在問的小孩。在市場被綁架的那一個。」

泰勒瞄了螢幕一眼，喃喃說了什麼，至少聽起來像是同情。但是他沉溺在自己的小世界裡，忙著追一個不理會他的簡訊的暗戀對象。

德瑞克跟他太太剛在電視上發表了聲明，懇求社會大眾協助他們找到兒子。故事撲朔迷離，既恐怖又刺激，正是網飛將來會拍紀錄片的那種。兩條誘你點閱的頭條寫著「有機能量CEO之子光天化日下被綁」以及「大臀珍的名人美髮師懇求大眾協助找到她失蹤的兒子」。

提供情報因而找到他們兒子的人可以獲得百萬獎金。但是孩子卻如石沉大海。

九個月後，德瑞克第一次走近綠豆子的櫃檯，他的氣色不錯。很正常。跟她在市場賣給他塔可的二十來次沒有差別。但是這一次，近距離一看，他似乎是……空心的。他像是老了十歲，不是在外貌上，而是在態度上。

麥肯姬對他活潑地微笑，不知道他會不會記得她是餐車的服務生，說些「嘿，妳現在在這裡工作啊？」之類的話，但是他沒有看她——他看的是她頭頂上方的咖啡品項。他點了深焙滴濾咖啡，純的。兩塊二。他給了她一張十元鈔，叫她不用找零。

「太多了。」她說，把鈔票還給他。

他漫不經心地微笑，視線只和她相遇了短短幾秒，接著就把鈔票塞進了小費罐裡。

他選了窗邊的一張小桌子，打開筆電，三十分鐘後她的休息時間到了，他仍在忙。她從櫃子裡拿了一塊餅乾，放在盤子上，端過去給他。

「本日推薦，」她說，「黑巧克力碎片。很好吃，絕對不會後悔。我希望我可以說是我請客，可是其實是你自己買的，因為你給的小費太多了。」

他抬頭，一臉詫異。她都忘了他有多英俊了，一張臉如斧鑿刀削，鬍子刮得乾乾淨淨，深色的眼睛反映出旁邊窗戶透過來的金黃陽光。有些男人老了就不好看，吃太多油炸食物而挺個大肚子，或是喝太多酒而滿臉通紅。德瑞克則不然。他走的是布萊德利．庫柏路線，絕對不像羅素．克洛。

「妳太客氣了。」他說。

「要是你不吃，那就我吃。我已經吃了兩塊了。」

他微笑，笑意卻沒渲染到眼睛。「要分嗎？」

「都是你的。」她轉身要走，又停下來。「你不記得我了，對吧？」

他歪著頭。「妳是有點眼熟……」

麥肯姬分辨得出什麼是實話什麼是禮貌，她咧嘴一笑。

「放屁。你根本就不知道我是誰。沒關係，」她加上一句，因為看見他張口要抗議。「我差不多每個週末都會看到你，足足一年了，還能給你留下這麼深的印象，真不錯。」稍微誇大了一點，管他的呢。

「妳剛剛跟客人說『放屁』嗎？」

「你要投訴我嗎？」輪到她歪頭了。「我們的櫃檯上有意見箱，如果你想投訴我的用語的話。」

「真的？」

「假的，」她帶笑說，「不算是啦。」

他向後靠著椅背，看著她，彷彿是頭一次看見她。她發現自己屏住呼吸。有些男人樂於唇槍舌戰，有些則被嚇退。麥肯姬在賭他是屬於第一種。像這種穿套裝的傢伙，開著一輛那麼炫的車，不習慣別人這樣子對他。大多數的人也沒那個膽子。

有效了。

「好吧，我放棄，」他說，「我是在哪裡認識妳的？」

「兄弟墨西哥捲。」他的表情一片茫然。「派克市場的那輛塔可餐車？你每次都點一樣的。烤牛肉，加辣加酪梨醬和起司。」

他仍然毫無頭緒，最後她笑了。「我是說，哇靠。你要不是很不會記臉，就是我太大眾臉了。」

「等等，我想起來了。」他的臉色稍微黯淡。「只是……我有很久沒去那個市場了。我記得妳。妳的頭髮不一樣……」

「那時是藍色的。」她說，玩著金髮。

「現在好看多了，」他說，一見她挑高眉毛，他就臉紅。「抱歉，我說錯——」

「說錯的意思是沒禮貌嗎？」

「是……靠。我的意思是……金色、藍色，都好看。」

「你剛才跟咖啡師說『靠』嗎？虧我還給你免費餅乾呢。」

「這下子又成了免費的了？不是用我給妳的大量小費買的嗎？」

「唉唷喂呀。」

「知道嗎，我要乖乖坐在這裡，閉著嘴巴。」

「這可能是你最好的選擇。」

兩人視線相遇，然後都噗哧一聲笑出來。

「麥肯姬，」她說，伸出了手。「你可以叫我肯姬，今天可以。我相信你前腳一走就會馬上忘了我這個人的存在。」

「德瑞克。」他也伸出手，她握了，注意到他拖了兩秒才放開她的手。「現在我覺得是不可能的了。」

他放開了她的手，有點不甘願，而她低頭瞧了瞧他的手。他戴著婚戒，他察覺到她在看什麼，就把手放到大腿上，藏住戒指。其實他是多心了。

婚戒可以阻止女人對男人投懷送抱，這不過是迷思。有些女人偏偏就會受婚戒吸引，像飛蛾撲火。對這類女人而言，婚戒正是她們鎖定的標的。

第一次見面後，德瑞克開始每隔兩天就來咖啡店，後來變成每隔一天，而她忘不了他跟市場的那個他有多麼不同。市場的那個傢伙充滿了生氣與活力，一舉手一投足都散發出來。

而這個新版本的德瑞克卻愁雲罩頂，孤單寂寞。而且急於跟一個不會問他是被什麼糾纏的人說話。在那時，她並沒有透露她知道他兒子的事。她和德瑞克連姓氏都沒問起。

「妳在休息嗎？」他在兩個星期之後說，看到麥肯姬從櫃檯後出來，沒繫圍裙。「坐一下。休息一會兒。」

「你確定嗎？我不想打擾。」他的筆電打開著，而她只看到一張寫滿了數字的試算表。

「拜託，打擾我吧。」為了強調重點，他關上了筆電，移到一旁，再拉出他對面的椅子。

她坐了下來，兩人相視而笑。她公然凝視他。

「怎麼？」他問道，「我臉上有東西？我今天早上刮鬍子刮傷了臉卻沒有人告訴我？」

「你最近很常來，」她說，「我的同事以為你在暗戀我。」

「我……」他停住，臉變紅了。「我配妳太老了。」

「而且也結婚了。」

他低頭看婚戒，用另一隻手轉著。「對，那也是。」他帶著懊悔的笑容抬頭看她。「我喜歡來這裡。我大學時就住在幾條街之外。這裡讓我想起了……比較單純的時光。喔，那是幾百萬年前的事情了。」

「是喔？那時候他們都開什麼課？如何鑽木取火？長毛象的交配儀式？」

他哈哈笑。「我雙主修商業和數學。」

「聽起來好可怕喔。」她看著窗外他的汽車，咯咯輕笑。「不過我猜那就是你能開那輛蝙蝠車而我搭公車的原因。」

「妳剛才說什麼？」

「蝙蝠車。」她翻個白眼。「喔，拜託，你是有年紀的人，蝙蝠俠一定是你那個時候——」

「我兒子也是這麼叫它的，」德瑞克說，看著跑車。「蝙蝠車。我第一天把車開回家，他樂壞了。老婆看一眼就不喜歡，說太招搖，讓我像個呆子，可是我那一年過得很開心，我是一時衝動買下來的。不過她一看到塞巴斯欽的表情，就心軟了。所以我才沒辦法把車子賣掉。」

麥肯姬起先不知道該說什麼，假裝不知道塞巴斯欽的事似乎不對，但是他的痛是那麼明顯，她擔心說錯了話，害他更痛苦。

「他就是你的蝙蝠俠的羅賓，」她過了一會兒才說，「我相信將來有一天他會再坐上去的。」

他猛地回過頭來。「妳知道我兒子的事？」

她緩緩點頭。「新聞一直在報。我……其實那天我也在市場裡。警察拿他的照片給我們看，可是我們都……我們都什麼也沒看見。」她咬著嘴唇。「我真的很抱歉，德瑞克。我不知道該怎麼提這件事，更不知道應不應該提。你第一次走進店裡，我馬上就認出你來了。」她幾乎加上我也記得你的兒子，但那就太超過了。等於是說謊。

他定睛看著她。「謝謝妳告訴我。」

「你不想談的話，我們就不必談。」麥肯姬又轉頭看著瑪莎拉蒂。「不過我支持你，蝙蝠車絕對不能賣掉。」

這句話讓德瑞克的唇角有了笑意。「那，妳是念哪一科的？」

「我在念藝術創作碩士，主修家具設計，不過我的初戀是繪畫。」

「繪畫沒有碩士學位嗎？」

「當然有，」她說，「可是想當優秀的畫家沒有捷徑，只有一直畫。藝術是很主觀的。不是產生共鳴就是沒有共鳴，而我需要的不是更多的訓練，我需要的是練習。」

「請解釋妳為什麼總是那樣看我，」德瑞克說，「妳很有觀察力，是個真正的藝術家。」

「你又是怎麼知道的？你又沒見過我的東西……還沒見過。」她頓了頓，微笑，凝視他的眼睛。「而且那不是我那樣看你的原因。」

他的呼吸卡在喉嚨裡。

「喂，我已經下班了，」她說，「想說去吃點午餐。你吃過了嗎？」

他搖頭。

「不知道你喜不喜歡古巴菜，不過幾條街外有一家很不起眼的小館子，排隊的人多得不得了，可是他們的東西好吃極——」

「妳說的是菲尼克斯嗎?」

麥肯姬微笑,覺得意外。「你知道?我發誓他們的手撕加勒比海豬肉三明治棒透了。」

「知道?我還投資那家店呢。走吧。」

「真的假的?」

「我佔了百分之二十五的股本。」

「我的天啊。」她站起來,看他收拾筆電。「那你是不是可以吃免費三明治?」

「不是,我自己付錢買。不過我不必排隊。」他眨眨眼,隨即在他們往門口走時掏出手機打給餐館。「嘿,傑若米,我是德瑞克……我很好,你呢?……好極了。給我兩份加勒比海,多青椒,再一份木薯條。要是外面有空桌,幫我保留……小桌就行,只有兩個人。我們五分鐘後到。」

她往綠豆子大門走時,肩膀摩擦過他的胸口。她之前從沒跟他站得這麼近過,這還是她第一次發現他比她高出多少。五呎十吋(約一七八公分)的她可不是矮個子。

「加勒比海三明治,還不用排隊……我覺得我愛上你了。」她低聲說,卻又不至於讓扶著門的他聽不見。

「那我可不就是全天下最幸運的男人了嗎?」德瑞克說。

火花。

就是在這一刻麥肯姬知道她拿下他了。

16

麥肯姬下班回家後公寓靜悄悄的，泰勒的門關著。她附耳在薄薄的塑合板上，聽見他在打呼。今天早晨五點她聽見他回來，就在她起床準備上班時，但兩人沒有交談。這個時候才回來，她只能假設他昨晚在酒吧裡勾搭上了什麼人。

很顯然她的室友在生她的氣，她也不能怪他，誰叫她爽約，忘了要看《鬼入侵》的事。他們兩人分享不到二十坪的公寓，卻幾乎沒有了再見面的機會。她想念他，而且她很寂寞。

她有兩天沒有德瑞克的消息了。

儘管她很想，她就是不能給他發簡訊。得由他發過來。已婚男人的規矩多，妳要是打破了規矩他們就會生氣。

她在沙發上坐下，拿著她從咖啡店裡偷來的布朗尼（唉唷，哪個員工不偷啊），打開了電視。每天下午兩點，要是她在家，她就看《不安分的青春》。她對於劇情倒不是多著迷，只是她小時候都跟外婆一塊看。布佛跳上她的大腿，呼嚕叫喚，很開心她回家了，她輕撫他的毛。雖然她的貓不像外婆那麼能給人安慰，但是也差相彷彿了。

「妳為什麼看這個？」她記得十歲時問外婆這句話。她分不清楚那些有錢人是誰，個個都是完美的妝容和完美的髮型，無論做什麼似乎都不快樂。「他們老是在彼此的背後使壞。他們跟我們一點也不像。」

「他們跟我們非常像，親愛的。」她外婆揮手要她鑽進毯子下，從麥肯姬出生這條毯子就放在沙發上。「唯一的差別是他們有錢。」

「可是他對她很壞。」麥肯姬指著螢幕，最富有的那個男人正尖酸刻薄地對一個希望能嫁給他的女人說話。「而且是第二次。「他很殘忍。」

「喔，我的小天使。」外婆把她拉過來依偎。「窮人也一樣可以很殘忍。窮人一樣可以和富人那樣傷透妳的心。妳知道當窮人的滋味吧？沒有尊嚴，什麼也沒有。等妳長大了，妳要找個有錢人。等他離開後，妳存活下去的機會會比較高。」

無論此時此刻J.R.在何方，他可能也在看這部影集。有時在影集播出時他們會互傳簡訊，但這已經是一陣子之前的事了。從她認識了德瑞克之後，J.R.就大致疏遠了。這讓她傷心，但是她明白是為什麼。

跟德瑞克是不同的。而且難得有一次J.R.不干預。他以前常稱她其他的已婚男朋友是「可悲的無聊的錢袋」，但對於德瑞克，他基本上都沒有發表意見。她幾個月前把新男友的事告訴了J.R.，就在她回老家去看母親之後兩人約好了喝一杯時。

「這次是哪個混蛋啊？」他問道。

她說了德瑞克的名字，J.R.很震驚。「那個擁有製造蛋白棒的公司，在喜互惠販售的人？那個孩子失蹤的？」

「就是他。」

「耶穌基督，M.K.，」他說。家鄉的人都叫他J.R.，卻只有他一個人叫她M.K.，而私底下，她很喜歡。「詐騙一個像保羅那樣的人沒什麼——那傢伙從一開始就是個混球，誰也不關心——可是那個孩子失蹤的？那太……」

他沒把話說完，沒必要。他沒說錯。

「我知道，」她說，「不會怎樣的。他太……我說不上來。」她心裡掠過的是「破碎」兩個字，但是她喜歡德瑞克是因為他這個人。說出來感覺像是不忠心。

「他還在傷心。」J.R.說。

兩人默默坐了一會兒。她盯著他瞪著啤酒，若有所思，猜測著待會他會不會想炒飯。他拒絕了她——溫和卻堅定——她真想踢自己一腳，到現在都還想要跟他在一起，雖然J.R.早就提醒過她她不會是他的真命天女。

她外婆說得對。還不如讓有錢人害妳傷透了心。

麥肯姬心碎過兩次。第一次是她父親離家出走，拋下了她的母親和年僅十二歲的她。他為了一個他一半年紀的女人丟下她們。她母親自從麥肯姬出生後就沒有出外工作，那時不得不去做她討厭的一份工作。在小鎮裡，工作機會是很稀缺的，最後她在幾家本地企業當夜間清潔工。

麥肯姬的父親在兩年前死於心臟病。她是從臉書知道的，她那個疏遠的姑姑發布了她的「後母」貼的通知，附帶了追悼會的細節。麥肯姬沒去參加。她在許多年之前就說過再見了。

第二次心碎是J.R.。他從來都不是她的男朋友，卻是她的初戀，一個同鄉，彼此的家庭都認識。他們是在她離家上大學之前的那個夏天勾搭上的。她在河邊草地上的一條毯子上失去了童貞，在星空下，而且每一分每一秒都他媽的浪漫得像一首鄉村歌曲。

「我會再見到你嗎？」她在事後問他，一面穿回內衣和短褲。她覺得痠痛，卻是舒服的痛，是大人的痛。一陣清風拂動了樹葉。月亮是一彎新月，幾乎沒有月光，卻反而讓星星更明亮。

「當然會啊，」他說，「我們都會回來過感恩節，在那之前我們會一直通訊。」

但是他們沒有。他沒有。她在隔天離家去念大學，而第二個月，J.R.完全不回她的電話和簡訊。他唯一接電話的一次是她拿室友的手機打給他的，聽見是她，他表達了禮貌的驚訝，除此之外就很疏遠。

麥肯姬聽懂了暗示。結束了，無論是什麼。J.R.擺明了不想要談戀愛，而儘管她很努力不懷抱著希望，可是確認了兩人不會更進一步之後幾乎毀了她。她被痛苦打擊得東倒西歪。她不知道她竟然會那麼痛，不知道她居然可以把自己給了某人卻被如此輕易地拋開，這比她爸爸拋家棄子還要痛。她唯一的安慰就是兩人分隔兩地，她大概不必再看到他。

結果她確實又看到他了。J.R.在感恩節的週末到她母親家，邀她去河邊兜風，一副就像兩個月前他沒有把她的心從胸腔裡挖出來，放火燒掉的模樣。她同意了。她有話要說，而這是她說出來的機會。

「你利用了我。」河流在十一月月底的樣子和八月不同。他們坐在同一條格紋毯上，但是都穿著大衣和靴子，而不是短褲T恤，喝著咖啡加奶酒而不是冰啤酒。幾個月前青翠欲滴的樹木如今只剩光禿的枝椏，一折就脆裂。光裸、暴露。正是麥肯姬的感覺。

空氣中充滿了J.R.的大麻菸的甜膩味。他請她抽，她吸了長長的一口才還給他。

「我怎麼利用妳了？」他問道，「我騙妳了嗎？我做了什麼實現不了的承諾了嗎？」

「你說你會保持聯絡。」

他不經意地揮揮手。「喔，好吧，這個我沒做到。我應該要先警告妳的。我通常都只注意眼前的事，如果妳不在我面前，就會——」

「眼不見心不念。」

「差不多。」他又把大麻給她。她拒絕了。她只能吸一口，再多就會害她神經質。「別讓情緒干擾了美好的事情，M.K.。我們現在就是最理想的狀態。」

「請問是什麼狀態？」

「我們是朋友，」他說，而她縮了縮。「朋友」兩個字從來沒有聽起來這麼漫不經心過。

「我想跟你在一起。」她脫口而出，而話一出口，她就覺得不妙。她一直很努力要把他拋在腦後，而如今他站在這裡，所有的舊感情又回來了。她不知道該如何處理，越理越亂。

「我們以後也是朋友。」

「妳是跟我在一起啊。」他擰熄了大麻菸，捧住她的下巴，把她的臉轉向他。「這就是妳不懂的地方。我在這裡的時候，我就在這裡。」

「而你不在的時候，就不在。」

「別說得好像是什麼壞事一樣。妳的面前有妳自己的整個人生。妳有書念，妳有朋友，妳大概還有男生一天到晚想邀妳。我的建議？說好。什麼都說好。別因為我就讓機會白白溜走。妳的人生比我的、比這個還要遠大。」他一手揮過河流。「找個理由離開這裡。別讓任何東西把妳拖回來，就連我也一樣。」

「可是我愛你啊。」麥肯姬聽到自己的聲音都忍不住瑟縮。聲音很小，像個孩子。

J.R. 微笑。她這輩子也忘不了這抹笑。充滿了智慧、譏誚與失望。「妳會熬過去的。相信我。」

她兩手捧住臉，哭了起來。「你要像我爸一樣丟下我。」

「少白痴了，」J.R. 厲聲說，「妳是在揀妳想聽的聽，而不是聽我在說什麼。我是在明明白白告訴妳我能做什麼，不能做什麼。妳的混蛋老子根本沒做到這一點——他給了妳他實現不了的承諾。妳十八了，卻老成很多，M.K.。利用妳的頭腦，而不是妳的感情。妳得學會照顧自己，不然妳是沒辦法在這個狗屁世界上立足的。別依靠我，懂了嗎？別依靠任何人。」

「我覺得快失去你了。」

「那是不可能的。」他溫和地說，靠向她。她看著那一吻降臨，是可以別開臉的，但是她沒有。她想要他的唇壓上來，想要那分聯繫。「因為妳從來沒有得到過我。」

兩人四唇相貼，而立刻就是她有過最美好也是最惡劣的感覺。

麥肯姬從那次之後就學到了如果妳愛的人不愛妳，那麼妳有兩條路可走。第一條路，妳可以再遇見別人，再試一回。然後是再一回，又一回，直到有一天，幸運的話，妳遇上了那個命中註定的人，那個會愛妳的人，那個會想要和妳共度一生的人。但不能保證妳會找到他，而即使找到了，也不能保證能地久天長。

第二條路，再也不嘗試。妳接受了愛情是狗屁，愛情會傷人。愛情奪走的比給予的還多，所以何苦來哉？於是妳不再追逐愛情。妳把時間花在妳選中的人身上，不期待，清楚了解妳唯一相信的是能弄到手的金錢。

一旦她放掉了對J.R.的全部期待——這次是來真的，不裝了——她也就能領略出他們是什麼關係了。她看著朋友經歷痛苦的分手，慶幸絕對不會是她。誠如J.R.所說，根本就不曾擁有過的東西是不會失去的。

她在波夕念藝術學校的四年中，跟J.R.的聯絡零零落落的，兩人若恰巧是在相同的地方，就時時刻刻膩在一塊。她搬到西雅圖念研究所後，在尋找公寓時就住在他那裡。他們仍然炒飯，不是一定，而是偶爾，氣氛對的話。他們談論他們約會的人，主要是麥肯姬說她在約會的男人，因為她不怎麼樂意聽J.R.跟其他女人的性關係。他給了她很多建議。

比方說他針對保羅給了她建議，而且非常管用。

她上一次見到J.R.，他問起跟德瑞克的情況。她的已婚男人探險讓他性致高昂——她描述得越詳盡，事後他就越可能跟她炒飯——但他卻似乎對德瑞克格外著迷。因為那個失蹤的孩子。

麥肯姬了解。很難把德瑞克跟那個傳遍全國的新聞斷離開來。西雅圖到處都是百萬富翁，全都拜財富五百公司的總部設立在這座城市之故：亞馬遜、微軟、星巴克、好市多、諾德斯特龍。一般來說，像德瑞克這樣的人是並不搶眼的。

只除了他失蹤的孩子。

「他給妳錢嗎？」J.R. 問道。

「有時候，」她說，「今天一點，明天一點，他知道我需要錢的話。」

「他應該給妳不止一點錢。那傢伙錢多得很。找他孩子的賞金就一百萬。」他正在用手機搜尋，找到之後就舉給她看，是一篇商業雜誌對「有機能量」的報導。「他的公司去年的銷售額就有三億。」

「我看看。」她說，想把他手中的手機搶過來。他不肯，她也不意外。男人對手機之寶貝的，真是奇怪。

「他應該買個公寓把妳金屋藏嬌的，」J.R. 說，而她真的能看到他的腦子裡有輪子飛轉。「登記在妳的名下。等這件事結束了，妳起碼還有一間公寓。那會是得分卻感覺上不像得分，妳懂我的意思的話。」

「我跟德瑞克不是像那樣的，」麥肯姬說，「我們還沒到那個程度，也可能永遠也不會。他不像保羅，那麼迷戀我。德瑞克只有在他方便的時候才會聯絡，而且我也都是在一兩天前才會知道。」

「那是因為妳讓他主導。妳太唾手可得了。像那種男人，如果是挑戰，如果有可能他得不到妳，他才會覺得好玩。」J.R. 又在滑手機。「他老婆那邊呢？」

「他不常說起她，不過他們好像很少見面。他有一次提到在他們的孩子失蹤之後她的情況不太好。我想那就是他不願意回家的原因，」麥肯姬說，「省得他得要去面對問題。面對她。」

「他們幹嘛不分手？」

「他怕她會自殺。」

J.R. 猛地抬頭。「真的？他說的？」

「沒說得很清楚，」她說，「不過她的情形相當糟。他有一次跟我說的，在我們喝了太多酒之後，說她在孩子被綁架之後就住院住了一個月左右。她放了熱水，吞了一堆藥丸。被他及時發現。他們讓她住進精神病房五天。」

她看不懂 J.R. 的表情，只覺得不安。「怎樣？」

「他們是不可能會持久的，」他說，聽起來像是在自言自語，而不是在跟她說話。「他們承受的事情，太沉重了。到某個時間點他們就會分道揚鑣。聽起來那個時間點快到了。我在想可能……」他停下來，挑選用字。「……妳的機會來了。」

「你他媽的在說什麼啊？」

「也許這一個就是讓妳定下來的人。」

麥肯姬哈哈笑。「你是有多茫啊？你幾時又相信婚姻了？」

「我不相信婚姻，我相信的是錢。而且他有很多錢。比其他那些人還要有錢。」

「我不愛他，J.R.。」她說，但是她真正的意思是他不愛我。她不想大聲說出口，她不想讓J.R. 知道她害怕。

他聳聳肩。「那又怎樣？借用傳奇的蒂娜．透娜的一句話：關愛情什麼事？」

「我不是小三。」

「淘金女、小三，都一樣。」

不，不一樣。麥肯姬始終都不喜歡「小三」這個說法。她不是小三，讓她父親拋棄她們母女的那個女人也不是。

她了解J.R. 是想幫助她拿到她在這件事上能得到的好處，因為有一天這件外遇會結束。外遇一向如此，不管是好聚好散或是魚死網破。它不是蛻變成什麼「認真的」關係，也就是德瑞克離開他老婆，要求麥肯姬跟他長相廝守，不然就是漸漸疏遠，而德瑞克會選擇跟那個他娶的女人繼續過下去。無論是哪一種，他們目前的關係是不會長久的，是維持不了的。

尤其是德瑞克仍愛著他的老婆。

德瑞克鮮少提到他的家庭，但是他一天到晚都會夢到，還有他的兒子。兩人到紐約那次，他有一次在半夜三更大喊塞巴斯欽的名字，把她嚇醒了。她打開燈看到德瑞克在旁邊手腳撲騰，頭髮都汗濕了。塞巴斯欽，塞巴斯欽，巴許。來把拔這裡，拜託。

「醒一醒，」她說，一面搖他。「德瑞克，醒醒，你作惡夢了。」

他睜開眼睛，恢復了意識，神色慘然。「天啊，我構不到他。他就在那裡，我沒辦法及時抓到他。」

「噓……」她把燈關掉，依偎著他。「沒事，只是作夢。再回去睡吧。」

早晨，兩人絕口不提。她甚至不確定他是否記得，而她再也不曾提起。

但是有時他也會叫瑪琳的名字。不是很頻繁。偶爾才會發生一次。事實上，麥肯姬第一次聽到他喊老婆的名字就是在他作惡夢的那晚之後。他的語氣充滿了痛楚，每個字都清清楚楚。

他說的是：瑪琳，對不起。天啊，瑪琳，我真的對不起。

17

三天了，還是沒有德瑞克的訊息。

麥肯姬用紙巾和消毒劑清理靠窗桌子時想著他，因為有個小孩在幾分鐘前吐了。她把這張桌子當成德瑞克的桌子，因為他總是坐在這裡。他喜歡看人，同時留意他的寶貝蝙蝠車。他是絕不會承認的，不過他愛死了旁人張口結舌盯著那輛瑪莎拉蒂。麥肯姬那天下午跟他坐在一起，有兩個女大生停在人行道上，偷偷瞄了四周一眼，然後一個靠著車子擺姿勢，另一個幫她拍照。接著兩人互換，然後嘻嘻哈哈匆忙走掉，無疑很興奮稍後在IG上有新的照片了。

她查看手機，無視她母親的照護中心發來的郵件，通知她下月的費用該繳了。她打算用德瑞克給她的那筆錢來付卡債和水電費，等她的卡債還清了，她會付照護費用。情況可能更糟糕。已經很糟糕了。

她覺得可以現在給他發簡訊了吧。三天不聯絡是很長的一段時間了，任何正常的人都會查問一下。不確定感漸漸侵蝕她，所以她傳給德瑞克她能想到最和氣的簡訊。只有一個字。

嗨。

她等待。毫無動靜。她重重嘆口氣，把手機放回口袋裡。

桌子散發出漂白水味，但至少是終於乾淨了。家長是怎麼忍受的？那個嘔吐的小女孩的母親非常抱歉造成了這一片狼藉，卻非常樂意讓麥肯姬來處理善後。至少她還是拿薪水做這種事的。如果你是那個家長，你能得到什麼？養貓可比養孩子強多了——牠們自己就能清理。

「妳知道養孩子像什麼嗎？」她母親有一次跟她說，那時麥肯姬八歲。她要求要到好朋友蓓卡家去過夜。「就像是妳的心臟長了兩隻腳，走出門外，既脆弱又沒有保護。把你的魂都嚇掉了。」

對，免了吧。世界已經夠亂了，犯不著再把一個需索無度的小人兒帶進來了。

她有好幾年沒想到蓓卡了。麥肯姬用一隻手就能算完她這輩子結交過的親密女性朋友人數。蓓卡是研究所的，珍妮佛是高中的，還有伊莎貝兒，她大學時的室友。

她常常想到伊莎貝兒。兩人是在第一週認識的，伊姬拉著行李箱走進她們的寢室，後來麥肯姬才知道裡頭有一半是化妝品和美髮用品。伊姬是拿舞蹈獎學金進來的，而她唯一的人生目標就是嫁給一個有錢人。

「我並不是對自己沒信心，」伊姬有天晚上實事求是地說。她的新室友咬了一大口披薩，等一會兒她會去吐出來，麥肯姬很快就會知道。「我的夢想是當職業舞者，可是我明天很可能會摔碎腳踝，然後呢？我沒有別的本事。所以我才抓著大衛不放。他是我的備用計畫。」

她們兩人都專找老男人。伊姬的男朋友四十三歲，是外科醫生，而麥肯姬在跟翔恩約會，他三十九歲，是房仲，她在瑜伽班上認識的。不過和大衛不同的是翔恩結婚了。

「對，我從來沒交過結婚的男人，」伊姬說，完美的鼻子嫌棄地皺了皺。「不過，管他的，妳交妳的。」

新生那一年之後，麥肯姬和伊姬就搬出了宿舍，搬進了校園外的一間小公寓。麥肯姬仍在跟翔恩約會，但是他老婆威脅要帶著孩子離開他，家裡的氣氛很緊繃。她能察覺到他漸漸失去興趣了。

伊姬換了一個新的老男友，瑞克，是個熱愛旅行的人。在她的舞蹈課之間，他帶她去墨西哥、巴貝多、巴黎，兩人甚至還坐了趟地中海遊輪，伊姬說無聊死了，因為遊輪上的乘客平均年齡有「一千億年」那麼老。

「我再也不會搭荷美遊輪了，」伊姬在回家後宣稱。「每個人都九點就上床了。我錯過了什麼嗎？翔恩好嗎？」

「我滿確定他不玩了，」麥肯姬說，悒鬱不樂。「前天晚上他說他需要一點空間，說他需要專心在孩子身上。他真的給我錢了。感覺像是……分手費。」

「多少錢？」

「一千。」麥肯姬不確定該作何感想。「他掏出了一摞現金，付了晚餐錢，把剩下的都給我了。」

「那妳說了……」

「『謝謝』。」

「小姐，我難道什麼也沒教妳嗎？」伊姬翻白眼。「第一筆錢不能收。那是在談判。他要妳消失，他就得要付錢。一千……靠。大衛以前每個月都給我一千，還是他自願的。」

「那我應該怎麼做？」

「妳應該要安慰他的自我，稍微撥弄一下他的心弦，訴求他的男性保護欲，」伊姬說，「說些像是『喔，我沒想到會這樣。』」她的聲音拔高了八度，變得溫柔，表情模仿一個難過的人。「『我不想失去你。我是真心的，我還不想放你走。』」

麥肯姬捧腹大笑。「小姐，拜託。我絕不可能說這種話而不會笑出來的。」

伊姬卻沒笑。「那妳最好多練習。這個分手應該要花他不止一千塊。大衛跟我分手的時候，他給了我十倍。」

「一萬元？」

「妳以為是很多嗎？對他們來說根本就是九牛一毛，不過是週末打一次撲克牌的錢。」伊姬嘆氣搖頭。「妳知道我是不交已婚男友的，可如果妳要走這個路線，那妳乾脆就好好利用。如果那傢伙有老婆，那職業女友的費用就要增加，因為他們的損失會更高。」

這是麥肯姬第一次聽見「職業女友」這個說法。

「我說過，這是一種談判。」伊姬向前探身。「妳必須要求妳值得的價錢。」

「我哪可能知道怎麼做？」

「這是有門道的。」她的室友頓了頓，思索了一下。「妳得要求……卻沒有實際開口。妳要弄得像是他們主動給的。」

這倒值得動動腦筋。

「不過呢，妳現在跟翔恩已經來不及了。」伊姬又往後靠。「不過下次可別忘了。妳的力量比妳自己以為的還要強大。只是千萬不可以愛上他。」

兩人繼續共住，伊姬教導麥肯姬許多當「職業女友」的訣竅。她們不是妓女，她主張。她們必須真心喜歡那些男人，而且不能腳踏兩條船；伊姬就每次都只跟一個男人約會。兩人在一起時，她眼裡只有他一個人，而且會以好女友應該有的方式溺愛他。在臥室裡，她使盡渾身解數來取悅她的男人，而她也期待同等量的回報。可不是只有他一個人爽就好。

但是她的男朋友一定得供得起她。她可是高消費的，要求現金讓她每個星期做美甲，每隔一週弄睫毛，每個月做頭髮，並且固定去噴人工日曬膚色劑。她熱愛旅行，但只搭頭等艙或是商務艙。她期待禮物，而且偏愛裝在小藍盒、綁著白色蝴蝶結的那種。而她的回報是她的男朋友會有一個專情的女朋友及旅行同伴，時時刻刻都把他擺在第一位，而且會確保他們會有愉快的時光。

可是伊姬並不想要一輩子都停留在女朋友等級，她要戒指、她要婚禮、她要房子、她要夫姓。她要經濟上的保障。

「那些信託基金寶貝我避之唯恐不及，」她有一次跟麥肯姬說，「首先，他們的床上功夫很差勁。其次，如果他們是含著金湯匙出世的，那他們從小就有了安全網，所以這輩子都沒有為了什麼而辛苦過。更何況，他們一定會想要孩子。」她打個哆嗦。「一個白手起家、離過婚的有錢男人可就是聖杯了。他努力工作，可能已經給孩子把屎把尿過了，現在只想要玩樂，想寵愛某人。這時就是我登場的時候了。」

後來伊姬遇見了麥克。麥克沒有離過婚，麥克沒有錢，麥克只比她大三歲，而且兩人是在健身房認識的。她跟瑞克才剛吹了，正感覺坐也不是站也不是，所以她同意來個咖啡約會，因為麥克「可愛」。咖啡變成了酒，又演變成晚餐，再演變為伊姬當晚沒回家，隔天才回來。

「唉，我被幹了。」她說，倒在沙發上。

「是真的還是比喻？」麥肯姬說。

「都是。他是資訊科技業的，開的是車齡六年的豐田Camry。*Camry*欸，肯姬。而今天早晨，他帶我去IHOP吃早餐。*IHOP*欸。可妳知道嗎？」

「知道什麼？」

「他的床上功夫太棒了，煎餅也好好吃。我是*怎麼*了？」

麥肯姬不笑都難。很難想像伊姬坐在連鎖早餐店裡拿著巨大的層壓板菜單。「那……過了很開心的一晚，對吧？」

「對。」她的室友說得有點太果斷，麥肯姬不知道伊姬是想說服她，或是她自己。「可是，天啊，他逗我笑。我都忘了跟一個能逗我笑的人在一起有多開心了。這二十四個小時我覺得在他身邊我可以做我自己。我的妝是不是完美，我的頭髮是不是被毛毛雨淋壞了都無所謂。我甚至還提議早餐要請客，因為他昨晚付了晚餐和酒的錢。我幾時這樣過了？」

「妳還要跟他見面嗎？」

半年後，她仍在和麥克約會。而在跟一個叫艾瑞克的餐廳老闆短暫外遇之後，麥肯姬又遇見了保羅。已婚，四十幾歲，有三個不到十二歲的孩子。他是市區一家法律事務所的合夥人，負責經營事務，而且他在辦公室附近有間公寓，因為工作時間太長。他的家庭住在郊區，他主要是週末才回去——如果不是跟麥肯姬在一起的話。

保羅曾問過她一次她會受他吸引是否因為他的錢。「要是我只是個工友，妳還會喜歡我嗎？」

她用其人之道還治其人之身。「要是我四十歲，體重過重，有三個孩子，那你還會喜歡我嗎？」

她不是蓄意的，但她描述的正是他的老婆，他像被刺了一下，縮了縮。「了解。」他說。

「對不起，我不是故意——」

「沒事。晚餐我們要去哪裡？」

她又和保羅約會了四個月，一直到她四年級的學期末，而且多數的夜晚都是在他的公寓裡度過的。伊姬大多數的時間都待在麥克家；他有一棟自己的小房子，還有可愛的小後院。兩個女生都不想承認她們的友誼逐漸疏遠了，因為伊姬從職業女友的世界裡退休了，無論是有意的或是無意的。這樣子倒是正好——麥肯姬在乎個啥？——不過伊姬對麥肯姬的生活型態變得批判了。以前那可是她自己的生活型態啊。

「妳怎麼還做得下去？」伊姬有一晚問她。

這是畢業前的幾個星期，兩人擠進了小小的浴室，在鏡前忙著搶位子。麥肯姬借用了伊姬的一件緊身洋裝，正為了去和保羅吃飯跳舞打扮。伊姬穿著牛仔褲和毛衣。鏡中兩人就像是互換了角色。

「保羅結婚了，」伊姬說，活像麥肯姬不知道似的。「他有孩子、有老婆，他們是一家人。妳難道不會覺得良心不安？」

「不會，」麥肯姬說。她們還能有幾次這種討論？「連一丁點都沒有。」

伊姬轉向她。「這樣不對，肯姬。」

「妳又幾時在乎過了？」她回嗆道，「妳交妳的，記得嗎？」

「唔，我錯了，」伊姬說，「人是會變的。妳難道不想談戀愛？」

這是麥肯姬第一次聽到室友說「愛」這個字，她嚇了一跳。她沒想到伊姬是這樣的人。在她的排行榜上，愛情似乎一向是墊底的，而麥肯姬發現自己火氣上來了。不是每個人都會戀愛的。

她回頭照鏡子。「我不是小三，伊姬。他才是。大家都忘了是他的家有問題。要是家裡一切順利，他就不會有搭理我的閒工夫。」

「妳知道麥克跟我是怎麼認識的嗎？」

「健身房，妳說過。」

「其實我們在之前就見過。他在書店裡走過來，跟我聊我拿的那本回憶錄。我們顯然是談得很盡興，可是我真的不記得，後來我們在第一次的咖啡約會裡他提醒了我。然後一個月之後，在情人節——我們那時還沒有認真——他送了我那本書。」她因回憶而微笑。「他在一家專賣店找到了一本簽名版，而我滿腦子只想著這本書不到二十塊，卻可能是我收到的禮物裡最體貼的一個了。」

伊姬擠出了浴室，一會兒拿著雪兒．史翠德寫的《那時候，我只剩下勇敢》回來。她給麥肯姬看題詞，寫的是：等妳的浪蕩結束了，我會在這裡。——麥克

「妳應該讀這本書，」伊姬說，「它寫的是一個人女，吸毒，對先生不忠，跑去漫長瘋狂的健行，這一切都是為了逃避她母親的死帶給她的痛苦。我真的很有共鳴，讓我對自己做的事情反省了很久，然後我才發現我受夠了自己。我是在給麥克一個機會，肯姬。」

「我讀過了。」麥肯姬回頭照鏡子。「而且我為妳高興。可是我喜歡保羅。而且我也可以跟窮人約會，就跟和有錢人約會一樣容易。」她很清楚她的口氣跟她外婆一模一樣。

「沒有人說妳不能跟有錢的老男人約會，」伊姬說，「我寧可有錢也不要貧窮。可是我寧可快樂也不要有錢。找個單身漢，肯姬。」

「他有老婆又不是我的問題。我連想都不會想到她。在我這裡，她根本就不存在。」麥肯姬聳聳肩。「再說了，誰不偷吃。等有一天妳又老又胖，嫁給了麥克，生了兩個孩子，還得付房貸，他就會覺得無聊，也會背著妳偷腥。妳跳進這段關係裡結果只是害妳自己變得脆弱。是妳教我怎麼玩的，記得嗎？隨便啦。妳交妳的。」

麥肯姬不啻於是甩了她一耳光。她從伊姬的臉上看得出來，她的臉頰下墜，不再有視線接觸。不過，她仍明豔動人，即使是穿著便服。她要什麼男人就能得到什麼男人，要什麼生活型態

就能得到什麼生活型態。真是可惜了。

在這次的交談之後，麥肯姬和保羅的關係又維持了三個星期。畢業的前一晚，都十二點了，他老婆跑來敲她們的門。保羅太太——麥肯姬這麼叫是因為不知道她的名字——喝醉了，在找她的老公。麥肯姬去開門，那女人直想闖進來。

「妳她媽的臭婊子我的死老公呢妳他媽的蕩婦保羅呢？」她大聲吼叫，幾乎前言不對後語，而且一口氣說完，毫無停頓。她的妝容花了，眼睛充血，完美的指甲像爪子一樣衝著麥肯姬的臉抓耙。

麥肯姬想關門，但她已經把身體斜插進門和門框之間。

「我不認識什麼保羅。我只是住在這裡！」她氣急敗壞地說，試圖假裝成沒有跟這個女人的老公睡覺的別人。

保羅的老婆至少比麥肯姬矮了六吋，但她滿腔怒火，又藉酒精壯膽，整張臉都貼著門，活像是電影《鬼店》裡的傑克．尼克遜。麥肯姬毫不懷疑這個女人想殺了她，至少也會在酒醉的盛怒下狠狠海扁她一頓。

「伊姬，幫我！」她回頭大喊。

「妳叫妳的室友離我老公遠一點！」女人對著麥肯姬尖叫，一張臉成了醬紫色，頭髮潮濕，一團一團黏著臉頰。她又用身體撞門。「她是婊子，妳是婊子，我最恨像妳們這樣的女人了，他媽的臭婊子！」

「伊姬！」麥肯姬又尖叫。她雖然抵著門，卻頂不了多久，她需要室友來幫她把門推回去。「伊姬，快點給我出來！」而對那個女人，她說：「不要再推了。我是不會讓妳進來的！」

伊姬的臥室門打開了，伊姬走了出來，頭髮挽了個髮髻，戴著眼鏡，穿著寬鬆的運動衫和運動褲。少了化妝和高跟鞋，她就像個青少年，尤其是她的眼睛瞪得那麼大、那麼害怕。保羅的老婆仍在推門，看到她在客廳裡在麥肯姬的身後看，表情突然垮了下來。她相信跟保羅外遇的人是伊姬。無論她得到的是何種情報，一定不是照片。也不是名字。

「要命，妳多大，十九？」年長的婦人的聲音卡在喉嚨裡，竟哭了起來。「妳是個孩子天啊我不相信他竟然做出這種事我不相信——」

「叫她出去！」伊姬對麥肯姬說，結果反倒是火上加油，因為婦人的哭泣變成了暴怒。「我們要報警了，妳個瘋女人！」

「我是瘋女人？」婦人嚎叫。「妳報警啊！妳叫他們來，我會告訴他們妳做了什麼！妳這個舔老二的婊子，妳應該被逮捕！」她的臉一塊紅一塊白，而且氣到噴口水。她帶著伏特加味的唾沫噴到麥肯姬的臉上，然後她又撞門，這一次險些就撞開了。

「妳以為我不想舔我老公的老二嗎？」她對著公寓尖叫。「我會舔，可是他從來不在家！我恨妳！爛在地獄裡吧，賤女人！要是我在街上看到妳，我會朝妳的臉潑強酸，死蕩婦！」

伊姬徹底嚇壞了，跑回房間，麥肯姬聽到她關門上鎖。

麥肯姬用力再推了一次門，婦人被撞到走廊上。有個鄰居找來了管理員，蓋瑞穿著睡褲和浴袍衝出電梯，一手握著球棒，一手拿著手機。他一看到是個女人，還是那麼嬌小的，就放下了球棒。

「妳要是繼續亂叫，我就要報警了，女士，」蓋瑞跟她說。他的頭頂逐漸光禿，但僅存的頭髮仍束束衝天。「拜託妳走吧。我不想害妳惹上麻煩。」

婦人看著他，再看著麥肯姬。

「他是我先生。」她的嘴唇抖動。「我們結婚十八年了。我們還有孩子。」

「對不起。」她說。她只想到這句話。

「麥肯姬，進去，把門關上。」蓋瑞說。

她關上了門也上了鎖，但是仍用一隻耳朵貼著上漆的木頭。她能聽到保羅的老婆在走廊上哀泣，蓋瑞陪著她去搭電梯。麥肯姬整個身體都在抖，她從沒見識過那樣的憤怒。語無倫次，徹底失控，足以殺人的憤怒。

在這件事之後她和伊姬就不再說話了，兩人的友誼就在這晚終止。麥肯姬始終沒有原諒伊姬不幫忙，而伊姬則無法原諒麥肯姬居然要她幫忙。兩人在接下來的兩週中盡量迴避彼此，後來有一天麥肯姬回家發現伊姬的東西都不見了。沒有道別，沒有字條，只有流理台上的一張支票，是付她那一半房租的。後來她發現伊姬在臉書上把她拉黑了，也不再追蹤她的IG。

在社群媒體當道的年代，這就說明了一切。

之後不久跟保羅告吹——分得很不漂亮，那是當然的，不然還能怎麼樣？——麥肯姬急於換個環境。回家是不可能的，她申請了西雅圖的研究所，也得到了入學許可，而J.R.提供了他的客房，讓她在找公寓期間暫時有個落腳處。

她的手機在口袋裡震動，把她喚回了現實。是簡訊，德瑞克發的。終於。麥肯姬讀得很快，然後再讀一遍，感覺到胃裡有一種悶悶的痛。跟保羅，或是艾瑞克，或是翔恩都不會，但是跟德瑞克卻會。就像跟J.R.一樣痛。

她活該。本來就是不應該發生的。

這次真的結束了，德瑞克的簡訊說道。對不起。拜託不要再聯絡我了。

18

她身後某處有根樹枝斷裂。有人在跟蹤她。

麥肯姬倏地踅身，確定她會直勾勾看到一個孔武有力、穿得一身黑的陌生人，眼神狂野，還有一雙大手。但是一個人也沒有。最靠近她的人是個女人，在對街，而且隔著半個街區，在等公車。但是她感覺得到，角落潛伏著某個人，只恨她的動作不夠快，揭發不了他。身體對於危險的反應速度會比頭腦快，感覺上好像有人在她的後頸上吹氣，撥開她的頭髮跟她附耳低語。只不過是她不認識的人，而且也是她不想聽的話。

還有五條街。麥肯姬掏出手機，需要聽到令人安心的聲音，一面走路回家。響了兩聲 J.R. 才接。

「嘿，」他說，「妳沒事吧？」他在擔心。她極少打電話，通常都是發簡訊。

「我正下班回家。」麥肯姬停在路口，快接近街角時燈號轉紅。「我覺得有人在跟蹤我。」

「妳看到人了嗎？」

「沒有，我感覺到的。」

另一頭傳來一聲輕嘆。「M.K.，聽我說。妳沒事。走快一點，待在亮的地方。在妳到家之前我都不會掛電話。」

「你今晚想過來嗎？」綠燈亮了，她邁步穿越馬路。「我們可以叫外送，看個電影之類——」

「妳的室友呢？」

「在躲我，」她說，「不過也在上班。」

一陣停頓，而且有點太久，也就是說他的答案是不。「今晚不行，」J.R.說，「我……我其實要見一個人。」

麥肯姬太驚訝了，險些在馬路中間停住。「見一個人？」她重複道。「什麼意思，『見一個人』？」

他會說出這種話簡直是太奇怪了。J.R.幾乎總是在「見一個人」，照字面上的意思——麥肯姬的母親給他打上了吃軟飯的印記，對他一點也不苟同——但是把「見一個人」歸類為談戀愛，那可就是另一回事了。

「對。我們上次見面我就應該告訴妳的，可是我知道妳不喜歡聽到別人的事。」J.R.的語調有點怪，也是她不習慣的。「我在希望也許會變成什麼，所以……妳知道的。」

他在希望？「真是的。」麥肯姬硬是逼自己要語氣正常。「嗯，幾時開始的？她是誰？叫什麼名字？你們是怎麼認識的？」

「妳是真的想知道——」

「你他媽的是在耍我嗎？」她的聲音高了八度，因為他剛才說的話終於鑽進了她的心裡。「你是從幾時開始見一個人的？你不談戀愛的，J.R.，記得嗎？」

「M.K.——」

「你知道嗎，算了。我快到家了。我就不煩你了。」

「等等，」他說，而她也等了。「我同意我的時機拿捏得不好，可是聽我說。妳會焦慮是因為德瑞克在疏遠，所以妳對什麼都太過敏感。等他打給妳，一切就會再恢復正常。相信我。到時我們再多談一點……我的事。」

他倒確實是最愛跟她說明她有什麼感覺，原因是什麼。

「德瑞克不會打來了，」她說，「我快下班時他發了簡訊。結束了。」

「可是他以前也這麼說過。」

「我滿確定他這一次是認真的。簡訊很……簡短。」

她眨回挫敗和失望的眼淚。被德瑞克甩了，現在又被J.R.甩了，他跑去給自己找了個真正的女朋友。就是像這樣的時刻會讓她想起她的生命中可以依賴的人有多麼寥寥可數。社群網站上五萬名追蹤者，可在她難過的一晚卻連一個朋友都不會來看她。

「我明天再打給妳，」他說，「我們會解決的，想個辦法來搞定這件事。」

她掛了電話，但仍把手機握在手上。解決什麼？J.R.顯然是以為她可以像敲詐保羅一樣敲詐德瑞克，不過說不定這件事就是不會朝那個方向發展。她搞砸了這一次，很嚴重。

她的公寓從外觀看一點也不特別，但是大廳和走道總是亮著燈。她走向大廳的門，插入鑰匙，有人盯著她的感覺仍像螞蟻般爬滿了全身。直到沉重的門在她後方合上，她才讓自己吐氣。

她也許沒看到有人，不過並不表示真的沒有人。

電梯會動，只是很慢，而她的公寓在二樓，走樓梯比較快。她正走到最後一階，樓梯間的門就打開了。是泰勒。看情況他是要下樓去上班；他穿著他的好牛仔褲和一件白色T恤，烘托出他的橄欖色皮膚。他是晚上上班的酒保，而她是早上上班的咖啡師。不上班時，他們就是在上課。不過，他們以前都能為彼此挪出時間。泰勒最討厭德瑞克是有婦之夫。

結婚的男人就是有辦法毀掉友情。

「嘿。」她的室友擦身而過，小心不碰到她的肩膀。他也迴避她的視線。

「嘿。」麥肯姬在樓梯頂端停下，俯視著他。太荒唐了。他們住在一起都兩年了，該死的。她用他的髮膠，他吃她的穀物棒。他們兩個都還在用他前男友的網飛帳號和密碼。他們應該能解決這種情況的。她要告訴他德瑞克的事，不過不是在這裡，樓梯間裡。「我欠你一頓早餐。明天有空嗎？」

他停下來向上看。「早餐？真的假的？」

「還是午餐？」

他搖頭，繼續下樓。「布佛吐在妳的床上。整個床單上都是，妳得全部洗。我覺得他一直在吃花。」

她呻吟。那隻貓只有在狼吞虎嚥後才會嘔吐。「等等，什麼花？」

「今天早晨有人送妳花。我放在妳房間裡。」他又停下來往上看。「還有忘了早餐和午餐，我們明天吃晚餐，賤人。妳要帶我去一家好餐廳。」

她在他消失之前瞥見他的笑，而就這樣，差勁的一天有了一點改善。這一次她是不會搞砸的。泰勒想和好？她就跟他和好。她會請他到「大都會燒烤」，用一點德瑞克給她的現金。他們會點牛排和調酒，分享桌邊現做的火燒香蕉冰淇淋，而且她會讓泰勒告訴她這六個月來她是多討厭的一個混蛋。唉，反正她都要去了，乾脆就順便投張履歷表吧。服務生的小費一定很可觀。

她一打開公寓的門布佛就慘叫，所以她在進房間前先餵了他一罐「愛慕斯」貓糧。床上有好幾處貓的嘔吐物，綠綠的，快乾了。她看見了原因——一小束春花放在梳妝台上。很漂亮，卻算不上浪漫。說不定德瑞克不是那種送一打紅玫瑰的男人。她的心跳加速，伸手去拿花束中的白信封。拜託拜託拜託拜託，一定要是他送的。信封內的卡片字跡優美——顯然是花店的人寫了一手好字——但留言卻令人沮喪。不是德瑞克送的。

祝我的好女兒生日快樂。想妳。愛妳的媽。

罪惡感吞噬了麥肯姬。她的生日還差四個月，也就是說她媽媽的情況變差了。雪倫．李住進雅基馬的橡樹原輔助生活機構兩年了，而她的早發性阿茲海默症似乎是以更快的速度惡化。這是三個月來她收到的第三把生日花束。

貓跳上了梳妝台，險些打翻了花瓶，幸好她及時接住。

「布佛！」她厲聲罵。貓卻傲慢地揮舞尾巴。她看得出被他咬嚼過的葉子，幾枝花莖上有咬痕。「所以你才會吐在我的床上，你個小混蛋。這下子我又得洗床單了，我前天才洗過。」

她不應該對著貓叫罵的，此時此刻他是她唯一的朋友。她把弄髒的床單收集起來，塞進布袋裡，還有一半的空間，所以她就把柳條籃裡的幾件衣服也塞進去，然後往樓下走。

洗衣室是在建築的「內臟」裡，這是泰勒給地下室的暱稱，不是因為臭，而是因為又黑又濕，你在走出來時會很高興。另外，它也陰森森的。地下室比大樓其他地方都要昏暗，從樓梯間出來有一條長走廊，充滿了陰影和奇怪的鏘鎯聲，害得她緊張兮兮的。她又一次感覺到有人在監視她，可是一回頭，一個人也沒有。

洗衣室本身起碼是燈光明亮的。她衝了進去，門一關上就呼出一口氣。遠端有台空著的洗衣機，她把袋子裡的東西倒進去，再把她的Coinamatic卡插進去。讀卡機旁的燈閃著紅色，應該會變成綠色的。

「靠。」她說。

數位顯示器上寫著餘額只剩兩元。洗一次衣服要三塊二五，也就是說她得衝回樓上去拿信用卡，再到洗衣室的一角使用Coinamatic機來儲值。問題是她的Visa和萬事達卡全都刷爆了，她還沒拿德瑞克的現金去付卡債。而且當然沒有一台機器會吃鈔票。有時候高科技實在是找麻煩。在現代沒有信用卡幾乎連基本的事情都辦不了。

「靠。」她又自言自語，想決定最好的做法。

「有點資金短缺嗎？」一個沙啞的聲音說，嚇得她險些尖叫。

她一轉身就看見泰德．諾伐克——住在一樓的管理員——站在她後面。她沒發現他進來也沒聽到他穿過洗衣室朝她走來的腳步聲。他不像是有什麼事要做的樣子，也兩手空空——沒有手機、沒有洗衣籃、沒有織物柔軟精、沒有鑰匙。他只是站在那裡，瞪著她，活像個他媽的變態。

她不喜歡泰德，從來也沒喜歡過。打從搬進來的那天起，他就害她起雞皮疙瘩，至於理由，麥肯姬也說不上來。他並沒有什麼不得體的言行，不做曖昧的暗示或是開令人不快的玩笑。他不會色瞇瞇的。可是你跟他說話，就是覺得……缺了點什麼。眼中該有的光芒都沒有。就算他微笑（非常罕見），也感覺不真誠。如果他笑——那更是稀罕——笑聲就像罐頭笑聲，幾乎是很勉強，像是純粹出於社交規範，即使他並不完全了解有什麼好笑的。

「我得給卡片儲值。」她邁步朝門口後退，差一點就要說「馬上回來」，但及時制止了自己。萬一他等她呢？

他向她靠近，從後口袋裡掏出東西。是他的Coinamatic卡。「來，用我的。省得妳還得跑上樓。妳可以等下來烘乾衣服的時候再儲值。」

「喔，不行，不可以——」她說，但是他已經拔掉她的卡，插上了他自己的。燈號轉綠，螢幕顯示餘額將近一百元，最大值。

「來啊。」泰德讓到一邊。「選擇妳的洗衣程式。」

除了照做之外似乎沒有別的辦法。如果是別人，她會很感激鄰居伸出援手，可是他不是別人，是泰德，而她難堪地知道她的一件粉紅色蕾絲內褲就在那堆衣服的最上方。她按了一般的洗衣程式，再把蓋子用力關上。洗衣機動了。

「謝謝。」她擠出笑臉。「我欠你三塊二十五分。」

她想從他旁邊過去，但是泰德仍站在原地，沒有讓開的意思。

「沒什麼，」他說。然後他笑了，遲了一秒鐘，感覺上就跟她的笑容一樣勉強。「改天我去綠豆子的話，請我一杯咖啡好了。妳都哪天上班？」

麥肯姬打死也不會把自己的工作時間告訴他。她連他知道她在哪裡上班都討厭，而且她也不確定他是怎麼知道的。

「我們，呃，我們要是上班時送免費東西，會有麻煩的。」一半是謊言。只有在被逮到時才會有麻煩，不過不會被逮到，因為大家都這麼做。唉唷，在那裡工作有一半的樂趣就是能送朋友免費咖啡啊。送人情可以討人情。不過泰德不是她的朋友。「我很樂意把錢塞進你的門縫裡。」

「沒有必要，肯姬，」他說，死魚眼什麼情緒也沒有。她看不出他是在表示友善，或是因為她不肯透露何時上班而覺得受辱。她不喜歡他叫她肯姬，他應該要叫她麥肯姬，如果非叫不可的話。「我們是鄰居，應該要彼此幫忙。再說了，我比妳大。要是我們，就說是約會好了，也會是我付錢，對吧？妳喜歡這樣，對不對？讓老一點的男人幫妳付錢？」

麥肯姬瞪著他，但是他只是瞪回來。沒有辦法分辨他是不是認真的。他不眨眼，他的聲音缺少抑揚頓挫。她不知道是該對他的話一笑置之，或是表達憤慨，或是置之不理。

「再一次謝謝你，泰德。」她別無選擇，只能邁了一大步繞過他，匆匆離開洗衣室，慶幸自己有一雙大長腿，可以一步跨兩級樓梯。

回到公寓時她已氣喘如牛，半以為泰德會從背後抓住她，阻止她去開門。四十分鐘後她又得下樓去取出濕床單和衣服，放進烘乾機裡。運氣好的話，不會再碰到泰德。

感覺既沮喪又疲倦，麥肯姬打開冰箱，裡面只有吃剩的泰國菜和披薩（都是泰勒的），最後她在最裡面找到了六瓶裝的 Smith & Forge 蘋果啤酒。她一屁股坐在沙發上，喝了一大口，布佛跳上她的大腿，舒服地以她的腿為家。她點開了 Postmates 外送平台的程式，叫了外賣，用的是一張之前外送弄錯而辦的信用卡。

她試了十二次才終於拍了一張她和布佛在沙發上的自拍，附上了千金不換的一刻的文字。純粹是狗屁文青腔。她才不願意一個人跟貓在家裡，品味著這種寂寞的感覺，但是她總算是在該去烘乾衣服之前把照片貼上去了。看到點讚的人數，讀了評論，緩和了她必須下去地下室的焦慮。得到陌生人的讚美可能是膚淺的認可，不過，嘿，總比什麼都沒有要好。她的布佛照片一向是很受歡迎的。

不過，到頭來，只是一場空。就連把她的加州捲和炒飯送來的外賣小哥看到她穿著運動衫、抱著貓咪來開門，都像在為她難過。

「一個人開趴啊？」他說，帶著憐憫的笑容。

也許是該重新考慮她的人生選擇了。否則的話，她很可能就會這樣子死去，在破爛公寓裡一個人喝酒，只有她的貓見證她人生中的最後時光。而布佛八成會在她死後啃掉她的臉，因為不會有別人餵他。

等到麥肯姬把冰箱裡的最後一瓶蘋果啤酒喝光，她已經醉了，而且在窺視瑪琳・馬恰多的IG，這是她發誓絕不會做的事。她一看到最新的照片一顆心就往下沉。

瑪琳在加拿大卑詩省的惠斯勒。和德瑞克一起。

惠斯勒距離西雅圖有五小時的車程，而在今天稍早瑪琳和德瑞克就站在山頂上。照片是幾個小時前貼上的，兩人都從頭到腳包著滑雪裝備，摟著彼此的腰。文字寫著：我們需要這個。有五萬人按讚，四則評論。

furmom99：太好了！

hawksfan1974：放煙火！太棒了！

sadieroxxx：哎呀呀！看到這張太開心了！<3 <3 <3

steph_rodgers89：妳終於說服德瑞克去度假了……妳是英雄，MM！lol

天啊，我的天啊。

麥肯姬捲動螢幕，看了更多照片。他們在惠斯勒四天了，難怪德瑞克搞失蹤。他是在加拿大，在度假。跟他老婆一起。從主題標籤來看，他們是住在四季飯店。兩個人做過按摩。兩個人吃牛排和龍蝦。兩個人在爐火邊穿著浴袍喝香檳，不是氣泡酒喔，是他媽的貨真價實的香檳。來自法國香檳區。

因為這是他們的二十週年結婚紀念日。

所以他才會和麥肯姬分手。德瑞克在和他老婆重燃愛火，也就是說在他的人生中再也沒有麥肯姬的一席之地了。

麥肯姬瞪著手機，目光黏在一則特殊的評論上。是在第一張惠斯勒相片底下的，三天之前。

furmom99：妳幾時回來？我們應該喝咖啡！

marinmachadohair：*@furmom99* 週日！對，是應該！週末之後聯絡妳！××

週日。在四季飯店整整四天，被白雪皚皚的群山環繞，還有熊熊的爐火和香檳。麥肯姬繼續瞪著照片，三件事情變得清澈明白。

跟德瑞克是真的完了。

他們的房子在明天之前都是空的。

她知道他們前門的密碼。

19

晚上喝酒，醉到把壞主意當作是好主意的程度，引爆點就出現了。麥肯姬就越過了這一點。

她不是搭Uber到德瑞克家的，因為Uber不收現金，而她身上只有現金。所以她到大學大道搭計程車。不是尖峰時刻，只要十五分鐘就能從她家到德瑞克家的那條街上。她給司機的地址是一棟靠近他家的房子，司機慢慢減速，一個頭來來回回轉動，想從GPS和被雨水打濕的擋風玻璃上找到門牌號碼。

「抱歉，是哪一棟？」他問道。

「呃，這邊就可以了。」他們在兩戶人家之外，但是她不想讓司機知道她是要去哪裡。她因為酒精而頭腦不清。

他靠路邊停車。「我可以在這裡看著妳進去。」司機在後照鏡中朝她微笑，她正忙著解開安全帶。他是退休年紀的人，像個爺爺，很和氣。通常麥肯姬會接受他的好意，但今晚不行。

「不用了。」她最不需要的就是讓目擊證人看著她溜進她的已婚情夫的房子裡。「我都走後門，所以你從馬路上是看不到的，不過還是謝謝了。」

她給他現金，說不用找了，就打開了門。

「別忘了收據。」他交給她一張小紙條。

「喔，對。」她有很久沒搭計程車了。她把紙條塞進口袋裡。

她趕在和氣的司機再開口之前跳下車，假裝在傳簡訊，等著他的車尾燈消失在轉彎處。德瑞克的房子在對面，是一幢重建的工匠風格房屋，門廊很大，他曾形容為「不是很大」，但麥肯姬覺得非常大。她就沒住過超過二十五坪的地方，她老家的那棟平房就只有那麼大。

她聽到後方有踩碎東西的聲音，猛地旋身，心臟跳到了嗓子眼。她滿心以為會在暗處看見一雙兇惡的眼睛在發光，卻只看到一隻松鼠在樹下看著她，尾巴不時抽動。馬路一片死寂，但她就是甩不掉還有別人的感覺。

當然是她太多心了。她喝醉了，所以才會害她疑神疑鬼，而這正是兩個她不應該這麼做的最大理由。

麥肯姬是不該知道他們的前門密碼的，都是巧合。幾個月前，她和德瑞克正在去機場的路上，預備搭機飛往紐約。就在上高速公路之前，他才發覺沒帶皮夾。他把皮夾塞進運動用品袋裡了，而他記得袋子是在家裡。他叫加長型禮車司機掉頭回去。

接近他家那條街後，德瑞克靠過來拂掉她臉上的頭髮。麥肯姬以為他是要吻她，但他只是跟她咬耳朵說：「寶寶，妳介意躲一下嗎？」

「什麼？」她低聲回問。

「就是，隱匿模式啊。」德瑞克擠出笑聲，彷彿她是個孩子，而他們只是在玩遊戲。她看得到司機從後視鏡看著他們，他可能覺得他們是很古怪的一對。他先去接德瑞克，在時尚的國會山住宅區的一幢時尚的屋子外，再去大學區的一棟破公寓外載麥肯姬。也許她應該要感激，德瑞克還想到去接她。他大可要她到機場去會合的。

抗議的話一定會把場面鬧得很難看，所以麥肯姬就趴在皮椅上。司機駛入車道。德瑞克一下車，她就叛逆地坐直了，感覺到司機的目光在後照鏡裡批評她。她從禮車的黑窗看著德瑞克輸入前門的密碼。她能清楚看到鍵盤，而且看著他的手指按下了一一二〇。十一月二十日。他兒子的生日。

麥肯姬站在雨中越久就變得越清醒，就越不確定這麼做是好是壞。德瑞克的房子有兩層樓，大窗子，兩側有巨大的橡樹和楓樹。門廊既寬又深。房屋外牆是土色系的中性顏色，細心照顧的茂盛灌木添加了一點鮮活的色彩。這不是一棟裝飾華麗的屋子。也不是那種現代的、俗氣的暴發戶豪華別墅群。這是在國會山的一棟家屋。

顯然德瑞克和瑪琳是在房市不景氣時撿了個便宜。十年之後，他在複述他是如何向前屋主虛報低價時仍然得意洋洋。前屋主在買下這棟房屋時，在籌措資金上可能有什麼不正當的地方，正瀕臨失去贖回權的窘境。

「你不會覺得良心不安嗎？」麥肯姬曾這麼問過他。「那時大家的日子都不好過。」

德瑞克冷哼。「妳真可愛。每一件的磋商都會有人贏有人輸。他們一開始就買不起這棟房子，有一部分的問題就出在他們身上。」

這麼做當然是太瘋狂了。可要是麥肯姬要這麼做，她最好動作快，而且最好要果斷。不能猶豫，不能驚慌。她走過馬路，直接往大門走。屋外亮著燈。要是被鄰居攔下，她準備要說她是瑪琳一間沙龍的員工，是來送東西的。

但是她覺得沒有人看到她。她身體中的酒精害她很難專心，但是她總算是把四個數字敲了進去：一一二〇。鍵盤卡嗒一聲。她轉動門鎖，推門把，就這麼輕輕鬆鬆進去了。她把門關上，再鎖好。

吐氣。深吸一口氣。吐氣。

屋子一片寂靜，唯有一種低沉的、幾乎無法察覺的嗶嗶聲，她過了一會兒才明白是從內部傳來的。她的鞋子濕了，而地板一塵不染，所以她脫掉了鞋子。把鞋子留在入口處的地墊上感覺不對，所以她就把鞋子塞進了門廳櫃裡。她穿著襪子輕輕走過昏暗的屋子到廚房去，這裡的嗶嗶聲更大。

靠北喔。他們有警報器。

廚房靠近落塵室附近的牆上又有個鍵盤，他們可能平常都是走這個入口，因為他們兩個都把車停在車庫裡。照她的估計，警報器已經響了二十幾秒。她不知道還剩多少時間警鈴就會大作，不過她總得試試，而且動作要快，必須在保全公司通知警察，並且德瑞克和瑪琳的手機在加拿大響起之前。

她按了和前門同樣的數字。一一二〇。鍵盤閃著紅燈。*靠靠靠*。*快想啊*。天啊，喝得這麼醉實在很不適合動腦筋。驚慌之下，她按了另一組她覺得有可能的數字：今天的日期——德瑞克和瑪琳的結婚紀念日。鍵盤暫時變綠，嗶嗶聲停止了。

耶穌基督。

她的腋窩都汗濕了，而腎上腺素似乎把她體內的酒精都燒光了。她的心臟跳動過快，喉嚨也乾焦得只想喝水。冰箱旁立著一只空玻璃杯，她拿杯子去按冰箱的給水器，裝了滿滿一杯。

她掏出手機，查看IG，確定德瑞克和瑪琳仍在惠斯勒，讓自己放心。他們還在那兒。事實上，他們正在吃一頓遲來的晚餐。兩人並肩坐在一個圓形的天鵝絨隔間裡，手上端著紅酒，面前的盤子擺著牛排和蔬菜。白色的桌巾撒著某種金屬彩紙——看樣子是心形和花朵狀的。照片的文字寫著：二十年了，再四十年？我覺得像天堂。

他們兩人的每一吋都珠聯璧合，而麥肯姬覺得淚水湧了上來。

並不是因為她不知道他是別人的，而是因為直到此刻之前她都以為她不在乎。看著他們會心痛，明知他們的生活永遠也不會是她的。

目前為止只有一則留言，因為瑪琳十五分鐘前才上傳照片的，但留言者的帳戶麥肯姬壓根都不曉得是存在的。

sebastiansdad76：我好愛妳，寶貝。為我們歡呼。週年快樂，吾愛。再四十年。

寶貝。德瑞克叫瑪琳寶貝。他叫麥肯姬寶寶。她從不了解這麼一個平常的親密稱呼僅僅一字之差就有那麼大的不同。

麥肯姬不能再看他們的照片了，她需要關掉IG，她需要離開他們的房子。

她也需要上廁所。

管他的。索性就參觀一下他們的浴室好了。

房屋從樓下到樓上都裝修過，而麥肯姬心裡的那個正在萌芽的家具設計師忍不住注意到乾淨的線條與有品味的空間利用。有裝潢的地方和留白的地方一樣重要。這棟房子感覺傳統，實則是包含了現代的思維。

「我是在拖車公園裡長大的，」德瑞克在兩人第一次上床的晚上跟她這麼說。他們在雪松溪客棧，一絲不掛躺著，四腿交纏。「我們什麼也沒有，比沒有還要少。我爸在我兩歲時跑了，我媽有三個兒子要養，我是最小的。從來沒有新衣服，沒有新腳踏車。沒有一樣是新的。我們總是挨餓，東西永遠不夠吃。」

「哇，」麥肯姬說，撫摸他的手錶。是一支勞力士。「看看你現在。」

「所以我對於怎麼過日子會這麼挑剔。」德瑞克牽起她的手，親吻每一根指尖。「我喜歡質感好的衣服。我喜歡開一輛好車。我喜歡皮夾裡裝滿鈔票，即使我什麼都用信用卡。我喜歡不是窮人，我大概對貧窮有很大的心結吧。」他沉默了一會兒。「但是這個心結也是我的動機，讓我能有今天。」

「那你今天是有了什麼？」麥肯姬問，比著床鋪，比著房間，比著她自己。

他翻身壓住她，赤裸的身體緊抵著她的全身。他們已經性交過了，但是他又想再來一次了。他直勾勾看著她的眼睛。

「我喜歡妳並不知道那一個我，」德瑞克說，「我喜歡妳只知道我現在的樣子，而不是我以前的樣子。跟妳沒有過去，很好。」

她了解。徹底了解。她知道想要再發明一個自己是什麼感覺，但是不見得容易，尤其是家人和老朋友的心裡會有芥蒂。

「跟妳我沒有二十年的錯誤，」他低聲說，而她感覺到他又滑入了她的體內。她把雙腿再張開一些，雙手捧著他的臀部，引導他，讓他盡量深入。「妳是一張白紙，而妳不知道我有多需要這個。」

毋須勞動心理醫生也能知道麥肯姬是他的一種逃避的方式。兩人的關係是有高度的區隔性的。德瑞克跟她在一起時，他不必去想他的老婆，或是他失蹤的兒子，或是這棟屋子，或是他感覺有義務且需負責任的任何事。

問題是，麥肯姬幾乎是不可能理解怎麼會有人想要逃離這個的。你個可憐傷心的有錢人。這棟屋子美極了。十呎高的天花板，閃亮的硬木地板，燈具可能比她的房租還貴。

站在屋裡甚至聞得到錢味。

她猜落塵室旁邊不知是否是浴室，結果只是洗衣間，而且是她在現實生活中見過最漂亮的洗衣間。有一台超大洗衣機和烘乾機，嵌入式櫥櫃可以把各種用品隱藏起來，像是洗衣精、織物柔軟除靜電紙、各種清潔用品。獨享這麼一間洗衣室，不必跟其他一百個人共用，是多麼奢華的享受啊，特別是這麼漂亮的一間。

落塵室裡有三個櫃子，掛著手繪的木牌。左邊的寫著「瑪琳」，右邊的寫著「德瑞克」，中間的寫著「塞巴斯欽」。

塞巴斯欽。哇。他的大衣仍掛在這裡，雨鞋整齊地排列在底下，下方的籃子裡擺著一只小背包，覆滿了卡通狗的圖案——「汪汪隊立大功」。她發現自己伸手去摸他的大衣，猛地把手收了回來。不。她不應該碰。這樣不對。

她的膀胱就快潰堤了。麥肯姬離開了落塵室，繼續自行參觀，放縱想像力去構思如果她和德瑞克在這裡一起生活，她會改動哪些裝潢。老實說，並不多。瑪琳有絕佳的品味。

她往樓上走，暫時在迴旋梯前駐足，看著牆上掛的照片。都是德瑞克和瑪琳的兒子的，記錄下不同年齡的模樣。

最後一張，最靠近樓梯頂，一定是最近拍的。照片中塞巴斯欽穿著那件在失蹤兒童海報上的馴鹿毛衣，但是在這張照片中他坐在聖誕老人的大腿上，臉上掛著大大的笑容。麥肯姬頓時感受到這整件事實際上的可怕程度。德瑞克不肯談這件事，所以不去想也滿容易的，可是在這裡，他們的房子裡，卻有一整面的德瑞克是她永遠不會知道或是看見的。

他是個父親，卻失去了孩子。他娶了孩子的母親，而這位母親失去了孩子。

麥肯姬瞪著照片，想起了塞巴斯欽是在聖誕節前的最後一個星期六失蹤的。那時他們應該已經立了棵聖誕樹了，可能就在客廳裡，燈光會對著窗戶閃爍，讓鄰居都看見。他們可能已經完成了聖誕採購，大多數的禮品都包裝好了，只藏了幾樣要留著聖誕節早晨拆的。

但是並沒有小腳丫在走廊上跑動，再跑下迴旋梯，再一看見樹下的大豐收而尖聲歡呼，屋子裡只有死寂。屋子裡沒有小男孩來拆開這些禮物。從此之後再也沒有小男孩了。

麥肯姬覺得不舒服，花了幾秒鐘呼吸。

樓梯頂的牆上有一幀八乘十的黑白照片，是德瑞克和瑪琳在結婚日站在海灘上拍的。她穿著某種波希米亞風格的婚紗，他穿著淺色長褲和一件白色襯衫，捲著袖子。兩人在笑，手牽著手，頭髮被風吹亂。照片中的瑪琳比麥肯姬年輕，而且美得奪人心魄。

麥肯姬緩步在二樓遊走，經過了一間臥室，她只能假設是塞巴斯欽的。門上有一張小貼紙，她仔細看，又是「汪汪隊立大功」裡的一個角色。其他的房間都開著門，只有這間除外。

她不會去打開。

反正主臥室才是麥肯姬真正想看的地方，是在走廊的盡頭，有一扇對開門。她走進去，硬木換成了地毯，但不是像她公寓裡的便宜貨。地毯很厚，吸塵器推過或是有人走過也不會留下痕跡。單單是他們臥室的坪數就有她和泰勒共住的整個公寓那麼大。一張帝王號大床靠著最遠的牆，兩側有同樣的鏡面床頭几。一個床頭几上堆滿了書——一些勵志書籍，其他的是小說。另一個空空如也，只有一條手機充電線軟軟地垂在邊緣。麥肯姬能猜到德瑞克睡在哪一邊。他不是個愛看書的人。

她進了浴室，有薰衣草香，像是雜誌上剪下來的。地磚排列成人字形，淋浴間有玻璃隔開，足夠兩個人同時入浴。洗手台是她見過最寬的，窗邊有一個鑲著爪足的浴缸，深得還需要踩著旁邊的小踏凳才能進去。馬桶是在淋浴間隔壁的房間裡，麥肯姬直接走過去解放自己。

她都還沒參觀步入式衣櫃呢。德瑞克那邊的吊滿了套裝，不意外。但是瑪琳這邊的……這女人有這麼多的玩意。洋裝、大衣、套裝、褲子、上衣。都依照風格與顏色排列。還有個中島——中島欸！——抽屜裡擺著襪子和內衣褲和運動服和牛仔褲，而整面後牆只放皮包和鞋子。哼，德瑞克在紐約幫她買個Dolce & Gabbana包，麥肯姬還發愁呢；而且那僅是她一百零一只名牌包，她還捨不得用，只限和德瑞克在一起時才用。相較之下，他老婆卻只買名牌包。古馳、Ferragamo、香奈兒、路易威登。還有一只經濟實惠的Tory Burch，用得磨損了，顯然是她的心頭好。

麥肯姬掏出手機，實在是忍耐不住，非得在她見過最奢華的衣櫃裡拍張照不可。她拍了幾個角度，心裡在想要是她上傳到IG上，不知會怎麼樣。他們會知道嗎？這間衣櫃跟她在《百萬美元清單》上看到的是一模一樣的，她和泰勒去年夏天守著電視機看這齣在布拉沃實境拍攝的連續劇，看得欲罷不能。

「我們幹嘛要看這個？」她那時這麼問室友，一邊往嘴巴裡塞微波爆米花，看著一對不到三十歲的夫妻在鏡頭前宣稱他們六十二坪大的曼哈頓公寓對他們和他們的比熊犬來說有點太小了。「這只會讓我覺得我的人生像一坨屎。」

「因為它很勵志啊，」泰勒說，而他說得對。「我們看是因為我們希望自己能跟他們一樣。」

一雙紅底高跟鞋吸引了麥肯姬的目光。路鉑廷（Christian Louboutins）。是藝術品，黑緞面，鞋尖有水晶蝴蝶結，四吋高的跟，八號尺寸。麥肯姬是八號半。差不多了。她脫下襪子，套上了鞋，有點太緊，但是她還是拍了一張照片。她把鞋放回架上，又認為放在名牌包之前更耀眼，就把鞋子擺了個很藝術的位置，再多拍幾張照片。為什麼？因為很勵志啊。

她走回臥室的主要區域，在厚地毯上一點足聲也沒有。她想像著瑪琳在床上看書，而德瑞克上床來躺在她身邊，在比較快樂的過去，而兩人的兒子在走廊另一頭睡覺，兩人終於有了點相處的時間。瑪琳穿著睡褲，或是一件德瑞克的大學T恤。他穿著舊的籃球短褲，上身赤裸，可能才剛洗完了澡。也許兩人會做愛，也許只是相擁。也許他們會聊聊這天的事，悄悄地、輕鬆地，直到其中一個先睡著。德瑞克會是那個先閉眼的，而一旦閉上眼睛，他很快就會睡著。瑪琳會撐比較久，因為女人就是這樣，她的大腦會再動個幾分鐘，想著這一天發生過的一百件事情以及明天會發生的兩百件事情。

麥肯姬不屬於這裡。該走了。

20

不知該如何重設警報器，麥肯姬索性就撒手不管了。她怎麼進來的就怎麼出去，靜悄悄地、小心翼翼地。她剛才做的事既愚蠢又衝動，她絕對不能允許自己再這樣失控了。

因為下雨空氣變得清新，她決定步行一段路，讓頭腦清醒。她上一個男朋友保羅在波夕也住在類似的社區——安靜、虛矯、郊區，全是白人。麥肯姬最後一次見到他是在他喝醉的老婆想硬闖進她的公寓之後的三週之後。保羅已經想跟她分手了——居然是用打電話的——她抗議，他就提供一萬元作為「分手禮物」。

想得美。

兩天晚上之後麥肯姬出現在保羅家，哭著懇求他不要走，假裝喝醉了，假裝心碎。他老婆和女兒都在家裡，他來應門一看見是她，整張臉都發白。他跨出門，把門關上，把她拽到房屋側面，那裡漆黑又長滿了灌木，不會有人看見。

「妳他媽的跑來做什麼？」保羅生氣地低聲說。

他一隻手攫住她的胳臂，稍後她會發現被他抓出了瘀血。她從沒見他這麼生氣過。他總是對她很溫和……甚至是溫柔。真是妙了，人在感覺受到威脅時居然會有那麼大的力氣。

「你抓痛我了。」她哀哀叫，所以他放開了手。

「妳不能來這裡。」保羅惡狠狠瞪著她，表情之猙獰，連石頭都能炸裂。「我有家室，麥肯姬。」

「我要我們在一起。我愛你。」她伸手要去拉他。「你也愛我。」

「根本就不是愛，」他說，退後閃躲。「我現在明白了。我不快樂，需要有人來……讓我再次感覺被需要。麗雅跟我在接受治療，我們會努力做出成果來。對不起，好嗎？拜託妳走吧。我的孩子在裡面。」

「就這樣？」她瞪著他。「你跟我完了，你就打算把我甩掉？當我是垃圾？」

他軟化了，一時間麥肯姬還擔心她演得太過火，弄巧成拙了。她對繼續這段關係一點胃口也沒有，她也毫無意願把保羅贏回來。無論她以前覺得他是哪裡有魅力，早就已經在他爛醉的老婆把唾沫星子噴到她臉上那一刻都消失殆盡了。她真正想要的是以她開的條件來分手。她真正想要的是拿到她值得的金額。

保羅挺直了腰，表情又變得冷硬。「無論我是從妳這兒需要什麼，肯姬，我都不需要了。我不是想傷害妳，可我什麼也不能給妳了。好了，拜託，妳得離開。」

她抬頭仰望他的大房子側面，接著又看著轉角的車道，他的汽車停在那裡，一輛捷豹、一輛寶馬。「一定很棒吧，跟只有你一半年紀的女孩子睡覺，然後在你老婆發現之後就把她們甩了，」她說，「當著她們的面揮鈔票，吊她們的胃口，把她們當妓女。」

「什麼她們？」保羅皺眉。「哪來的她們。只有妳，而且我一開始就不應該——」

「你提議給我一萬塊打發我。你覺得我會作何感想？」

他一臉屈辱。「我知道，我不應該說那種話——」

「五萬就行。」

他眨眼。「什麼？」

「五萬塊，」麥肯姬說，「然後你就再也不會聽到我這個人了。你害我吃了那麼多苦頭，我覺得這是你起碼能做的。更何況還有你老婆給我吃的苦頭，在我們的走廊上對著我跟我室友叫罵，活像個他媽的瘋婆子，活像我是那個壞人。是你起的頭，保羅。有家室的人是你。是你背叛了她，不是我，而且是你被抓到了。要是你老婆沒發現我們的事，你知道我們現在正在做什麼嗎？我們會上床，保羅，就是這樣。所以你們兩個現在倒好，要努力維持婚姻，不過你別想兩手一拍就切斷我們的關係。」

保羅似乎是徹底嚇懵了，但過了一會兒，他的困惑轉變為自以為是。「妳在開玩笑吧？我不會付妳五萬——」

麥肯姬大步走開，跨越了他家的濕草皮，又往大門走。他及時攔住她，把她的胳臂向後拽，而她的手已經放在門把之上，作勢要推了。

「好，我會付錢，」他氣呼呼地低聲說，「不過妳給我滾。」

「現金。明天。你是哪一家銀行？」

他說了之後，她說：「九點半，準時，我在街角等你。你要是沒來，我就會再來你家。而且我會在這裡等你老婆回來。要是你的鄰居問我是誰，我就會告訴他們。哼，我還會給他們看照片。我有一籮筐的照片，保羅，你知道嗎？我是那種腦袋空空的Y世代，一天到晚在拍照，而且我有一大堆你睡在我旁邊，一絲不掛的照片。你從來都沒發覺，是不是？我會把照片貼到我的臉書和IG上，一天一張，直到我把你的人生毀了，就像你毀了我的人生為止。你傷了我的心，你個混蛋。」

她轉身大踏步走開，心知肚明她說的話沒有一句是真的。她也不打算再回來。照片也是唬人的。他沒有傷她的心。她耍的這個手段要嘛得逞，要嘛落空，現在就只有等待了，看他是否會罵她虛張聲勢。

隔天早晨九點半保羅和她在他的銀行外碰面。他把一個牛皮紙袋塞進她手裡，連招呼也沒打一聲，也不敢和她視線接觸。

「別再來找我了，麥肯姬。」他說，隨即走人。

麥肯姬直接回家，心臟狂跳，爽快極了。回到公寓後，她把錢丟在床上，第一次數得很快，第二次慢慢數，沐浴在手中握著鈔票的美妙滋味中。五萬元。她這輩子沒見過這麼多的錢，感覺好奇妙。

她打電話給J.R.。

電話一接通，她劈頭就說：「他付錢了。」

她能想像得到他在另一頭咧嘴笑。「好樣的，」J.R.說，「別一次花完。」

她抽出一萬五千元當生活費以及下學期的學費，剩下的用來支付她母親在橡樹原輔助生活機構的第一年費用。

三個月後，麥肯姬在西雅圖美食祭上偶遇保羅，那時她正在塔可餐車工作。他的父母住在西雅圖，一定就是這個原因他才會來。他上前來點餐，一看見她，臉色立刻蒼白，但是他付了六個塔可的錢，假裝不認識她。她盯著他走回家人那邊，分發食物。

一次回眸也沒有。

麥肯姬吐了口長氣，讓保羅的回憶流散。她現在得專注在德瑞克身上，他比保羅還富有，而且似乎也在努力和老婆挽救婚姻，而且他甚至沒有膽子親口跟她說他們兩人結束了。

既然是完了，那就完了吧。不過談價碼才剛開始。

她步行了一陣子了，她打算在百老匯大道搭計程車，而越接近那條繁忙的街道，房屋就越小。被監視的恐怖感覺又回來了。她掏出手機，拿在手上，然後就聽到了後方有窸窣聲。她提高警覺，停下腳步猝然踅身，卻依舊是一條鬼影也沒有。

可是，天殺的，感覺真的有人。她的皮膚好像有東西在爬，都是那個討厭的視覺侵擾害的。她又邁開了步伐，這次腳步更快。

黑暗中忽然冒出說話聲。「嘿。」

「誰在那裡？」麥肯姬說。她討厭她的聲音變成那樣，高昂、驚嚇。「哈囉？」

有什麼朝她過來，一條又大又壯，拉長的影子，漸漸蛻變為一個人。她身體的每一吋都僵硬了，但是昏暗的街燈照亮了他的臉，她才發覺是她認識的人。

「朱利安，」她詫異地說。接著他的五官變得清晰。鬆懈感太強大，她的膝蓋幾乎相撞。「耶穌基督，你差點把我嚇死。你怎麼會來這裡？」

「來找妳。」他說。

她不記得上次是何時見到朱利安的——起碼有一年了。他朝她走來，伸長手臂，像是要擁抱她。怪了，她直覺向後退。他在幹什麼？他們一向不來這一套——這傢伙連握手都不肯。這傢伙像是很怕細菌，她記得他的口袋裡總是有一包抗菌濕紙巾。

不過今晚他戴著手套。可是天氣沒有那麼冷。

「J.R. 跟你在一起嗎？」麥肯姬問道。

朱利安沒回答，反倒笑了。

最後她只記得他戴手套的拳頭打中了她的下巴，非常響亮的一聲，然後她就膝蓋一軟，一切歸於黑暗。

第三部

掉進了洞裡，而我不知能否獲救。

——〈愛麗絲囚徒〉

21

德瑞克的左手握著方向盤，右手放在瑪琳的膝蓋上。這是件小事，一個小小的動作，但是他放在她腿上的手掌卻道盡了他們今天所去之處的成果。

他說得對——他們需要這次的週末度假。惠斯勒是德瑞克的主意，而且他瞞著她把整個行程都安排好了。瑪琳把二十五萬匯給朱利安要他殺死德瑞克的情婦的第二晚，她老公回家來，送給她一張週年紀念卡片，問他們是否能重新來過。

她不知道什麼改變了。那天之前，他和麥肯姬分手了，然後又幾乎立刻要她回來。但從那之後的短短時間中就起了變化。他似乎不一樣了。他伸手要握她的手，又一次變回了她記憶中的那個德瑞克，她嫁的那個德瑞克。

「二十年了，瑪琳，」他說，表情痛苦。「如果妳得從頭再來過，妳願意嗎？」

她願意嗎？她當然願意。他們兩人在一起二十年了，大多數的時光是快樂的，只除了德瑞克在她懷孕初期犯的那個錯。直到這悲慘的十六個月之前——完全是她的錯——他們的婚姻堅若磐石。離家去度假可能很突然，但走到了某個關頭，你就得要挑個方向。而她不也正想要這樣嗎？這不就是那個關頭嗎？

「我願意從頭再來過。」她說，而且是真心話。

一小時後兩人的行李收拾好了，滑雪板架在車頂上，也通知莎蒂了，兩人就上路到山上去。

他們兩個都不完美，他們兩個都有錯。沒有一個問題處理好了。不過最終，兩人感覺像是翻過了一頁。就從她老公摸她的膝蓋，跟著超脫樂團唱歌的樣子就知道。感覺他們又回到了老樣子。她覺得又是自己了。感覺是獲得了一個全新的開始。

從絕望中殺出一條生路來並不容易。並不是說發生了一件好事，而轉眼之間一切就都變好了，而哈雷路亞，那些狗屁倒灶的日子就全部成了過去了。至少對瑪琳而言不是這樣的。但是今天是個好日子，而在黑洞中活了幾個月又幾個月之後，她會接受。

德瑞克把車駛入車道，這樣他才能換車。他已經跟她說不進屋去了，他還有公事要辦，明天有個重要會議。沒關係；她知道工作是他很重要的一部分。她了解工作能幫助他撐下去。

美髮沙龍週日休息，也就是說瑪琳不需要去哪裡。她走樣的身體的每一吋都因為四天在山上滑雪而痠痛不已，她很期待能洗個熱水澡，讀本好書。

「我大概八點回來。」德瑞克把汽車音響調小。「我可以帶希臘菜回來。雞肉三明治？還是妳想吃印度菜？香料烤雞咖哩，大蒜烤餅？」

「我覺得是你餓了。」她說，而他哈哈笑。

他揉捏她的大腿，她全身竄過一陣輕顫。「誰叫我在這個週末燃燒掉那麼多卡路里呢。」

他有可能說的是滑雪，不過並不是。她和她老公在這短短兩天裡又重修舊好了。在每一個方面。

「我們自己做飯吧，」她說，覺得企圖心旺盛。「我來醃兩塊肋眼牛排，等你回來就可以烤了。」

「妳確定嗎？」

「確定。我可以弄球芽甘藍當配菜，除非你想要什麼澱粉質的東西？我有好久沒把廚房弄亂了。」

她真正的意思是她有好久沒有心情下廚了。烤球芽甘藍加上培根燉煮，再覆上帕米森乾酪，跟牛排是絕配。烹飪的過程並不健康，但是滋味好極了，連塞巴斯欽都愛吃——

她阻斷了這個想法，再硬起頭皮來迎接不可避免的重擊，每次她想到兒子一定會這樣。但是什麼事也沒有。思緒飛入，再飛出，而她發覺自己覺得……還好。

德瑞克密切觀察她，眼中寫滿了同情。彷彿他對於她的心緒是如何走的一清二楚，可能是因為他也走過同一條路。

兩人都下了車。他把滑雪板拆下來搬進車庫，把行李箱搬進屋裡。

「我愛妳。」他牽住了她的手，吻她的手心。這是很親密的動作，而她想不起來上一次他是幾時這麼做過。

「我也愛你。」她說。

他從前門出去，但她都還沒關門，他就又回來了，把她推到牆上，嘴唇搜尋著她的唇，手指插入她的髮間，一切都好自然、好浪漫、好正確。

她一直等到他的車子離開才關門上鎖，再去做離開幾天之後回家來通常會做的事。她查看郵件，給散置在主樓層的少量植物澆水。她查看放在廚房桌子正中央的蘭花。

蘭花擺在同一個位置一年半了，她還記得是哪一天得到它的。十一月德瑞克帶塞巴斯欽去上室內游泳課，就在感恩節前的星期六。之後父子倆去了全食超市買厚片楓糖漿培根，他們全家都愛吃。塞巴斯欽最愛逛超市，因為他想要什麼他們幾乎都不會拒絕，只要不是垃圾食物。瑪琳喝完了咖啡，聽到車庫門打開，一會兒之後，塞巴斯欽從落塵室衝進廚房，捧著灰色陶瓶裡種的一株粉紅色蘭花。

「媽咪，看！」她的小兒子一百零二公分的身體上的每個毛細孔都迸發著得意。「把拔說我們可以幫妳買花！是妳最愛的顏色！是我選的！」

「喔，巴許，好美唷。」她接過兒子手上的花，免得他抱不住。「我好喜歡。這是給我的禮物嗎？」

「把拔說妳很美麗，我們應該要幫妳買美麗的花，所以我就選了這一個，因為粉紅色是妳最愛的顏色。」塞巴斯欽笑得好燦爛。

瑪琳彎腰吻了他的鼻子。「你說得太對了，我最愛粉紅色了。謝謝你，親愛的。我們應該要放在哪裡呢？」

「放在餐桌上，妳每天都要澆水，不然那個小姐說它會死掉。」他脫掉外套，任它掉在地板上。

「不能每天澆，」瑪琳笑著說，「要是我每天澆，它一定也會死掉。嘿，拜託，先生，你的外套是應該放到哪裡？」

他跑回落塵室把外套掛好，德瑞克也正好進來，抱著滿懷的雜貨。德瑞克把袋子放在流理台上，她看到牛排、酪梨、香蕉、現烤貝果、燕麥葡萄乾餅乾、巧克力可頌從大提袋裡散出來。她揚起一道眉，而他怯生生地咧嘴笑。

「妳也知道我沒辦法只買一樣東西，」他在她吻他時說，「我們有點忘我了。」

「我把花給媽咪了，把拔。」塞巴斯欽說。

「是啊。」瑪琳把兒子抱起來。他立刻就用雙腿纏住她的腰，雙臂摟住她的脖子。她在兒子的側臉上吻了又吻，很感激他仍在一個歡迎媽咪的吻的年紀。「我會好好照顧它的，巴許，我保證。」

而整體來說，瑪琳做到了。蘭花堅韌卻不好照顧，塞巴斯欽失蹤之後的幾週，她不再記得要澆水了，花朵都枯萎了。德瑞克差點就要把它丟掉，卻被她尖叫著阻止。

「你敢！」她尖聲叫著，就在他把花放進垃圾袋前攔住了他。「你敢丟就試試看！」

「我——」

「拿給我！」她出手就搶，他沒有爭奪，向後退開。她的眼神狂野，頭髮從鬆鬆的髮髻裡溜出來。她幾乎沒睡覺，好幾天沒洗澡。「你看花莖，還是綠色的。花朵會再開的。我只是要記得澆水。等澆了水，花就會回來，我知道會……」

她哭倒在地板上，仍抱著蘭花，哽咽啜泣。德瑞克瞪著她，一動不動，不知道該說什麼。最後他轉身走掉，消失在落塵室裡，消失到車庫裡，消失在他的車裡。消失了，就如一切美好的事物。

兩人從此再也不同了。瑪琳沒有再歇斯底里、聽不進勸，而德瑞克不再僵直無助。她不知道該如何定義這個新的情況，它跟舊情況不同，但總比剛才那種情形要強。陳醫生可能會說：「即使是前進個一毫米也是進步。」

蘭花也有了進步。他們前往惠斯勒時，花莖又粗又綠，卻仍光禿，就和去年一樣。但如今……

瑪琳瞥見了什麼，俯身細察花莖，確認她沒看錯。沒錯，就在那兒。花苞中露出了一小片粉紅色花瓣。塞巴斯欽送她的蘭花又要開花了。突然間她感覺到一股既銳利又猛烈的希望，險些刺穿了她的五臟六腑。

我選的，媽咪。

有簡訊進來，她伸手到廚房中島上拿手機。是薩爾。

活著嗎？

瑪琳有幾百種方式可以回覆，因為今天這個問題太沉重。她和薩爾睡過，而到了某個時候，他們終究得談一談。薩爾知道她跟德瑞克去了惠斯勒，他可能在猜想對他們而言是什麼意義。而「他們」指的不是瑪琳和德瑞克，是瑪琳和薩爾。

不過目前她還是選輕鬆的路走。她用年輕人的方式回覆，不用文字。只是傳了一個表情符號。一顆心。

悲傷團體的人在聚會之間以簡訊通訊——如果有需要的話。團體治療在保持隔絕性時最有效。唯有在法蘭西絲安全的甜甜圈店這個封閉的環境中才剖析感情，離開之後回到正規的生活中，你宣洩的所有情緒都留在甜甜圈店裡揮發殆盡。團體中的人不會相約喝酒，不會相約吃飯，不會有人在兩週之後傳電郵來「問問情況」。

可現在卻是團體中的賽門打電話來。不是發簡訊，是打電話。第一聲鈴響瑪琳沒聽見，因為她正在放洗澡水，但她去拿毛巾時看見了他的名字亮起。

她瞪著手機，沉思著是否該接。無論賽門想談什麼，都不會是好事，而她不確定是否有那個心情。長久以來第一次，瑪琳覺得……正常。平穩。而她想要這種感覺持續，至少在今天。

但後來她想起來了。賽門的孩子失蹤了。而世上只有少數幾個人是他能談這件事的，瑪琳就是其中之一。她伸手拿手機，一面回浴室，一面按下了接聽鍵。

「瑪琳，謝天謝地妳接了，」賽門說，「我幾分鐘前打給妳，妳沒接。」

他的聲音不一樣。不像傷心，不像抑鬱，而像是……緊張激動。幾乎是狂亂。

「賽門，嗨。出了什麼事？」她坐在床上脫襪子。浴室的對開門敞開著，她能清楚看到浴缸。熱水還沒裝滿，因為浴缸太大了，她仍有幾分鐘的時間可以去關水。「你還好吧？」

「法蘭西絲今天早晨接到警察的電話，他們找到湯瑪斯了。」賽門的聲音半途改變，變得比較平靜。

然後她了解了。這消息活像一拳打中她的咽喉，忽然間她無法吞嚥。

「我的天啊。」瑪琳幾乎說不出話來。「喔，賽門，不。」

「他們在斯塔克頓的一間古柯鹼屋裡找到了他的屍體。」

「加州？」

「詳情我不清楚，可是……他吸毒過量。而且已經死了有兩天了……我猜其他人是以為他在睡覺。他們沒在他身上找到證件，可是他的手腕上有刺青，刺著『法蘭西絲』，有些毒蟲證實了他用湯米這個名字。」

「他是幾時……」她沒辦法說完。

「兩星期前，」賽門說，「花了那麼久的時間才查出他的身分。我猜是因為不是什麼重大案件吧。」

她能感覺自己從床上滑到了地板上。她的臀部無聲地撞到地板。她幾乎沒辦法把手機貼在耳朵上；感覺上她的整個身體都變成了果凍。天啊，法蘭西絲，可憐的法蘭西絲。

「湯瑪斯為什麼不打電話給她？他為什麼不回家？」她對著電話說，但是她和賽門都知道她會這麼問並不是因為想得到答案。沒有答案。只有更多的疑問。以及更多的痛苦。

「我不知道。」賽門的聲音沙啞。「我不知道，瑪琳。」

「法蘭西絲現在在哪裡？」

「她剛從機場打給我，」他說，「正要飛去斯塔克頓。她得到停屍間去指認，她……」他語不成聲。「她要把他的屍體帶回家來。」

喔，耶穌基督。「我得打給她。」

「她打給我時正要登機，不過沒關係，打給她。我相信她會很高興能接到妳的電話。」

「莉拉知道嗎？」

「現在知道了。我在打給妳之間打給了她。」

「等法蘭西絲回來，我們必須要過去支持她。」瑪琳的大腦像跑馬燈般亂轉。「我們來計畫聚會。她可能需要幫忙籌備他的葬禮——」

她的話說到一半停住，倒抽一口氣，恍然大悟她說的話有多可怕。她紛亂的思緒定於一點，只有一點。然後洪水氾濫。

她發出的嗚咽來得既快又猛，她幾乎無法呼吸，胃也感覺在抽搐。手機從她的手上滑脫，落在旁邊的地毯上。她哭得好大聲，史無前例，因為法蘭西絲的噩耗感覺像是她自己的噩耗，以及賽門和莉拉的噩耗，因為從孩子失蹤的那一刻起，這就是他們最害怕會聽到的事情。痛苦太強烈了，感覺上她會碎裂。

電話另一頭的賽門也跟她一樣哭得好厲害。因為比不知道更糟糕的事只有一件，就是……知道。

「瑪琳？妳還在嗎？」她聽見賽門說，但是她說不出話來。她做不到，她沒辦法消化，她沒辦法處理。太多了。

她掛斷了電話，連句再見也沒有。賽門會了解的，他今天不會再打來。

她手腳並用爬了起來，跑進浴室，熱水仍在放，蒸氣從浴缸中上升，溫泉似的。她及時跑到馬桶前把四季飯店的早餐吐了進去。

她脫掉衣服，沉入幾乎燙人的熱水中。高熱有如百萬根針扎著她的皮膚，但是她很歡迎，歡迎那種痛。她要她的皮膚燒灼，她要除掉一切會痛的東西，她要變成別人，隨便哪個人，因為什麼都比這樣、比這種感覺要好。

她為法蘭西絲心痛。湯瑪斯只有二十四歲。沒錯，是成人了，卻是個年紀不大的成人，跟德瑞克的情婦一樣年紀。

她猛地坐直，隨即跳出了浴缸，連圍條毛巾都顧不上。水珠滴在磁磚上，然後是地毯上，她拿手機給薩爾發簡訊。

取消。朱的事。

薩爾立刻回覆。確定？不會退費的。

取消，她又傳一次。現在。真的。

我會跟他說，薩爾說，雖然瑪琳看不見他的臉也聽不到他的聲音，她從他的話中察覺到放下一塊石頭的感覺。

本來就不應該走到這一步的。這只證實了她和薩爾為什麼不能在一起。他們對彼此沒有好處。他是她的自我的最深層潛意識，是她的天使的魔鬼，是害她的道德羅盤偏離常軌的磁力。

她就算是恨麥肯姬．李，可麥肯姬．李也是別人的孩子。有人愛她。有人在她死後會為她哭泣。而瑪琳不能做某人才對法蘭西絲做的事情，將來有一天同樣的事情也可能會落在她頭上。

她回到浴室，沉入浴缸。浴缸完全裝滿了，也就是說有夠多的水讓她溺死自己。

22

瑪琳當然不會那麼做。

不過她考慮過。她一天到晚在考慮。她只是沒有說出口，因為上次她說溜了嘴，德瑞克驚慌失措，又把她送進了醫院，她被關了整整兩天，直到他們確定她不會傷害自己。

她不怪德瑞克，或是醫生。她畢竟是有前科的。塞巴斯欽失蹤之後一個月，FBI通知他們搜尋毫無結果，她就用一瓶紅酒吞了一瓶的抗焦慮藥丸。她不記得德瑞克發現她，想救活她，急救人員，搭救護車，洗胃等等情形；她只記得隔天一大早醒來就在醫院裡，德瑞克坐在角落的椅子上，百葉窗滲入了一絲一絲陽光。她的第一個連貫的想法是：靠，沒成功。

幾個月後，新聞報導樹林中發現了一具兒童屍體，就在一名非此童母親的年輕女子遭肢解的殘骸旁。瑪琳看到這篇報導時正在上班，可是等她回家，她立刻就開始灌酒，等著電話響起。她很確定FBI會打來確認是塞巴斯欽。並不是，謝天謝地。可是等到死者的身分公布時，她已經喝光了一整瓶的紅酒，正在浴室翻找德瑞克那一邊的洗手台櫥櫃。她找到了她要的東西——一包全新的刮鬍刀片，是她老公的德國製Merkur安全刮鬍刀用的，藏在一摞舊布下——她正要把包裝撕開，德瑞克正好回家來。

他走進浴室，而她正好把那包刮鬍刀片塞回櫃子裡。就算他發現她喝醉了，他也沒說話；他只是問她還好嗎。他也看了同一篇報導。他這一天也一樣不好過。兩人談了幾分鐘，共同的恐懼在疏離了幾個月後短暫將兩人又拉攏在一起。

德瑞克那晚又救了瑪琳一次，只是他自己不知道。

現在這是她的人生了。由美好的時刻、恐怖的時刻，以及其間的麻痺組合而成。

三十分鐘後她跨出浴缸，皮膚就如新生兒一樣粉紅。她裹上了毛圈布浴袍，撥了一直不敢撥的電話，她寧可做別的事情也不願撥這通電話。

直接轉入語音信箱，她吐出一口氣，不出她的預料。她不確定此時此刻和法蘭西絲說話她能否硬撐住而不崩潰。瑪琳留了言，請她方便時回電。

「我愛妳，」瑪琳對著法蘭西絲死寂的語音信箱說，「我在這裡，無論妳需要什麼，白天或晚上。我好遺憾，法蘭西絲。我真的好遺憾。」

她結束了電話，覺得前所未有的無助。但是她就只能提供支持，誰都只能做到這一步。誰也不可能了解法蘭西絲此時此刻亂紛紛的獨特情緒，那可能是每分每秒都在變化。沒有人知道她真正的需要。這種狗屁倒灶的事是沒有指導手冊的。

瑪琳把手機拋在床上。那包刮鬍刀片仍深埋在櫃子裡的舊布下。她可以再躺進浴缸裡。她可以的。

但是她不會。傷害自己還有別的法子。

她仍穿著浴袍，把筆電的充電器拔掉，坐到床上，登入了一個她有一陣子沒上的網站。她不應該上來的。她答應過陳醫生。她可能會坐牢。這個暗網是違法的，所以才會需要一堆的重定路線和密碼，以及更多的重定路線和密碼，才能進入那些有兒童的網站。

塞巴斯欽的右腿內側有一個小小的深粉紅色新月形胎記。在他失蹤後的幾個月裡，瑪琳瘋了似地在網上搜尋，看過一張又一張恐怖的照片，尋找她的兒子可能是其中之一的證據。她沒找到他，但是在尋找的過程中，她也一點點被摧毀了。沒有人類可以看著這種照片卻還可以不讓自己也一點點跟著死亡。

這是一個禽獸專屬的地方。

可是她需要看。她不得不看。要是她的兒子是這些慘遭凌虐的兒童中的一個，她起碼能做的事就是看。

而她看得越多，就喝得越醉；喝得越醉，藥就吃得越重。這個情況持續了幾個月，直到她最後一次的心理治療，她終於向陳醫生說出了這個秘密。他的反應很激烈。

「只要妳覺得有需要看，妳就必須停下來問自己是什麼原因讓妳有這種感覺，」她的心理治療師說，「並且妳要承認是妳的焦慮在欺騙妳，告訴妳妳需要這麼做才能對於一個完全在妳控制外的情況產生一種主導的感覺。焦慮是很有說服力的。別相信它跟妳說的話。因為看那些圖片平撫不了妳的焦慮，瑪琳。只會雪上加霜。妳在做的事是一種自我傷害的行為，我非常非常擔憂。」

陳醫師說對了一半。焦慮確實會騙人，但是情況並沒有在瑪琳的控制之外，而在筆電連上網站時，她檢查自己的雙手。正常模樣的兩隻手，強壯的兩隻手，可以揮舞利剪把頭髮變美的兩隻手，可以做飯、打掃、擠捏、愛撫、表達愛的兩隻手，在激動時會做手勢的兩隻手，會保護的兩隻手。

在聖誕節前的週六一處繁忙擁擠的市場放掉了兒子的手的兩隻手。

塞巴斯欽被聖誕老人帶走之後的幾個小時裡她想著可能會發生在兒子身上的種種恐怖遭遇。她讀過統計數字，知道他那個年紀的兒童——要是二十四小時內找不到——就很可能喪命了。如果還活著，那一定會有更多恐怖的遭遇等著他們。

都是瑪琳的錯，全都是。包括之後的每一件事。她罪該萬死的手。幾晚之前她還想把手切掉，但那時德瑞克帶著週年卡片回家來，要求能不能重新開始。

「你回來了。」她只說得出這句話。

「我每次都回來，」她老公說，「而且我以後也會每次都回家來。」

德瑞克從來沒有因為她傷心難過的方式而懲罰她，也許她也不應該因為他傷心難過的方式而懲罰他。

不過，這些念頭始終沒有消散。但是僅止於念頭，而且放在她自己的心裡比較好；否則的話，別人會擔憂，覺得有需要介入，深怕她可能會傷害自己，因為她的情緒健康脆弱不穩。住過院之後，她答應德瑞克她絕對不會再自殺。而在和陳醫師的最後一次治療時，她也答應了絕對不會再上這些黑網。

現在她要打破一個承諾了。

她開始捲動網頁，尋找著那個胎記，那彎新月。尋找她的兒子。她不認識這些兒童，但是她為他們哭泣，為他們的母親哭泣，等一下她會哭著睡著。

有時，在她的夢裡，塞巴斯欽跟了一個新的家庭。某個可憐的女人太想要孩子了，就把他從市場帶走，用瑪琳和德瑞克所能給予的愛來養育他。而一天天過去，塞巴斯欽就會忘記他們，忘記瑪琳，漸漸愛著他的新母親。他健康，他平安，他是完好的。

而有時，在她的夢裡，塞巴斯欽呼喊著找她。而無論瑪琳怎麼做，就是沒辦法及時趕到。她的小兒子就這麼消失了，一陣煙似的，前一刻還在，後一刻就消失了，被一張她沒見過的臉孔攫走了，帶到一處妖魔鬼怪隱藏的黑暗之處。

「看到沒？媽咪的房子裡沒有怪獸，」她有一次在讀完《本書結尾處的怪獸》給他聽之後這麼跟兒子保證。這是她小時候最愛的一本童書，是以「芝麻街」中可愛的格羅弗為主角，格羅弗很確定書的結尾會有一頭怪獸，而他害怕極了，結果卻發現那頭怪獸其實是他自己。「而且不是因為有人長得像怪獸就一定是怪獸。」

而且不是因為有人長得不像禽獸就不是禽獸。

要是瑪琳接到了法蘭西絲接到的那種電話，她就會自殺。

她對很多人做過很多承諾，而這一個是她對自己發的誓。

23

隔天她回去上班，她的手機上有凡妮莎．卡斯楚的語音留言。

瑪琳的直覺是拋下一切，打到德瑞克的公司，讓兩人可以一起發現噩耗，但是後來她想起來了。德瑞克仍然不知道私家偵探的事。事後想來，他們婚姻中的距離可能並不是全來自於他，瑪琳也充滿了秘密。

她需要一分鐘打起精神來再回電給私家偵探，而且她關上了辦公室的門，不讓別人打擾。她想到了昨晚的晚餐。德瑞克下班回來，流理台上並沒有預備燒烤的牛排，烤箱裡也沒有球芽甘藍。他上樓來發現她坐在床上瞪著筆電，他沒吭聲，只是盯著她，直到她用力合上筆電。他沒有問她在看什麼。他看了她空洞又滿是淚痕的臉龐一眼，似乎當下就明白了他老婆的這個傍晚很不好過。他也沒問原因，因為他知道是為什麼，即使他並不清楚詳情。

他只是在她的臉頰上印了一個吻。「印度菜、希臘菜，或是泰國菜？」

「你選吧。」她說。她正想為忘了牛排道歉，但是他已經用手機在叫外送了，道歉的時機也消逝了。

凡妮莎．卡斯楚從來不會只打電話。她總是先傳電郵，約好見面的時間。現代人沒有一個喜歡電話無緣無故響起，感覺像是侵擾，所以才沒有人再裝家用電話了。家用電話只有一個用途——電話鈴響。

私家偵探的留言只有寥寥數語：「我是凡妮莎。打給我，謝謝。」

她想到了法蘭西絲。天啊。她做個深呼吸，撥了電話。

「我是瑪琳。」她在私家偵探接聽之後說。

「嗨，」卡斯楚說，「抱歉突然打給妳。」

「有話就說吧。」

「不是塞巴斯欽的事，」對方說，而瑪琳身體的每一吋都因為這幾個字而鬆懈了下來。

「喔，靠。我應該在留言裡說明的。對不起，瑪琳。我心有旁騖。我不是故意要嚇妳的。」

「沒關係。」不是真的沒關係，不過會沒關係的，只要等瑪琳的心跳恢復正常，她可以再呼吸。「有什麼事嗎？」

「麥肯姬．李，」卡斯楚說。聽到這名字讓瑪琳又坐直了一點。「妳知道她失蹤了嗎？」

失蹤？尖銳的吸氣。她的心率又加快了。

「失蹤？」瑪琳跟著說，想要注入適當的疑惑語調，想假裝這件事和她並沒有什麼關係。跟她沒關係吧——她改變了主意，叫朱利安取消了，所以這個年輕女人為什麼會失蹤？「妳……妳是什麼意思？」

「我一直在注意她，雖然沒有盯得很緊……」卡斯楚確實是心有旁騖的樣子，好似她在追循一條跑在很前面的思路，而不是她們目前在討論的事情，也許她是一面接電話一面在讀螢幕上的東西。「我知道妳說妳在處理了，可是因為我反正已經開始調查了，我只是想要再多挖一點……」

瑪琳閉上眼睛。靠靠靠。「那……」

「……幾小時前她的室友在臉書貼文說她失蹤了。」

瑪琳這才發覺她又屏住了呼吸，她強迫自己吐氣。她得說點什麼，可她不知該如何回應。她的心臟跳得紊亂，她很感激卡斯楚並沒有當面告訴她這件事，因為她一定沒辦法不讓罪惡感寫在臉上。「那……那是幾時發生的？」

「她好像不見了兩個晚上了，」私家偵探說，「時間長得足以讓她的室友擔心了，因為他們昨晚顯然是要一起吃晚餐的。」

「我們……德瑞克跟我昨天才剛從惠斯勒回來。我們週末出遊了。」

「對，我在妳的IG上看到了，」卡斯楚漫不經心地說。她的話害得瑪琳又是一驚。她雇用的私家偵探查看她的IG？「我不是在調查妳，」她又說，彷彿看穿了瑪琳的心思。「我今天早上看到了麥肯姬室友的臉書貼文，這才去看了一下，我想確認德瑞克的去向，看是不是有可能他們兩個在一起。不過並不是，因為他跟妳在一起。」

「沒錯。」瑪琳委決不下。她似乎無法判定私家偵探是在盤算什麼，而她仍在設法消化這個女人認為德瑞克的情婦——前情婦——失蹤的這檔事。

而且她說的「失蹤」究竟是什麼意思？是指麥肯姬落跑了，不想告訴任何人，而且也沒有人能夠證實她的去處？抑或是她死在陰溝裡之類的，因為朱利安在薩爾能聯絡上他之前就動手了？

「德瑞克是跟我在一起，」瑪琳說，「我們……我們在處理一些問題。」她又呼吸一次。「妳是覺得跟他有關係——」

「不是，不是，」卡斯楚說，聲音比較專注了。「完全不是。可是麥肯姬失蹤了，那麼妳先生的人生中就有兩個人失蹤了。就會讓他變成了公分母。」

「喔。」瑪琳壓根就沒往這方面想過。「對。那，這是什麼意思？」

「很難說，不過我不喜歡。德瑞克生命中有個人忽然失蹤是一回事，可兩個人……」卡斯楚的聲音又變小了，瑪琳不知道她是在辦公室裡或是家裡或是車上。「妳有沒有下載那個影子應用程式？我滿肯定我在檔案裡夾了一張字條。」

「有。」瑪琳硬是讓自己聲音正常。

「那妳有一直查看他們的通訊嗎？」卡斯楚問，而這是在禮貌地說：妳是否在監視妳老公和他的情人？

瑪琳把電話攥得死緊，指關節都變白了。這段談話的每一句都嚇得她膽顫心驚。她很清楚地告訴薩爾取消，而她的死黨也保證他會。那到底是怎麼回事？是她太遲了嗎？在那家小餐館中，朱利安並沒有說會馬上動手，他說會等上幾週，讓他們的會面和實際事件之間拉開距離。而現在還不到一個星期。他不會這麼早就對麥肯姬下手。

除非是……朱利安看到了機會。除非是他發現她和德瑞克出門了，給了瑪琳——以及，連帶的，德瑞克——完美的不在場證明。確實是完美。誰也不會懷疑他們。馬恰多夫婦在惠斯勒度週末，遠在兩百哩之外，有幾十名目擊證人以及IG上的紀錄——和地理標記——載明了他們旅程中所有的亮點。

「通訊上有沒有提到麥肯姬要離開？」

「我不記得有。」瑪琳的心思朝七個方向狂奔。她在努力回想他們的簡訊中的細節，同時回想她和薩爾說的話，他說的話，同時設法猜透凡妮莎．卡斯楚的打算。她必須領先一步，因為德瑞克確實就是那個公分母。他的生命中有兩個重要的人失蹤了，一個是他的孩子，另一個是他的情婦。

可是卡斯楚似乎忘了瑪琳也是另一個公分母。塞巴斯欽也是她的孩子，而她最近才知道麥肯姬跟她的老公搞外遇。

耶穌基督。萬一薩爾沒來得及叫停呢？萬一他找到了朱利安可是事情已經辦好了呢？萬一麥肯姬．李死了只因為……機緣巧合？

萬一她是因為瑪琳而死的呢？

她是造了什麼孽啊？

她當然不能跟卡斯楚說。私家偵探曾經是警察，儘管她似乎是在合法與違法之間遊走，她一定還是會讓瑪琳被捕。

麥肯姬不可能死了。一定是巧合。她年輕、任性、衝動。她很可能是跑去哪裡卻忘了告訴大家，對吧？

「瑪琳？」卡斯楚喊她。瑪琳這才發覺她問了一個問題，正在等答案。

「我最後一次看到的通訊是在我們要去惠斯勒之前。」她吞嚥一口，很感激不是面對面，私家偵探看不到她在強自鎮定。

「妳介意把那些簡訊傳給我嗎？」她能聽到卡斯楚的筆沙沙響，她一定是在做筆記。「截圖下來，傳到我的手機？」

「沒辦法，我把應用程式刪除了，所有的資料也一起刪除了。」

「太糟糕了。」卡斯楚的筆停住。「我當然了解，不過有那些簡訊的話會很有幫助。」

瑪琳突然靈光一閃。「可能會存在我的筆電雲端裡。我的所有電子用品都連接到同一個備份。要我去看一下嗎？」

「好啊，拜託，那就太好了。如果訊息仍在，就全部傳給我。我覺得不會很多，妳才下載那個應用程式一個星期。」

連一個星期都不到。

「沒問題。」瑪琳說。

這一次，私家偵探又誤會了她的語調。「放心好了，這件事極有可能和塞巴斯欽無關，不過我還是把它查得仔細一點比較好。我猜妳沒辦法問德瑞克是不是知道麥肯姬的下落——」

「他不知道我知道了她的事，」瑪琳說，打斷了私家偵探的話。「我們完全沒有討論外遇的事，我也沒有計畫要討論。」

小小的暫停。「妳跟德瑞克……妳覺得他跟她的關係結束了嗎？」

「我真的感覺是：」這樣的回答是瑪琳覺得最誠實的了。「我當然不是有百分之百的把握，不過我們兩個一起過了一個相當美妙的小假期。完全是他計畫的，感覺像是……全新的開始。」

卡斯楚沒有回應。瑪琳只能靠想像來臆測對方是在想什麼。她能感覺到她的批判從線路溢出。因為女人總是如此對待女人的。她們會批評。而她敢賭卡斯楚認為她讓德瑞克太輕易脫身了。情況互換的話，瑪琳就會這麼覺得。

她不得不打破彆扭的沉默。「妳查到什麼再通知我？」

「一定。」私家偵探說。

兩人道別，掛斷了電話。瑪琳抓起床頭几上的筆電。她想不起麥肯姬的室友叫什麼名字，但是她知道她在卡斯楚的檔案中見到過。她找了一會兒才找到，而找到後她就打開了Safari，點開臉書。她在搜尋欄裡敲了「泰勒．楊森」，出現了一串泰勒．楊森。而她要找的那個就是第一個，因為臉書的詭譎演算法已經知道她點開了麥肯姬的個人檔案好幾次，而泰勒因為是她的室友，自然在臉書上會和麥肯姬連結。

她都不知道泰勒是菲律賓人，而這也讓你學到單憑姓名是沒辦法對一個人有什麼了解的。他長相英俊，二十五、六歲，體格不錯。看來他是在酒吧工作，而且做得滿愉快的。他的資訊是公開的，所以瑪琳點開他的臉書，而他那則室友失蹤的貼文就在最上方。

他上傳了兩人坐在沙發上，中間夾著她的貓的照片。他在底下寫著：如果有人跟麥肯姬．李說過話，叫她聯絡她的室友，因為這種屁事一點也不好玩。

泰勒是在今天早晨貼文的。留言有二十幾則，瑪琳瀏覽了一遍，心裡想著凡妮莎．卡斯楚在打給她之前也一定這麼做過。根據不同朋友的提問以及泰勒的答覆，麥肯姬的室友有兩天沒看到她的人了。很顯然她失蹤個一晚或是兩晚的並不是反常的事，但即使是她忘了事前告訴他——泰勒說這種事常常發生——她也一定會回他的簡訊。昨晚的晚餐之約她爽約了，而今天早晨，除了幾則簡訊之外，她到現在都沒有消息。而她總是會回覆的，即使是她知道他很氣她。

瑪琳完全不懂。如果她不回應室友，那她一定就是真的失蹤了。她真的消失了。

天啊。

她查看IG。麥肯姬最後的貼文是週六晚上，是一張自拍，她和她的貓在家裡，喝著一罐像啤酒的東西，細看之後還真的是蘋果啤酒。此後就什麼也沒有了，而據瑪琳所知，這也是該令人擔心的一個理由，因為麥肯姬每一天都會貼文。

她登入雲端，幾分鐘後找出了影子應用程式的資料儲存在哪裡。都存在一個檔案中，很方便，她傳給了卡斯楚。無論私家偵探對德瑞克有什麼看法，他都跟這件事一點關係也沒有。全都是瑪琳的錯。

她需要查出朱利安是做了什麼。而唯一幫得上忙的人是薩爾。所以她發簡訊給他。

活著嗎？

哈哈，他回道。在普羅瑟標準不高。

你又回去了？瑪琳很是意外。你媽還好吧？

我們在醫院，他寫道。她在做檢查。腦部的傷。

可惡。她不想在他在醫院時問他朱利安的事。

幫我問候她，瑪琳寫道。你幾時回家？

今晚。我會在酒吧。

我會過去，她寫道。我們需要談一談。

接著三個點閃爍，消失，再閃爍。薩爾似乎拿不定主意該說什麼。最後，他回覆了。*OK*。

無論薩爾對朱利安和麥肯姬知道多少——如果他真知道的話——那也只能等一等了。

這一天過得很快，多虧了沙龍裡滿滿的預約。她在晚上八點把最後一位VIP客人送出門後，卻意外把染髮劑弄到了衣服上，所以只好先回家換衣服再去找薩爾。

牛仔褲很適合薩爾的酒吧，她在更衣間裡快手快腳換衣服，套上了她最舒服最破舊的一件牛仔褲，伸手要去拿靴子，忽然覺得怪怪的，她今早換裝上班時並沒有注意到。

她最寶貝的路鉑廷被挪動過。

這雙名牌高跟鞋是百分之百的奢侈品，只有在最特殊的場合才會穿，因為鞋尖鑲著水晶蝴蝶結。鞋子不在原本的位置上，也就是鞋架的最底層，反而是擱在她的皮包前面與眼睛齊高的地方，一隻鞋子側放，炫耀它的招牌紅鞋底。就彷彿是為了拍照而擺設過。

是德瑞克嗎？還是丹妮艾拉？她停住，腦筋飛轉。德瑞克對她的鞋子沒興趣，而丹妮艾拉為他們打掃了十年，從來就沒動過瑪琳的私人物品。上一次她穿這雙鞋是去參加「假日晚宴」，兩年多之前，遠在塞巴斯欽失蹤之前。

她把鞋子放回原本的地方，忽然瞥見鞋架旁有張紙條，像是從口袋裡掉出來的，因為有點皺。她撿了起來。

是計程車收據，陽光計程車公司發出的。可能是德瑞克的。他經常搭計程車，說他寧可搭計程車也不搭Uber，很好笑，因為他根本就沒搭過Uber。但是她看到了日期和時間，就印在收據的右邊。

是兩晚前的，她和德瑞克正在惠斯勒。瑪琳瞪著那張小小的紙條，那麼無害，她險些看也不看就丟掉。她花了一點時間來思索其中的意涵。

有人趁他們不在家時闖進了她的房子。

24

薩爾的酒吧在週一晚上是很忙碌的。水手隊在主場比賽，也就說明了為何人人都穿棒球裝。

瑪琳極少在晚上過來。她不習慣在對著電視叫罵的吵鬧客人中穿梭，也不想讓一群群的男人在她經過時多瞄兩眼。獨自一個人走進一間擁擠的酒吧裡感覺怪怪的，但是她婉拒了德瑞克要陪她來的提議。

她正要出門時她老公回來了，她告訴他要去哪裡，而他的回應讓她很意外。

「我跟妳去。」他說，而這又是另一個兩人之間已經不同的跡象。一星期前，他連一句話都不會說。

「只是去薩爾的酒吧，喝杯啤酒，」她說，屏住呼吸。「我說我會過去一下。他母親的情況不好。」

她知道德瑞克不喜歡薩爾，不過他從沒明白說過。薩爾有時不太友好又粗線條，而這一點讓德瑞克困惑，因為他以為薩爾是來自有錢有勢的背景。釀酒廠的商譽卓著，而且薩爾的家庭既有錢又有歷史。薩爾只是一點也不想要，而這正是德瑞克不懂的地方，因為德瑞克的家庭什麼也給不了他。

「妳真的是他的好朋友，」德瑞克說，「妳去吧。反正我也還有工作得做。」

「我不會去很久。」她說，鬆了口氣。踮起腳尖，吻在他的唇上。

他又把她拉回來再吻一次。「我幫妳等門。」

德瑞克在努力，至少這一點是很清楚的，而這種情況既美妙又令人困擾。塞巴斯欽失蹤之後兩人之間的裂痕仍在，雖然不像當初那麼寬廣。愛和情感混合著憤怒和怨恨，唯有時間才能解決那麼多月來和她先生的冷淡，再回到穩固堅實的基礎上。但是長久以來頭一次，她想要達到這個目標。他們的兒子失蹤之後第一次，他們的婚姻感覺像是優先課題。

至少今天是如此。等她查出麥肯姬是出了什麼事之後，誰也說不準她會有什麼感覺。

她在酒吧中穿梭，看到了金妮，那個和薩爾睡覺的服務生。儘管瑪琳並不是非常高興，但是她的朋友有權做他想做的事，有權要他想要的人。金妮一隻手臂端著滿滿一托盤的啤酒，一看到瑪琳就擺臭臉。兩人距離一呎不到，近距離之下她才發覺金妮的年紀比她剛開始的估算小多了。瑪琳原以為她是三十四、五，但現在她猜是比較接近二十四、五。*嚄，真的假的，薩爾？*

她擠出笑臉。「薩爾在嗎？」

「辦公室。他說妳來了之後就叫妳到後面。」金妮把頭往裡間一扭，就自顧自走了。

棒球賽也不知是有什麼情況，擁擠的酒吧裡爆出一陣歡呼。瑪琳經過了一個男人，他舉高手掌要和她互擊，她沒潑他冷水，擊掌之後繼續前進。

她推擠著走到酒吧的後部，這裡有一扇門，門後是長廊。洗手間在左邊，廚房和薩爾的小辦公室在右邊。能稱作是辦公室的話，因為只能容下一張桌子和兩把椅子。

薩爾在她敲門時抬起了頭。

「嘿，」他說，「把門關上。那麼吵，我連自己的想法都聽不到。」

她照做，酒吧裡的聲量減小了一半。他揮手要她坐，等她在他對面坐下，他草草看了她一眼。

「已經想我了是嗎？我通常不會一個星期看到妳一次。哈，這些日子來我一個月都見不到妳兩次。」

薩爾似乎緊張不安，而她愣了愣才明白過來。然後她又花了幾秒才想起來是什麼緣故。他不知道她來是要談麥肯姬和朱利安的事的。她跟她的死黨幾天前才上過床，而他無疑是在做心理準備，等著聽瑪琳說他們犯了一個天大的錯誤，不能再有下一次了。他猜對了一半。

「在我說別的話之前，我要你知道我並不後悔。」她溫和地說，而薩爾詫異地瞪大了眼睛。

「我也一樣。」他說。

「不過不能再有下一次了。」她露出笑容，沖淡她的話。「我結婚了，薩爾，嫁給了別人。你是我的死黨。而現在，這些事我都不想要改變。」

「那妳跟德瑞克關係變好了？」薩爾的聲音緊繃。

「暫時是。」她說。

他點頭，乾脆俐落，只點了一下。她討厭自己是害他的臉變成這樣的禍首，每次他聽見什麼痛苦的事，總會有這種反應。他在設法隱藏，但是身體卻緊繃，兩手按著桌面，像在極力不去捶打東西。

「德瑞克跟我在一起二十年了，」她說，彷彿薩爾不知道。「我們都犯過大錯。」

「而我認識妳的時間更長，」薩爾說，「不過如果妳是想要這樣子，那我能理解。我也並沒有什麼別的指望。」

「你想要別的什麼嗎？」

「重要嗎？」兩人之間陷入短暫的沉默。幾秒鐘後，他揮揮手。「放心吧，我懂。我們沒事，瑪兒。不過因為同一個傢伙而被甩了兩次不怎麼好玩。」

他們都知道他沒有被甩。無論是大學時或是現在。但是她讓他這麼說，因為她起碼可以做到一點。

「那就這樣了？」他歪著頭。「妳打個電話就行了啊，我又不會覺得不舒服。」

「其實呢，我來這裡不是只為了這件事。」瑪琳向前傾，壓低聲音，即使他們是在辦公室裡，酒吧那麼吵也不可能會有人聽到。「我需要你確認昨天我發簡訊給你之後你找到了朱利安。」

「朱利安？我找到他了啊。」薩爾的深色眼睛瞇了起來。「怎麼了？」

「麥肯姬失蹤了。」

他眨眨眼。「誰？」

「德瑞克在……見的那個女的。」她這才想到她可能沒跟薩爾講過她的名字。她只給他看了麥肯姬的照片，那張裸體自拍，曾經是瑪琳的蘋果手機桌布，後來換成了她和德瑞克在惠斯勒的合照。「她不見了。」

輪到薩爾向前探身了。「什麼意思，不見了？」

「她從昨天就沒回家。她的室友在臉書上寫的。」她拿出手機來讓他看泰勒的臉書動態。

「妳連她的室友也在跟蹤？」薩爾瞇眼看螢幕。他需要老花眼鏡，跟她一樣，但是他和瑪琳不同，他死也不肯戴。

「必須的。」她搖頭。「我要私家偵探調查外遇，現在看來真不應該，因為我差點就雇用朱利安去……」她一句話沒說完，清清喉嚨。「她指出德瑞克的人生中現在有了兩個失蹤的人，她說德瑞克是公分母。」

薩爾僵住。「那她還在調查德瑞克的女朋友？」

「她不再是他的女朋友了。」瑪琳厲聲說。

「女朋友、情婦，隨便。」薩爾呼出一口氣。「耶穌基督，瑪兒。不是叫妳叫私家偵探不要調查了嗎？妳他媽最不需要的就是讓她到處刺探朱利安的生意。」他扮個鬼臉。「那個從來都不會有好結果。相信我。」

「我是跟她說了，可是她說她已經開始調查了。」

「她是不是咬住了兩個人都被同一個人鎖定的推論？因為什麼跟德瑞克有關的事？」

「唉，不然她還能怎麼想？」瑪琳很沮喪，聲音也比較尖銳。她做個深呼吸，軟化語調。「不過沒事的。我是指朱利安。私家偵探並不知道他的事。她不知道我做過什麼。」

「妳什麼也沒做。」薩爾說得極肯定。「妳聽到了嗎？妳在餐館裡遇見了一個我的朋友。妳吃了東西。隔天早上妳捐了一大筆錢給慈善團體，完全是因為妳在做善事。妳就是做了這件事，聽懂了嗎？至少別人都是這麼知道的。」

「那朱利安知道的呢？」

「那傢伙不會對任何人提起一個字，」薩爾說，「要是我跟妳說他幫多少人洗錢，妳會嚇得尿褲子。有些人妳也認得。他是一個字也不會說的。這是那種傢伙的行規。」

「那種傢伙？你認識多少那種傢伙？」

「有幾個。」

「要命喔，薩爾。」

他伸手越過桌面，抓住了她的手。「瑪琳。妳什麼也沒做，聽見了嗎？無論德瑞克的女朋友出了什麼事，都跟妳沒關係。」他想了想。「妳那天到咖啡店去監視她，妳是用信用卡還是現金？」

「呃……」瑪琳過了一會兒才想起來。「現金。我把零錢丟進小費罐裡。怎麼？你覺得警察會來問我？」

「除非是他們知道妳去過，」薩爾說，「不過不會的。除了那個室友之外，還有誰在找她嗎？」

瑪琳的心思如電轉。「你確定你跟朱利安說我改變主意了嗎？」

「確定。」

「你百分之百確定他收到你的留言了？」

「瑪兒，沒有什麼留言。我是親口跟他說的。」薩爾翻個白眼，顯然不高興他被迫解釋。「我跟他說妳非常肯定要叫停。不騙妳，他滿生氣的，說他已經安排好一堆事了。我叫他無論做了什麼都取消。他說可以，不過妳的錢不會還妳。我說妳會等著收到捐款收據。」

她吐出長長一口氣，覺得肩上的重擔拿掉了。「那這是怎麼回事？她就那麼巧不見了？」

「我不知道。」薩爾聳聳肩。「而且老實說，我根本不在乎，妳會在乎我也很驚訝。她那麼年輕，說不定還是個怪咖。搞不好她又釣上了一個男的，沒回家，忘了要告訴室友。這一切都不會查到妳身上，何必擔心？妳要她消失，她消失了。妳現在又跟德瑞克復合了，所以就像是她從來就沒存在過。」他歎口氣，咬著下唇。「就像從來就沒發生過。」

「你是在說他們，還是我們？」

薩爾不答。他在生氣。她現在看出來了。

「薩爾，你在生我的氣嗎？」

「我沒有生妳的氣。」他別開臉幾秒，瞪著牆壁，隨即嘆了口氣。「好吧，也許是有一點。也許更多是我覺得受傷。我想我是覺得有點被利用了。」

「薩爾！」她半說半笑。她無論如何也沒想到他會說出這種話。「被利用？真的假的？」

「有一點，對。」他挑高眉毛。「怎樣，就這麼難相信嗎？男人就不能覺得被利用之後像昨天的舊報紙一樣被丟掉嗎？」

「你逢場作戲那麼多次……？」她也挑高眉毛，想輕描淡寫帶過。

「跟妳從來都不是逢場作戲，」薩爾小聲地說，「而且我知道妳也知道，所以妳才會那麼做。因為妳知道我不會拒絕妳。因為妳對我來說是逢場作戲的相反，瑪琳。妳利用了這一點。利用我。不過我懂。妳有一次跟我說過什麼來著？在我爸死後？妳說傷害別人……傷害別人。」

兩人凝視著彼此，有那麼幾秒鐘，在薩爾允許的時間內，心碎寫滿在他的臉上。

「對，我滿確定在《歐普拉秀》上面看過。」她說，而兩人都噗哧一聲笑出來。笑聲打破了緊繃情緒，兩人都吁了口氣。

「你說得一點也沒錯，」她說，「我是不應該。我需要跟某個人貼近，我想要感受到被需要，覺得自己美麗，被人看見。而你總是讓我有這種感覺。而我會因為這一點而永遠愛你。」

「朋友的愛。」他澄清道。

「不只是朋友。」瑪琳要他知道她說的是實話，因為真的就是。「比朋友多多了。只不過……不像是丈夫。」

他緩緩點頭。「欸。行，我懂。」

「我會一直要你在我的生命裡。別離開我，薩爾。你想生我的氣就生我的氣，可是拜託，不要離開我。否則的話我會活不下去。」

「絕不會。」他沒有和她視線接觸，卻捏了捏她的手。

「我們沒事了嗎？」

他終於看著她，露出淡淡的笑容，但眼中卻沒有笑意。「妹子，拜託。我們從來就不會沒事。」

「那你能幫我一個忙嗎？」她問道。「我走了以後你能再跟朱利安確認一下他真的沒對她怎麼樣嗎？就算是縱容我一次，拜託。」

「我已經說過了——」薩爾說，卻忽而打住。「知道嗎，我當然會幫。如果可以讓妳不失眠的話。」他頓住。「那個私家偵探還說了什麼？塞巴斯欽有什麼消息嗎？」

「什麼也沒有。」輪到瑪琳挫折地嘆氣了。「我們甚至沒有談到他。可是她打電話來的時候，我差點暈倒。通常她都寫電郵給我。我還以為一定是壞消息。」

兩人坐了一會兒，沉默不語，然後她的手機響了。是德瑞克發簡訊來。

幾點回來？我在弄爆米花，不想一個人看怪奇物語。

簡訊讓她露出笑容。

「我該走了。」她對薩爾說。

他繞過來摟抱她。她回應的力道比他的更大，感覺像是二十年後她第二次害他心碎。她收回剛到時對他說的話。她確實後悔，不是因為他們做的事，而是因為對他的影響。

她關上了辦公室的門，在走廊上遇見金妮。她剛從女廁出來，口紅像是剛搽的，頭髮也更有光澤。她一定也噴了點香水，因為瑪琳隔著一呎遠就能聞到。

「嘿，」金妮一看到她就擺臭臉。「薩爾還在辦公室嗎？」

「對，還在裡面。」瑪琳在狹窄的走廊上和她擦肩而過。「他是妳的了。」

「妳真會說笑話。」年輕女郎說，而瑪琳停下來回望她。金妮的語氣如冰，眼神如刀。「薩爾永遠都不會是任何人的，都拜妳所賜。」

25

湯瑪斯・佩恩的葬禮在聖奧古斯丁教堂舉行，就是瑪琳第一次遇見法蘭西絲、賽門和莉拉的地方。教堂很大，容納四百名信眾綽綽有餘。不過在這個下雨的週二早晨，只有三十人左右佔據了前三排的位子。

實在不知道該和法蘭西絲說什麼。他們非正式的團體領袖在瑪琳、賽門、莉拉魚貫而入時和他們打招呼。他們三個人提早來會合，以一個團隊的身分來面對這一天。法蘭西絲臉色蒼白，但是眼神清澈，穿著一件寬鬆的黑色洋裝，披條黑色披肩，穿一雙黑色木底鞋，變灰的長髮披散著。瑪琳發現她搽了口紅，這還是瑪琳認識她以來的頭一回，是鮮亮的玫瑰紅色，給她的臉頰增添了一點色彩。法蘭西絲擁抱他們每一個人，每個都抱了整整一分鐘，讓他們說他們需要說的話，以笑容接受他們的慰問，讓他們知道她很高興他們來了。

瑪琳跟著賽門和莉拉坐在第二排。不去盯著聖壇上那副塗上亮漆的褐色棺木實在很難。棺木綴著白花，兩側擺放著湯瑪斯的放大照片。

「法蘭西絲處理得很好，」莉拉低聲說，一邊咬著拇指指甲。「我還以為她會崩潰呢。」

「說的是。」瑪琳也是一樣的想法。她一直以為會看到法蘭西絲愣然失神，幾乎沒有自制力，但是這女人卻似乎是完全相反。

他們三人瞪著合上的棺材。兩側的照片展示出兩種大相逕庭的湯瑪斯．佩恩。左邊的那張瑪琳見過，是法蘭西絲在談起兒子時總會拿給別人看的那張，也是她年年在他的生日時會上傳到臉書的那一張。照片中的他十五歲，笨拙彆扭地處在成為男子漢的邊緣，一口好牙，下巴散佈著粉刺。他的紅髮——跟他母親以前的頭髮同色——掩藏在一頂破舊的水手隊棒球帽下，帽簷彎曲的弧度正好襯托出他的臉孔輪廓。

右側的照片中，湯瑪斯是男人了。這張照片瑪琳沒見過，想不透法蘭西絲是如何取得的，又是幾時拍攝的。湯瑪斯完全長大成人了，五官分明卻臉頰凹陷，頭髮幾乎剃光。他斜倚著一幢磚屋，穿著骯髒的牛仔褲和黑色T恤，瘦得可憐，皮膚飽受風吹日曬，乾燥的嘴唇叼著一根香菸。他的眼神焦慮不安。不知情的人很可能會以為他是三十四歲而不是二十四歲，如果這九年來他不是四處漂泊又吸毒成癮，從照片中是看得出他會是個英俊的人的，不過這張照片讓人很難直視，興許這就是法蘭西絲選中這張照片的原因。瑪琳沒見過一個比法蘭西絲還不懂唬爛的人，她能了解法蘭西絲不想假裝她的兒子在離開人世時仍像那個曾經的青少年。

「我可以跟你們一起坐嗎？」

這聲音把瑪琳帶回了現實。團體中最新的成員潔咪正站在第二排的盡頭。瑪琳險些認不出她來。她穿著合身的黑洋裝和三吋高跟鞋，頭髮吹直了，跟第一次見面時那個頭髮濕淋淋、黏答答的潔咪判若兩人。她並沒有通知潔咪葬禮的日期——說真的，她根本都忘了潔咪這個人——所以要不是法蘭西絲打電話給她，就是潔咪在團體的臉書上看到了。

「當然可以。」瑪琳吞下驚訝，轉向莉拉和賽門。「潔咪來了。挪過去一點。」

他們都挪了一個位子，潔咪就在瑪琳和椅臂之間側身坐了下來。

「妳好嗎？」瑪琳問道。

「知道嗎，我從來就不知道這句話該怎麼回答。」潔咪柔聲說，越過瑪琳跟莉拉和賽門揮揮手。「我覺得要是我說好，別人就會想妳怎麼可能會好？妳的孩子失蹤了。要是我說不好，只會害大家覺得內疚又彆扭，後悔他們問了這句話。」

「我喜歡回答『勉勉強強』，」瑪琳說，露出小小的笑容。她對這名女子的感覺一清二楚。「可以提醒他們我正在承受什麼磨難，而沒有暗示我是好或不好。」

「『勉勉強強』。」潔咪說出這四個字。「我喜歡。」兩人默默坐了一會兒，然後她說：「我差一點就不會來。」

「法蘭西絲會諒解的。」

「不過我必須親眼看到。」潔咪似乎更像是在自言自語。「我們的孩子只有三種可能的結果：永遠找不回來、平安地找到了，或是找到了屍體。我需要看見其中一個結果是像什麼樣子。為了……讓自己有個底。」

教會的鋼琴師彈起了〈奇異恩典〉的第一小節，致哀者漸漸安靜下來。他們都受邀打開讚美詩集來跟著唱，但是瑪琳不需要。歌詞她很熟。

「我討厭這個，」莉拉跟瑪琳低聲說，而牧師正要站上講台。「我知道很自私，可是我巴不得能在別的地方，我不想在這裡。」

「我知道，」瑪琳也低聲回答。「可她是法蘭西絲。這是我們最起碼能做的。」

喪席是在大洞舉辦的，大門沒上鎖，只由門上的告示通知顧客甜甜圈店因家庭事務而休息一天。法蘭西絲訂了三明治和蔬菜拼盤，味道卻跟甜甜圈和咖啡差遠了，但是大家都還是吃了。瑪琳認識的人有四、五個，是她初次參加團體時認識的，但除了簡短的寒暄和閒聊之外，老團員跟目前的團員是不會交談的。無論他們不再來團體是為了什麼緣故，他們都選擇不再來了，而且沒有一個在這裡覺得舒泰自在。他們都坐在房間另一頭。

法蘭西絲的前夫，瑪琳只看過照片，照片中的他更年輕、更瘦，現在則禿頭蓄鬚，發福了。他跟第二任妻子和兩人的兒子依偎在角落裡，男孩約莫十二歲，文文靜靜的，居然和十五歲的湯瑪斯長相酷似，只少了紅髮。整個早上那個前夫都斷斷續續在哭泣，啜泣聲粗啞，聽得人心酸，而他太太似乎完全不知道該如何安慰他。

瑪琳跟莉拉、賽門、潔咪坐在角落裡。她用簡訊告訴莎蒂她今天在哪裡，但是她沒跟德瑞克說。他知道誰是法蘭西絲，但是兩人沒見過。德瑞克從沒來過團體，所以似乎也沒有必要把噩耗告訴他。

他們才來了半個小時，瑪琳已經數不清賽門吃下多少甜甜圈了。潔咪在請教他汽車的事情——她在考慮買一輛 Highlander——而莉拉正在臉書上跟蹤那個她相信是跟她老公睡覺的女人。瑪琳仍然不知道潔咪的遭遇，不過也許下次聚會她會說。

假如有下次聚會的話，有鑑於今天是為什麼來這裡的。

「我是說，她根本就不漂亮。」這是莉拉第三次說了，她又拿了一張照片給瑪琳看。瑪琳同意，不過就算她不認同，她也不會說什麼。那個據信是莉拉老公的小三的女人不是什麼超模，但平心而論，她也不應該是。她只是一個平常人，判斷力卻極差。「我是說，拜託。凱爾到底是看上她什麼？」

他看上的是她不是妳，瑪琳暗忖，但是照樣不吭聲。莉拉不需要聽這個。「妳漂亮多了。」

「妳能相信他到現在還在否認嗎？」莉拉繼續瞪著手機。「『我們只是朋友，寶貝，別緊張。』可是你不會跟一個只是朋友的女人出去喝酒跳舞，搞到三更半夜才回家。我知道他在跟她睡。我知道。我感覺得到。」

「去當面問她，」賽門含著滿嘴的楓糖甜甜圈說，「既然妳老公不承認，說不定那個女人會。」

「這是什麼餿主意。問了又能怎麼樣？」瑪琳白了賽門一眼，他聳聳肩，彷彿是在說怎樣？她轉頭看莉拉。「妳不需要凱爾承認。妳的直覺是不會騙人的，而且誰也比不上妳了解他。不過別忘了，無論他在做什麼，都不是因為那個女的。而是他自己。而妳需要釐清的是你們兩個之間的事。那個小三可以是隨便一個女人，她不是重點。」

她也真該聽自己的忠告。她可真夠虛偽的；她非常清楚莉拉的感覺。她到德瑞克的情婦的工作地點去盯梢欸，拜託，結果卻是半夜跑到一家餐館去見一個陌生人，討論殺人的事。溺水時會做出失心瘋的事情。掉進水裡妳會抓住最靠近的任何東西，只要那意味著你還能再喘一口氣。撇開德瑞克的外遇不談，自從瑪琳失去兒子的那一刻起，她做過的恐怖決定之多，簡直是讓她無地自容。麥肯姬．李跟湯瑪斯一樣年紀。躺在那副棺材裡的可以是麥肯姬，要不是瑪琳恢復了理智的話。

甜甜圈店突然變熱了，她才發覺她在流汗。她突兀地起身，險些把椅子撞翻了。

「妳去哪裡？」莉拉問道，終於把眼睛從手機上掰開。「沒事吧？」

「我只是需要呼吸一點空氣。」瑪琳盡力讓聲音平常，但是體溫卻在上升。牆壁好像在朝她圍攏。要是她不立刻出去，她會失控。湯瑪斯死了，塞巴斯欽仍下落不明，麥肯姬失蹤了，而她跟兩個朋友——可能還有一位新朋友——坐在一起，大家的孩子都不見了。太沉重了。「我一會兒就回來。」

瑪琳走到小甜甜圈店的後面，用兩隻手推開了後門。一股寒冷的晨風迎面吹來，潮濕的皮膚一陣冰涼，使人乍然清醒，恍如亟需的一巴掌甩在臉上。

法蘭西絲坐在後門旁的一張野餐桌上，在吞雲吐霧。兩人視線交會，瑪琳看出她的唇間叼的不是香菸。大麻的甜膩味飄過來，鑽入瑪琳的鼻孔。

「抱歉，」她對法蘭西絲說，話說得卻像倒抽一口氣。她是為了逃脫幽閉恐怖的甜甜圈店，卻打擾了一位傷心的母親的片刻寧靜，她覺得很過意不去。「我不知道妳在外面。我可以進去。」

「沒關係。」法蘭西絲的聲音比平常粗暴。她挪出了幾吋位子。「要不要坐？」

「我真的不想打擾——」

「瑪琳，妳沒有打擾。」法蘭西絲拍了拍桌子，又吸了口大麻。「過來坐。我需要體溫，外頭越來越冷了。」

瑪琳跨到桌上，坐在朋友的旁邊。臀部下的木頭很冷，她微微哆嗦，等到臀部暖起來才不再打顫。她想著要回去裡面拿大衣，但是甜甜圈店裡的能量太窒悶了。

「妳還好嗎？」她溫和地問法蘭西絲。

法蘭西絲沒回答，瑪琳想起了她跟潔咪在教堂的短暫交談。「妳還好嗎？」在平常日子對他們就是很難回答的問題了，而在親兒子下葬的日子，她是指望法蘭西絲說什麼？一星期前她們在聚會上見面，她們是同病相憐，她們都有孩子失蹤。

今天，卻完全不同。湯瑪斯不再是失蹤人口。

「妳可能不相信，我昨晚真的睡覺了，」法蘭西絲說，「就像，真正的睡眠。我大概十一點睡著，今天早上才醒，就在我睡著的那個地方。」

「我覺得很好，」瑪琳說，「這段時間妳的壓力很大。妳需要休息。」

「我什麼夢也沒作。」法蘭西絲從嘴角吐出一口煙，煙在冷空氣中盤捲，然後才消散。她請瑪琳抽，瑪琳搖頭微笑。她從大學畢業之後就沒抽過大麻了。「我也可能作夢了，只是自己不記得。我只知道，我睜開眼睛，就看到是早上七點了，而且我餓死了。所以我就下樓去，挖出我的鑄鐵鍋，給自己弄了份四個蛋的煎蛋捲，放了蘑菇、火腿、起司。而且吃了個精光。」

「四個蛋？妳不是不吃早餐的？」

「我通常不吃，」法蘭西絲說，「可是我餓死了。而且吃完之後我回到樓上，洗了長長的一個澡，哭得像個嬰兒。哭得昏天黑地，你們也知道我不是個愛哭鬼。我待在浴室裡好久，熱水都快變冷水了。」

「喔，法蘭西絲……」瑪琳說，可是她的朋友沒看她，而是瞪著手捲的大麻菸，她快抽完了。「妳失去了兒子，不然妳還能怎麼樣？妳還能有什麼感覺？」

法蘭西絲抬起了頭。「問題是，瑪琳，我不是因為傷心才哭的。我並不是不傷心，」她補充道，搜尋著瑪琳的臉，看她是否在批評。她是找不到的。「我當然傷心，我傷心極了。可是我哭是因為我覺得……愧疚。」

「愧疚什麼？」

「愧疚我覺得鬆了一口氣。」她又看底下。「因為結束了。我終於知道我兒子的下落了。是不是很可怕？是不是做母親的最不該說的話？我兒子躺在棺材裡，我卻鬆了一口氣，因為知道他在那裡。我是說，見鬼了吧，瑪琳？還有更恐怖的事嗎？我明天要埋葬他，我要把兒子埋進土裡。除了傷心我怎麼還能有別的感覺？」

瑪琳伸手去握法蘭西絲的手。跟她的一樣冰冷，皮膚薄如紙，覆住她嶙峋的指關節。

「可是結束了，」法蘭西絲說，「我的問題雖然沒有都得到答案，可是起碼我不必再等他回家來了。這十年來我一直下背痛——」

「我知道，妳一直在看脊椎按摩師。」

「——而今天早晨，我醒來時，我不需要止痛劑。我需要的是食物。我的背幾年來都沒這麼好過。就好像現在沒有什麼好怕的了。自從湯瑪斯失蹤，我就一直在等電話，等敲門，等有人來告訴我我兒子死了。我夢到過，我好害怕，我怕死了，好像壞消息會像個妖怪一樣隨時跳出來抓住我。可是在那樣的恐懼裡還是有希望在。」

瑪琳點頭。她完全了解。

「而那點希望就是妳不能逃開的原因。那點希望就是讓妳陷在等待的感情真空裡的原因，讓你既不能前進，也不能回頭。你只能在原地轉圈，因為你沒有方向感，因為你不知道……」

她打住，被自己的話噎到，而瑪琳看見朋友的眼圈濕了。看到法蘭西絲真的流淚實在很違和。

「而現在結束了，」法蘭西絲說，「不是我想要的答案，卻是我終究會等到的那個答案。」

這話很犀利，瑪琳縮了縮。

「對不起，瑪琳。」法蘭西絲的聲音沙啞。她把燒盡的大麻菸丟在柏油路上，伸手去握瑪琳的另一隻手。「我知道我說這種話簡直是沒心沒肺，尤其是對妳。我並不是在暗示妳也只能這樣期待塞巴斯欽，只是……只是眼下就是這種感覺。對我來說。」

「妳不必道歉，」瑪琳說，不想因為承認自己的痛苦反倒讓朋友更加痛苦。「妳該怎麼感覺就怎麼感覺，而且妳也應該能表達出來。天知道妳受的罪已經夠多了。」

法蘭西絲擠捏她的兩隻手。「我不希望妳也這樣，聽到了嗎？」她的聲音急迫，強迫瑪琳直視她的眼睛。「我不希望妳也這樣，或是賽門，或是莉拉，或是房間裡的任何人」——她朝後面歪歪頭——「孩子都還下落不明的。這不是我祈禱的結果。」

「我知道，我知道。」

「可是瑪琳，我很感激。」法蘭西絲做了個長長的深呼吸。「我太感激那一場什麼也不知道的惡夢結束了。而現在我覺得……我覺得……」

法蘭西絲又開始啜泣，哭倒在她的身上，而瑪琳摟著她，也哭了起來，哭她朋友的損失、她的哀傷、她的愧疚，也哭她自己的損失、自己的哀傷、自己的愧疚。她哭因為她愛法蘭西絲，她體會得了，她感她所感，也為她心疼。

「妳覺得怎樣？」瑪琳低聲說，緊緊抱著她，輕撫她的頭髮。「告訴我。」

「自由。」法蘭西絲哽咽地說出這兩個字，隨即又哭了起來。「我覺得自由了。」

瑪琳抱著她，過了一會兒，賽門出來找她們，該進去了。而瑪琳看著她傷心的朋友在小小的甜甜圈店裡走動，確定賓客都吃了三明治和蔬菜和甜甜圈和咖啡，她滿腦子只能想著她怨恨這個女人說的話。瑪琳怨恨她有那種感覺，怨恨她坦白地說出來，怨恨她說的是真實的。

法蘭西絲自由了。

瑪琳很嫉妒，而她恨自己覺得嫉妒。

26

大約有四、五秒，早晨的第一件事，瑪琳不記得。一切感覺都正常，就跟任何從睡眠中清醒的人的感覺一樣。

然後猛烈的衝擊。就好像又失去他一遍。痛苦是那麼的強烈，令人動彈不得，沉甸甸地壓上她的胸口，威脅著要壓斷骨頭粉碎肌肉，將生命從她體內抽乾，因為她竟敢做出諸如清醒這麼簡單自然的事情。

瑪琳睜開眼睛，盯住天花板上的一點。呼氣，吐氣，呼氣，吐氣。做了十幾次之後，胸口的痛楚消退了。

四百九十三天了。

她翻過身，去拿手機，查看吵醒她的簡訊。活著嗎？

她以麻木的手指回覆薩爾——早安——再把手機放回床頭几上。

她永遠也不懂薩爾如何能經營酒吧卻還比她早起，不過他一向都不需要太多睡眠。大學時代他們經常一起在半夜兩點爬上床，慾火焚身又爛醉如泥，他身體中的酒精對他的床上功夫毫無影響。隔天早晨，她會聞著煎培根炒蛋的香味醒來，他做了兩人份的早餐。瑪琳卻正好相反，她只有在睡飽了八個小時——九小時更理想——才能正常運作，而且她已經有四百九十三天不能不靠藥物入睡了。

湯瑪斯的葬禮之後，她和潔咪同時離開大洞。兩人的汽車又是碰巧停在一起，所以就停下來聊了幾句。說不定是葬禮的淨化作用，允許她們全都能在一天中的多重時段好好哭一場，不過潔咪終於把她的故事透露給了瑪琳。她的女兒已經失蹤超過兩個月了，被她的前夫綁架了。根據潔咪的描述，他是個自戀狂。瑪琳對這個詞很熟悉，卻不知道醫學上的定義，所以潔咪解釋給她聽。

「亞倫有一種膨脹的自我感覺，而他痛恨一切無法反映他的自我感覺良好的事情。無論什麼事物都必須是完美的。他要完美的房子、完美的工作、完美的太太、完美的孩子。他特別愛批評我，我吃什麼、穿什麼，哪種髮型他都有意見。無論跟誰說話都要由他主導，他會貶低不認同他的人。我們失去朋友就是因為他太討厭。不過他的秘密武器是操縱情感。他非常擅長讓你覺得自己是瘋子，多年來我都以為自己對事情過分敏感，但是我現在知道了是他混蛋。最後，他偷腥了，」潔咪說著聳聳肩。「他還有臉說是我的錯，要是我好好照顧自己，好好照顧他，他就不會有那種需要。」

「王八蛋。」瑪琳說，而且是真心想罵人。

「說實話，我發現之後鬆了口氣。至少我終於有個具體的理由離開他了，某個我可以用一句話向問起的人說明的理由。說你跟某人分手是因為他們讓你好累，他們很殘忍，很會操縱，愛說謊，可能有點過於冗長。」潔咪的笑容酸楚。「監護權之爭打得很慘烈。我要奧莉薇亞全部的監護權，他也是。他把我拖進泥濘裡，可是法官最終還是判給了我。幾星期後，他把她帶走了。」

在她朋友家外面等她，趕在我去接她之前的兩小時。那個朋友的母親——她是清楚我們的情況的——並不在家。只有祖母在，她看著我女兒跑向她父親，沒想到該問一問那個英俊迷人的爸爸是不是應該在那裡。兩個小時後我去了才知道奧莉薇亞被帶走了。兩個小時。」她重複道，聲音顫抖。

「妳女兒多大了？」

「十一歲。」

「他們發出安珀警報了？」

潔咪點頭。「有。因為他在爭監護權時說的話，我有理由相信他是要把她帶得遠遠的，不讓她回來。他們在一哩外的購物中心停車場找到了他的車，之後就查不到他開的是哪種車子，也查不到他們是去了哪裡。」

「真的很遺憾。」瑪琳說。

潔咪看著她。「我也是，」她說，「我知道我們都有自己的故事，可是我覺得上星期在團體看到妳時我說錯了話。我在最後跟妳說我覺得好多了，那樣說很不公平。」

「沒關係的——」

「不，有關係，」她說，「對妳不公平。無論我的前夫有什麼毛病——相信我，他的毛病多了——他都愛奧莉薇亞。無論他們在哪裡，無論最後是在什麼地方，他都不會傷害她。這一點我知道。不像妳，和賽門，和莉拉，和法蘭西絲——一直到她得知湯瑪斯的事之前——我並不是時時刻刻都在恐懼奧莉薇亞有生命危險。我唯一的恐懼是再也看不到她了。不是因為她會死，而是因為她父親會把她教得仇視我。他一定會這麼做的，把我描繪成壞蛋，讓她永遠也不想回家來。」她抬頭看著大洞俗氣的黃色招牌，再俯視她的鞋子。「所以我去過團體的聚會後才會覺得好多了。這也讓我變成了混蛋。我很抱歉。」

「妳不是混蛋，妳是個母親。」瑪琳碰碰潔咪的胳臂。「我學會了不要比較。地獄就是地獄，無論如何變化。」

跟潔咪的女兒不一樣，塞巴斯欽並沒有發出安珀警報。他的誘拐案不符合規定，警方第一次向瑪琳和德瑞克說明時簡直荒唐。安珀警報是使用在兒童遭綁架的情況上的，而誰也沒反對這是兒童綁架案，監視畫面就是證據。

然而，卻沒拍到藏匿塞巴斯欽的車輛。除了聖誕老人的裝扮之外，沒有足以指認綁匪身分的線索。有關單位必須相信某宗兒童失蹤案有足夠的資訊，才能夠啟動安珀警報來協尋孩子。啟動與否完全因個案而定，而塞巴斯欽的案子卻不符合規定。

不過，他們還有別的辦法。派克市場的監視畫面在全國流通，但凡家裡有電視就會在綁架案發生後的幾天內在新聞上看到塞巴斯欽的照片。他的失蹤兒童海報在推特和臉書上重複出現將近一百萬次。「聖誕老公公」在聖誕節前三天綁架了一個兒童是很聳動的新聞，不出幾小時就家喻戶曉。綁架的當晚，德瑞克和瑪琳在屋外接受地方電視台的拍攝，懇求社會大眾提供消息。那一週結束之前，兩人上了CNN，懇求兒子平安歸來。

她兒子失蹤得無跡可尋令人既想不通又氣餒沮喪。早先，瑪琳偷聽到有名警察對同事說：「要不是綁匪計畫得天衣無縫，就是那個王八羔子運氣特別好……沒法子知道。」

很容易假設塞巴斯欽和綁匪是進入了地下停車場，因為綁匪選擇了那處出口，但是卻沒有證據可以確認。他們很可能是走到某條小路，再坐上汽車或卡車，或廂型車。也可能是有人來接應。或是他們進入了停車場，坐進了之後一個小時內離開的五十四輛汽車之一。唯一管用的保全攝影機是在馬路對面，但是架設的角度卻沒辦法捕捉到車牌。

德瑞克利用了他的人脈盡可能取得監視畫面，瑪琳也是。一對富有又顯赫的西雅圖夫婦在光天化日之下孩子被綁架？警方假設是為了贖金。但是贖金的要求一般都在頭二十四小時，最多四十八小時就會提出。德瑞克或瑪琳卻完全沒有綁匪的消息。門階上沒有字條，沒有簡訊，也沒有來電不明的電話。

那根五元的棒棒糖是讓瑪琳深信綁匪認識塞巴斯欽的線索。在當時，給他那樣一根糖似乎是非常特別的一個關鍵，而當天在甜蜜巴黎女郎只售出了七根。但是七根中有五根是使用信用卡或簽帳金融卡支付的，而那些顧客也追查過了。最後兩根是現金付款的，糖果店的女員工說她們對那位顧客印象深刻，是一位奶奶給她的雙胞胎孫女買了兩根一模一樣的棒棒糖。

說來說去，甜蜜巴黎女郎是一家規模大又多采多姿的商店，對十歲以下的孩子可能就像磁鐵一樣有吸引力。棒棒糖很可能是事前買好的，塞在大衣口袋裡或是購物袋中，只要完美的時機出現，隨時都可以拿出來當作誘餌。調查的過程中，瑪琳和德瑞克的生活中每一個認識塞巴斯欽的人都接受了偵訊，市場當天的小販也詢問過，卻好像誰也沒看見什麼。

塞巴斯欽就這麼消失了。一點痕跡也沒有。而十六個月後，瑪琳仍沒有答案。

許久以前，有部電影把她嚇破了膽。她那時還在念高中，一票人週六晚上一塊玩。某人帶了《神秘失蹤》這部片的錄影帶來，是傑夫．布里吉和基佛．蘇特蘭主演的驚悚片。傑夫．布里吉（飾巴尼）在加油站暫停時綁架了基佛．蘇特蘭的女朋友黛安（由非常年輕的珊卓．布拉克飾演）。快轉到幾年之後，基佛扮演的傑夫仍然不知道失蹤的女朋友是出了什麼事。他漸漸對於查出真相變得執迷，幾乎到了發瘋的程度。南希．崔維斯飾演他的新女友芮塔，兩人合力終於查出了那個在黛安失蹤當天出現在加油站叫巴尼的傢伙絕對知道什麼。他們找他對質，最終巴尼對傑夫說：「你如果想知道她怎麼了，你就得跟她有一模一樣的經歷……」

傑夫同意了，自願喝了把他迷昏的東西，就和黛安被迷昏一樣。他醒來後發現自己在一個木箱裡，被埋在森林中。他花了幾秒鐘才明白他被困住了，而且他會像黛安一樣死去，在小小的棺材中窒息而死，沒有人聽見他大喊，沒有人知道他出了什麼事。

那是一部叫人毛骨悚然卻目不轉睛的電影，害得瑪琳在之後的一個星期惡夢連連。

她現在就是傑夫。如果聖誕老人出現在她的門口，提議要告訴她兒子的確切下落，卻拿著一杯摻了藥的茶，保證一喝就昏迷，她會二話不說就乾杯。她會嚥下每一滴。

因為無論怎樣都比現在要強。

一個失蹤的孩子就是一道開放的、受感染的傷口。有些日子你吃顆止痛藥，貼個OK繃就能過一天，但是傷口始終都在，始終都在惡化，最輕微的一碰都會又害膿血噴流。

瑪琳仍躺著，她需要下床來活動。她看著德瑞克那邊的床鋪，空的，但是枕頭上的凹痕說明了他昨晚睡在這裡，提醒了她他今天稍早就前往波特蘭了。這是臨時的決定，就在他們就寢前做的，是為了安撫一些神經緊張的投資人。

「我只去一天，」他這麼說，而她立刻就想：麥肯姬。「早上八點有一班飛機，所以我六點會出門。我會回來吃晚餐。要不要一起來？我會一整天都忙著開會，還得帶投資人去午餐，不過妳可以加入我們，然後去逛街。奧勒崗不加營業稅，記得嗎？」

她咯咯笑。「那可得五點就起床。我寧可在家裡睡覺，付營業稅。」

不過他的邀請倒是讓瑪琳心裡覺得舒坦。她要多久才會不再擔心德瑞克不跟她在一起時是在做什麼？要多久麥肯姬・李才會徹底從他們的婚姻中消失？

她正要坐起來，手機就響了。她查看號碼，接了起來。

「還沒起床？」薩爾問道。

「對。」

「妳穿著什麼？」

「閉嘴啦，變態。」

哈哈笑聲。「葬禮如何？」

她猜她應該要自問為什麼告訴了朋友卻沒告訴老公法蘭西絲兒子的事，但是現在的時間還太早，不適合這種層次的感情剖析。「當然是很傷心，」她說，下了床，踱向浴室。「可是法蘭西絲好像……沒事。甚至是更好。」

「更好？什麼意思？」

瑪琳看著洗手台鏡中的自己，一手耙過糾結的頭髮。「提著的一顆心放下了吧，」她說，「她得到了答案，她可以哀悼他，埋葬他，設法放下。她總算是有了個結果。」

線路另一頭短暫的停頓。「我不知道該說什麼，」薩爾終於說，「我是說，我為她高興，可是同時又……」

「對。」

兩人間陷入自在的沉默。她聽得出薩爾是在車子裡，因為背景噪音的關係，但她還沒能問他一大早要去哪裡，他就先說：「妳覺得妳也會跟她有一樣的感覺嗎？要是妳跟她一樣得到了答案？」

「不，」瑪琳立刻就說，「我能想像法蘭西絲的心情，可是我就是不認為我會有同樣的感覺。可能是因為塞巴斯欽還那麼小……」她頓了一秒，知曉自己仍用現在式在談兒子。「也可能是因為我知道是我的錯，我那天的行為害他現在沒有在我的身邊。」

「妳不能再怪自己了，瑪兒。有時候我真希望……」

「什麼？說啊。」

「有時候我真希望妳能知道，無論好歹。這樣妳才能放下，跟法蘭西絲一樣。」

「可我不是法蘭西絲，」她說，「我需要知道巴許是怎麼了，可如果我發現我的兒子死了，那我也就等於是死了。」

「現在還是？」薩爾的聲音痛苦。「妳現在還是這麼想？」

瑪琳完全不知道他們是怎麼會談到這個話題的，也不知道為什麼會有這段交談。她連咖啡都還沒喝。可既然他想聽百分之百的真話，那她就會告訴他。

「我不想看到我的兒子躺在棺材裡，薩爾。我甚至不想要幫他辦葬禮。我真的需要知道他是發生了什麼事，因為像這樣活著就跟下地獄一樣。可如果答案是他死了，那我明天就會去跳橋。」

「我猜我早就知道了。」薩爾的語氣悲慘。「我只是想問一問。我不確定昨天有沒有讓妳改變什麼。」

「對了，你是去哪裡？」

「普羅瑟。」

「又去？」瑪琳在馬桶上坐下來小解。就算薩爾聽到了，他也沒吭聲。「這是第幾次了，這星期的第三次？蘿娜現在怎麼樣？」

薩爾列舉他母親目前的病痛，瑪琳在心裡計算了一下。普羅瑟在西雅圖的三小時車程之外，累積的里程數驚人，對他的汽車也是很大的耗損。

「她一直在說另一邊的髖骨也不舒服。妳也記得她的第一次髖關節手術恢復得有多痛。」

「我記得。」她沖了馬桶。「她置換了髖關節，就在塞巴斯欽——」

「對。」

「我應該去看她。我覺得很慚愧，自從他……自從出事後就沒去看過她。」漫長的停頓。「她了解的。不過相信我，我覺得妳不會想來。很讓人沮喪。她整天坐著，看她的連續劇。」

「知道嗎，我絕對會去看她，」瑪琳說，「什麼時間適合？你會在那兒待多久？」

「可能到明天。說真的，瑪兒，真的不——」

「薩爾，別那麼冥頑不靈。我想幫忙。我這次可以待久一點。換換環境對我可能也滿好的。我不介意離開西雅圖幾天。」

瑪琳對這個主意越來越興奮，想到了四面八方綿延數哩的葡萄園。說不定他們可以去品酒，她以前非常喜歡，而且那邊有將近三十幾家酒廠可以選擇。她跟薩爾一起去的話不需要付品酒費，身為前帕勒摩酒莊的繼承人是有它的好處的。薩爾的父親雖然是個暴君，但是家族的聲譽在普羅瑟仍然是備受敬重的。

「我再通知妳，好嗎？」薩爾說，「我不知道幾時適合——」

「說不定我會打給蘿娜，直接問她。」瑪琳在捉弄他，但也不盡然。薩爾一向不擅長擬定計畫，要是等他通知她日期，那她可能要等到猴年馬月去。「她上次就很高興看到我。我會帶她喜歡的垃圾小說——」

「她現在有Kindle了。」

「再帶她去雅基馬看電影——」

「她沒辦法在電影院裡坐那麼久，她的髖——」

「那我會帶DVD去。我需要一個一塊看愛情片的人。她看過《手札情緣》嗎？我可以——」

「他媽的，我說不行！」薩爾大吼，瑪琳也閉上了嘴巴。「她不想見妳，好嗎？除了我父親，妳是我母親生命中最大的失望。妳是那個我應該娶的女孩子，可是妳偏偏沒有嫁給我。她看到妳會傷心，而看到我一直離不開妳她更傷心。她覺得妳是在耍我，她不了解這麼多年了我們為什麼仍然是朋友。每次她看到妳，她都會燃起希望，而我不能一直害她失望。」

他的呼吸變得比較快了。瑪琳只能祈禱薩爾的兩隻手都牢牢握著方向盤，專注盯著馬路。她幾乎不敢相信他說的話。他之前從來沒有說過，而且當然從來沒有用吼叫的說出來。瑪琳一直對蘿娜很親切，蘿娜對她也是。她壓根不知道蘿娜真正的感受……或是薩爾真正的感受。

「別管我媽了，好嗎，瑪琳？」

「好，」她嗆回去，不確定是更生氣或是更傷心。「你不必這麼混蛋。我只是想幫忙。」

「幫誰？」薩爾的聲音又恢復了正常的音量，但是底下的冰冷卻異常清晰。「妳無論什麼都要照妳的規矩來，瑪琳，這他媽的太不公平了。妳不想跟妳老公離婚，可是妳卻一直把他往外推。妳要我當妳的死黨，可妳傷心難過的時候卻來跟我睡覺。妳想要別人認為妳是成功的女商人，可妳卻還他媽的一直在演花瓶老婆。妳說妳受不了不知道塞巴斯欽是出了什麼事而活著，可如果妳發現他死了，妳就要去跳橋。」

「你竟敢提起——」

「這叫他媽的自私。」薩爾的聲音嘶啞。耶穌基督，他在哭嗎？「因為妳不是一個人住在這個死亡空間裡。妳把每個愛妳的人都吸到裡頭來陪妳，妳把我們當人質，威脅我們說如果妳聽到了妳不想聽的消息妳就要自殺。妳知道嗎，瑪琳？去妳的。老子不幹了。」

瑪琳能感覺嘴巴張開。她絲毫不知該如何回應，而正當她還在思索時，電話就掛斷了，不給她機會反駁自辯。

蘿娜有一次跟瑪琳說薩爾的父親常常掛別人的電話。什麼話他說了算對他是最要緊的，而他在普羅瑟也是以摜電話，甩門，跺著腳離開房間出名的。老薩爾．帕勒摩是個混球，而有時候蘋果掉下來也不會離樹多遠。薩爾．帕勒摩二世在不高興時也會和他老子一模一樣。

「他父親的那個脾氣啊，」蘿娜在瑪琳最後一次去看她時說。老婦人咧著嘴，彷彿回憶很好玩，彷彿「脾氣」這一詞的意思並不是他在這段婚姻中拿她當沙包，而且霸凌其他的每一個人。「而J.R.就是翻版，跟他父親一個樣，在他不能順心如意的時候。」

「J.R.？」瑪琳問道，被搞糊塗了。

然後她想起來了。

薩爾上大學時開始用他真正的名字。可是在他的家鄉普羅瑟，他跟著母親長大——每一個人——都叫他J.R.。讓先生和兒子的名字有所區別對蘿娜比較簡單，對酒莊的員工也是。J.R.是「二世」的簡稱。

27

還是沒有麥肯姬．李的消息，而看樣子，她的室友開始驚慌失措了。

瑪琳坐在沙龍的辦公室裡，啃著今天稍早為員工會議準備的貝果。幾個月來的第一次，她沒收到薩爾的早安簡訊，問她還活著嗎。感覺很可怕。很難想像兩人的友情就此結束了，可是她不知道能有什麼彌補的辦法……甚至不知道她是否有那個力氣。

她第三次看泰勒．楊森的臉書。他今天早晨的貼文是他室友的最新情況，留言在兩個小時來持續湧入。新的貼文包含一張麥肯姬在綠豆子的照片，頭髮剛染成粉紅色，圍裙繫在腰上，T恤上寫著「問我我的女性主義目標」。臉書的貼文還包括了一個連結。

我向警方通報麥肯姬．李失蹤。底下是官網的連結。如果有人有線索，拜託立刻撥打這個號碼。然後拜託打給我。她失蹤四天了，而因為她母親的情況，只有我一個人在找她。

她母親的情況？瑪琳往下捲動，讀起了所有的留言，雖然咀嚼著貝果卻吃不出滋味。貼文已經分享了十來次了，也收獲了一百則的評論，而且仍在增加中。其中有兩則尤其吸引她的注意，是一個叫珍珠．瓦茨的女人，她似乎是李家從前的鄰居。

第一則是珍珠在回答一名詢問麥肯姬的母親是否知道女兒失蹤的網友。珍珠寫道：很不幸，就算有人告訴她，恐怕雪倫也記不得。她的阿茲海默症非常嚴重。我每隔一週就去雅基馬的輔助生活中心看她，有時她認得我，有時不認得。很可憐。

雅基馬？東華盛頓？距離釀酒廠不遠啊。

第二則留言是珍珠自己寫的：肯姬是個可愛的年輕女孩，普羅瑟這裡的每個人都在祈禱她平安無事。

普羅瑟。她是薩爾的同鄉？這樣的機率有多大？

瑪琳在椅子上欠動，突然覺得不舒服。這件事有點不對勁。瑪琳給薩爾看過麥肯姬的照片，他好像不認得她。不過呢，在那次的談話中她喝得太醉，所以回憶可能也模糊了，可是她的死黨要是認出這個同鄉的女孩子，一定會立刻就說的吧。他比麥肯姬大了十九歲，在她出生之前可能就離開普羅瑟去念大學了，可是那裡是個很小的鎮。

瑪琳又思索了一會兒，覺得有什麼連結逐漸浮現……但她還沒能抓緊，思緒就散逸了。

那德瑞克又知道什麼？他知不知道他那個六個月的情人失蹤了，而且已經通知警方了？感覺上他和麥肯姬之間已經正式結束，可是，他又怎麼能不知道？凡妮莎．卡斯楚的話又浮上心頭：……這麼一來妳先生的生命中就有兩個人失蹤了。這也讓他變成了公分母。

既然已經驚動了警方，遲早他們會詢問德瑞克。事實上，說不定她應該要先知會他一聲，說警察隨時都會來敲門。可那就等於是跟她老公承認她知道他外遇的事。

瑪琳真希望自己不知道。她真希望自己沒發現。她真希望自己沒有起這個頭。

她進入應用程式商店，找到了影子，再重新下載到手機上。她只需要再鍵入她的密碼，確認德瑞克的手機號碼。不過這一次程式問她是否要德瑞克全部的通聯紀錄或只是特定號碼，她選擇了全部。她老公是個大忙人，瑪琳的手機可能會被通知灌爆，但很可能麥肯姬用另外一支手機來聯絡德瑞克。或是會有別人想要通知德瑞克麥肯姬的事。

瑪琳需要知道她先生知道多少。而到了某個時候，她也需要知道薩爾知道多少。

一分鐘後就完成了。就像第一次，她等著程式同步，半期望要下載德瑞克手機裡氾濫似的簡訊，即使程式只能即時處理。

什麼也沒有。

胳臂被人拍了一下，嚇得瑪琳身體一抖，手機掉在盤子上，噹一聲落在了一半的貝果旁。

「對不起，瑪琳，」薇儂妮克笑著說，「不是故意要嚇妳的。只是來告訴妳妳一點半的客人到了。」

瑪琳查看時間。果然是一點半。靠。她不想讓客人等待，可她倒是可以多用個十分鐘來廓清她剛剛得知的麥肯姬的訊息。薩爾絕對不可能不認識她，起碼也會聽過她。普羅瑟的人口不到七千人。她現在就可以打給他。

或是……也許她可以在臉書上發條訊息給珍珠．瓦茨，她顯然清楚麥肯姬和她母親的事。那個女人絕對會知道薩爾和他的家庭，因為她目前就住在普羅瑟。薩爾一天到晚去那裡。

她發覺薇儂妮克在等她說話。

「一點半是誰？」瑪琳問道。

「史黛芙妮．羅傑斯。」接待員愉快的語氣變得嘲諷，微微挑高了一道眉。

靠。史黛芙妮不喜歡等待。沒有客人喜歡，但是有的就是會比其他的更愛發牢騷。

瑪琳心不甘情不願地登出了臉書，推開椅子。「我就來。」

她在向老客人寒暄之後勉強和她閒聊，幸好史黛芙妮是那種話匣子，一個人就可以說個沒完。她是紐澤西人，不過她跟每個人都說她是紐約人，最近剛和一個大她二十歲的男人離婚。這段婚姻持續了不到五年。她和瑪琳在類似的社交圈中漂浮，兩人很合得來，不過除了慈善活動和沙龍預約之外並沒有額外的來往。

史黛芙妮最愛的吉娃娃生病了，她似乎沒辦法不談她的前夫拒付獸醫費用的事。瑪琳倒無所謂，她很滿意能用半個耳朵聽別的事情。

「那也是他的狗啊，知道嗎，瑪兒？我們說好了要分攤獸醫費用——就，寫在離婚協議書裡。哼，他就是個天殺的大笑話，原諒我用詞不雅。那傢伙去年賺了八百萬，他卻付不出七千塊的一半來治好那隻臭狗的囊腫？」「狗」這個字拖得很長。「抱歉我一直說髒話。有時候我真不敢相信我跟那個傢伙結過婚。嘿，德瑞克好嗎？妳的運氣真好，嫁到一個好老公。」

「很遺憾，史黛芙妮，難為妳了……」瑪琳喃喃說，一秒鐘後，她的手機在口袋裡響了。

她反射性地僵直了身體。是影子應用程式。她停下了剪刀，用空著的那隻手查看手機。什麼也沒有。波特蘭的一名投資人開會遲到。抱歉，德瑞克，五分鐘到。而她拿著手機時，她老公的回覆出現了。不急，喬治。我們剛坐下。

「那鹹仔現在怎麼樣了？」瑪琳問道，又繼續剪。她放心地噓了口氣。監視別人的壓力實在讓人扛不住。

「喔，他沒事。」她的客人壓根就沒發現瑪琳停頓了幾秒鐘。史黛芙妮的臉埋進了自己的手機裡。「又變回活潑的小畜牲了。他真是一隻被寵壞了的吉娃娃。前天還從後門衝出去，我還以為找不回來了呢。我們沒孩子八成是好事一樁，知道嗎？」

史黛芙妮愣住，抬起頭，在鏡中迎視瑪琳的眼睛。「天啊，瑪兒，我不敢相信我這樣說。我跟我的這張臭嘴。我真是太沒神經了。我真是太對不起了。我的天啊。」

瑪琳不在意。別人對於哀傷的母親說過更難聽的話，而且是故意的。這個根本就不算什麼，可她還沒能跟史黛芙妮說沒關係，她的手機就又響了。又是影子應用程式。可能在她重新下載時選擇「全部」不是明智之舉。

但至少，頭髮剪好了。史黛芙妮顯然覺得很慚愧，瑪琳逮住機會利用這個女人的粗率錯誤。「不必擔心，史黛芙妮。聽著，妳介意讓賈姬來幫妳吹乾嗎？我需要提早離開。我們有一種新的熱油護髮，我覺得妳一定會喜歡——可以讓妳的頭髮非常柔軟。」

「當然好，」她的客人立刻就說。通常史黛芙妮——或是瑪琳其他的VIP客人——是絕對不允許自己被移交給另一名髮型設計師來善後的，但是誰讓她說話不經大腦，也就沒有資格討價還慣了。「去吧，去忙妳的。」

瑪琳示意賈姬過來，再彎腰摟抱了一下史黛芙妮，再由另一名設計師接手。「兩個月後見。」

「不用那麼久，」史黛芙妮大聲說，「我們會在春天慶典上見。」

她回到辦公室，關上了門，查看影子應用程式。這一次，是麥肯姬傳的訊息。沒有文字，只是一張照片。縮圖小小的，沒有老花眼鏡瑪琳也不知道要如何放大，但是有一件事是很明顯的。

既然她發照片給德瑞克，那麼德瑞克跟他的情婦就仍在聯絡。兩人之間並沒完。瑪琳的心一沉。

她怎麼會這麼笨？她怎麼會就信了他？他匆匆把她帶到山上，說他想要一個全新的開始，但是他顯然不是真心的。說謊對她老公來說就像呼吸一樣自然。她曾在IG上看過一個網路哏：你要如何知道騙子在說謊？他張開了嘴。

瑪琳靠著辦公室的牆，輕敲那張縮圖，預備承受迎頭痛擊。應用程式的動作有點慢，花了幾秒鐘才把照片放大。放大後，瑪琳愣了愣才明白看到了什麼。

對，是德瑞克的情婦的照片，卻不是自拍。她沒裸體。她沒微笑。她躺在床上，向右側臥，躺在花朵圖案的棉被上，在一間裝潢過時、別無長物的臥室裡。她穿著T恤和牛仔褲，手腕被反綁在後面，腳踝被縛住。臉孔對著鏡頭，角度怪異，彷彿是掌鏡的人命令她向上看。

這是見鬼的怎麼回事？在玩什麼綑綁遊戲嗎？她跟德瑞克玩得這麼變態？這種有病的東西會讓他亢奮？

然後瑪琳注意到年輕女人的頭髮有多油膩。她的粉紅色波浪頭髮軟垂無力，不是因為潮濕。同時，她的臉也不太對勁。她把照片放大，看個仔細，麥肯姬的五官變得清晰後，她倒抽口涼氣。

德瑞克的情婦被打過。不是化妝。紅腫非常明顯。一隻眼睛是紫色的，腫得幾乎睜不開。下唇裂了，下巴上有乾涸的痕跡。眉毛上方有割傷。瑪琳再放大一點，能看到濕濕的一條線從那隻腫脹的眼睛的眼角一路流到臉頰上。

是眼淚。她在哭。

然後影子應用程式又收到一則訊息。這一次，是文字。

你的女人在我們手裡。二十五萬現金，小額鈔票，今晚。不付錢，發生在你兒子身上的事就會也發生在她身上。你不會想來個兩次吧，德瑞克？等會兒給你地址。

瑪琳的膝蓋失去了力量，她緊抓著辦公桌，感覺天旋地轉，一下子千頭萬緒，紛至沓來；她努力想廓清剛才究竟是讀到了什麼。她命令自己呼吸，保持鎮定，因為恐慌症發作完全幫不上忙。

「天啊，德瑞克，」她對著寂靜的辦公室說，「我的天啊。你做了什麼？」

她的手機又響了。瑪琳幾乎不敢低頭看。

不過她還是看了，只發現她老公回應了贖金的要求。只有四個字。

我會付錢。

28

如果是別人，瑪琳會親自報警。這是勒索贖金。事關一條人命。

只不過勒索並不是傳給瑪琳的，是傳給她老公的，而有危險的人是麥肯姬。這個女人的命價值——在軟弱的一瞬間，瑪琳的思維變得最闇黑——二十五萬。是瑪琳用來買她一條命的價碼，巧合的是，也正是德瑞克必須用來救她性命的價碼。

瑪琳不知道她老公還愛不愛這個女人，或者是否愛過她。塞巴斯欽失蹤時，他和瑪琳接受了FBI的調教，學會了在收到贖金要求時該說什麼話。不該說什麼或做什麼來激怒綁匪是第一課。雖然德瑞克說會付錢，但不見得他就會。

無論如何，瑪琳當下最關切的事卻不是這個。她想知道的是簡訊中的「你不會想要來個兩次吧」究竟是什麼意思。

兩次？德瑞克收到過綁走他們兒子的人的贖金要求，卻沒有告訴她或FBI？所以綁匪就是帶走塞巴斯欽的人嗎？還是完全不相關的人，虎視眈眈德瑞克因為兒子被綁架的創傷，賭他為了避免另一場悲劇而會付錢？

她回想著塞巴斯欽失蹤之後的那些日子。兩人的手機從來沒有離開過眼前，隨時都充飽了電。他們只是坐著等電話，卻始終沒等到。不過，可能是有的。這通要求贖金的文字可以有兩種截然不同的詮釋，而既然德瑞克的回覆是那麼即時又果斷，很顯然她老公知道該怎麼做。

德瑞克很清楚他們是什麼意思。

在一般的情況下，二十五萬對他們來說只是九牛一毛。不過就是一通電話，鍵入幾個號碼到電腦裡，轉個帳，收到一封確認的信函。對他們的經濟幾乎毫無影響，可能這就是綁匪要求這麼低的金額的原因。這個金額容易取得，又能讓整件事迅速進展。

不能再迴避了。不能再假裝了。不能再有秘密了。不能再有謊言了。該是跟那個唯一知道全部答案的人正面迎戰的時候了。那個公分母。

瑪琳坐在廚房裡，喝著咖啡，等待德瑞克。他的會議結束的時間比預計的早，他搭上了飛回西雅圖的早一班的飛機。三十分鐘前他發簡訊給她，讓她知道他降落了，就跟從前兩人幸福快樂時一樣，在這一切發生之前。他沒有行李，沒有停車。他會下飛機，接著搭計程車回家。依照這時候的交通來看，她可能還得等三十分鐘他才會走進門。

她把三天之前在衣櫃裡發現的小紙條拿出來，終於撥打了上頭的電話。

「陽光計程車，」調派員接聽了，第一聲鈴才響了一半。是個男人，聲音清晰乾脆。「你要去哪裡？」

「嗨，我前幾天搭過你們的車子，我好像把皮夾掉在車上了。」瑪琳說得很順暢，謊話自然而然流出。

「收據號碼？」

瑪琳複述了右上角的八個數字。

她聽見背景有敲鍵盤聲。

「那是四〇二號車，」調派員說，比較像是自言自語。「等一下，我查查那天晚上有沒有登記失物。」更多敲鍵盤聲。「沒有。」

「那我百分之九十九確定還在車子上，」瑪琳說，「你能讓我跟司機聯絡嗎？」

「這不合規定，」那人說，「我可以讓妳等一下，讓我打給他，問有沒有妳遺失的東西。請問妳叫什麼名字？妳的皮夾是什麼樣子的？」

「呃，我叫莎蒂。」瑪琳脫口說出腦子裡浮現的第一個名字。「皮夾是紅色的，呃……有金色的扣子。」無所謂——本來就沒有皮夾，即使有，也不是莎蒂的。

「等一下。」電話嗒一聲，柔和的搖滾樂響起，過了一會兒調派員回來了。「小姐？司機沒接電話。GPS說他正在開車。我可以把妳的號碼傳給他，叫他那趟車之後跟妳聯絡嗎？」

「好的，謝謝。」瑪琳憋著一口挫敗的嘆息。他幹嘛不一開始就這麼做？「你有筆嗎？」

她給了他手機號碼就掛斷了。她不清楚自己是要找什麼，但是有人在晚上九點左右進了她的屋子。週六晚上。她差不多猜到了會是誰，可如果她的推論正確，德瑞克的情婦就會是在她闖入之後不久失蹤的。麥肯姬的室友在半夜兩點下班之後還沒見到她回家，也就是說這個年輕女人很有可能是在這五個小時的空窗期中消失的。

問題是，她為什麼會進來他們家？而之後她又出了什麼事？

門鈴響了。

瑪琳皺起了眉頭，喝完咖啡，從走廊到前門去。她從窺孔裡看，發現門的另一側有條扭曲的形影，不由得驚喘。她慢吞吞打開門，臉上血色盡失，覺得自己在搖晃。

凡妮莎．卡斯楚在她摔倒之前一把抓住她的胳臂。

「我沒找到塞巴斯欽，」私家偵探說，「妳沒事。呼吸。」

瑪琳挺直身，全身發抖，花了幾秒鐘鎮定下來。打電話已經夠糟了——凡妮莎．卡斯楚的名字出現在來電顯示上一向是讓人心驚膽跳的——可是看見私家偵探大駕光臨，她現在知道了，還要可怕上一百倍。耶穌基督，她好想念卡斯楚只發電郵的日子。「妳怎麼會來？」

「我查到了一些新線索。我覺得我們應該面對面討論。不能等。」她看著瑪琳後面。「妳一個人嗎？」

「現在是。請進。」

瑪琳挪到一邊讓卡斯楚進來。她按摩著胃，喉嚨眼嚐到了胃酸，不由得露出苦瓜臉。這一定是一種奇怪的超能力，讓別人一看到你就消化不良。私家偵探環顧了一塵不染的屋子，又發現瑪琳光著腳，連忙脫鞋，整齊地擺在門邊。

瑪琳把她帶到廚房。「要不要喝點什麼？」她問道。

卡斯楚的眼睛掠向咖啡機。「喔，哇。那是Breville Oracle嗎？我一直想要一台那種咖啡機，可是我可能得賣腎才買得起。」

瑪琳勉強一笑。「想喝什麼自己來。」

幾分鐘後，兩人在有軟墊的長椅上坐下來。卡斯楚喝了一口摩卡咖啡，點頭讚許，這才開口。

「我一發現麥肯姬．李失蹤，就覺得有什麼事一直纏著我，」卡斯楚說，「我說不上來是什麼，感覺像是有個遺漏的連接點我沒看見。」

「我知道那種感覺。」

「所以我就著手深挖她的背景。妳知道她在十七歲時跟薩爾．帕勒摩有段性關係嗎？」

瑪琳瞪著對方，嘴巴合不攏。早先她不太能指明的那個連接點……出現了。她閉上嘴，嚥了口氣。「不，我不知道。妳確定嗎？」

卡斯楚掏出手機，敲了螢幕幾下，就交給了瑪琳。她調出了一張年輕薩爾和更年輕的麥肯姬的照片。兩人並肩坐在河岸，河水在他們身後翻湧，兩人臉貼臉，陽光照著他們的眼睛。是一張自拍。畫質不算好；可能是用BlackBerry Curve拍的，或是七年前中學生喜歡的廉價智慧型手機拍攝的。麥肯姬的頭髮是深褐色的，幾乎長及腰際。她的眉毛不一樣——那時較細，拔太多了——她的樣子就像個青少年，可能她拍照時的年紀就是。

但，錯不了，就是她。

「要命喔。」瑪琳瞪著照片，張口結舌。「我不……我不懂。」

她努力解析這個新發現。她知道薩爾是情場老手，從兩人分手後就不斷更換約會對象，也經常跟比他年輕許多的女人交往。酒吧裡的金妮就是一個典型的例子。

可是瑪琳給他看過麥肯姬的照片，在他的酒吧裡，用杏仁酸酒把自己灌醉的那天下午。薩爾仔細地看了麥肯姬的裸體，看了很久。然後他笑了。哈哈笑。接著跟她一起表示惋惜，感嘆麥肯姬有多年輕，譏笑她的粉紅色頭髮、她的刺青，那些讓她和瑪琳恰恰相反的地方。他壓根沒提他認識她，或是認出了她。而從頭到尾，他早就認識她。還很親密。因為他們曾是情人。

瑪琳的周遭全都是騙子。

卡斯楚仍在說話，所以她強迫自己專心。

「看來薩爾和麥肯姬都是東華盛頓的一個小鎮，叫——」

「普羅瑟。」瑪琳的心思轉個不停。

「對，普羅瑟。我打電話給她之前的鄰居，一位女士，叫——」

「珍珠．瓦茨嗎？」瑪琳說，「我也看過妳看的那些臉書留言。」

她本打算要跟那個女人聯繫的，可是影子應用程式卻響了，送來救麥肯姬的贖金要求，她也把這件事忘了。私家偵探知道了勒索贖金的事嗎？所以她才會來？

「偵察的功夫滿厲害的。」私家偵探給了她一個小小的笑容。「對，珍珠．瓦茨。她證實了她就住在李家隔壁，看著麥肯姬長大。麥肯姬的母親在當地的幾家企業當清潔工，經常加班，所以麥肯姬是由她的外婆照顧的。而她打掃的一家企業就是帕勒摩葡萄酒專賣店。」

「帕勒摩酒莊的店面和品酒室。」瑪琳呼出一口氣。「薩爾的家族企業。」

「珍珠在提供我麥肯姬的私事上非常幫忙。她很顯然一直都是個好孩子，只是有點野。急著離開普羅瑟，成為一名藝術家。她開始和薩爾交往時，不在乎他的年紀有她的兩倍大，也不在乎被誰知道。小鎮上的閒言閒語可不少。珍珠跟我說了那些謠言，她聽到在大學裡認識麥肯姬的人說的事，說她專挑老一點的男人。特別是有錢的老男人。」

「不意外。」

「所以我就繼續挖下去，結果聯絡上了她在愛達荷時的室友。她叫伊莎貝兒，她說麥肯姬在四年級時跟一個有婦之夫約會，那人的太太衝到她們的公寓，喝醉了，又歇斯底里，因為她知道了他們的外遇。場面鬧得很難看，管理人都被叫來了，那位太太最後還是被押送出去的，伊莎貝兒嚇壞了。但是她說麥肯姬完全不為所動。她不在乎那位太太很難過。根據伊莎貝兒的說法，麥肯姬更在乎的是她跟保羅，那個已婚男的關係可能會在她拿到大筆付款之前就夭折了。」

「什麼付款？」

「很顯然是她們的癖好。那個室友都還有專門的用語：職業女友。她們和富有的男人約會，等關係結束，就要求『分手費』。」卡斯楚用手做出引號。

「這都是那個室友告訴妳的？」瑪琳又合不攏嘴。

「伊莎貝兒改過自新了，根據我的觀察。現在嫁人了，是個跟她同齡的中產階級男人，兩人有一個孩子。」卡斯楚又停頓了。「麥肯姬從保羅那兒榨出了五萬元。我知道，因為我找到了他，是他告訴我的。」

瑪琳兩手捧住頭。太多了。

「瑪琳……」卡斯楚碰她的手臂，她又抬起了頭。私家偵探的音調害她緊張。「妳對薩爾的過去知道多少？」

這個問題讓瑪琳措手不及，心臟開始怦怦跳。朱利安。她要問朱利安的事了。她的手心出汗了，她把兩手放在大腿上，以免發抖。

「我，我大學認識薩爾的，」她說，「我們約會了一年，我們是死黨。我總是覺得他在大多數的事情上都對我坦誠公開。」

只除了麥肯姬，她的大腦低聲說。而不告訴她可是件大事。

卡斯楚沒有立刻回應。瑪琳又說：「無論妳對薩爾是怎麼想的，塞巴斯欽的事都和他無關。我知道他那時正在普羅瑟照顧他的母親。」她屏住呼吸。

「對，原始的警方調查證實了薩爾在事發時絕對是在東華盛頓，我也親自求證過了，」卡斯楚說，而瑪琳呼出一口氣。「根據珍珠．瓦茨的說法，薩爾回家回得滿勤快的，照顧他的母親。麥肯姬也一樣。她的母親在雅基馬的一家照顧機構，而只要她出現在那附近，她跟薩爾就會在一起。現在沒有人真的在乎了，因為麥肯姬成年了，而且顯然薩爾的父親也愛流連花叢中。鎮上的說法是——」

「蘋果掉下來也不會離樹多遠。」瑪琳幫她說完，隨即閉上眼睛。

那個混帳王八蛋騙子。薩爾不但跟麥肯姬談過戀愛，他到現在還跟麥肯姬有一腿。這是哪門子的變態遊戲？是薩爾叫她去勾引德瑞克的嗎？是薩爾設計讓瑪琳的先生對她不忠嗎？

「妳覺得是薩爾協助麥肯姬安排敲詐計畫的？」瑪琳能夠再開口後就問道。「敲詐她的有錢男朋友？還有德瑞克？」

「有可能。」

「可是為什麼？」話說得像哀號，因為她不懂。卡斯楚跟她說的麥肯姬的事似乎都合理，可是薩爾？她了解薩爾，真的了解他，而私家偵探說的話沒有一個地方是合理的。薩爾是她最好的朋友，他愛她，他不會做什麼傷害她的事，至少不會是刻意的。「我知道薩爾有一點鬼鬼祟祟的，可是他從來就不在乎錢。他放棄了家族事業，買了一家酒吧欸。完全沒道理。」

「我同意可能有一段時間他並不在乎金錢。」卡斯楚的語調謹慎。「可是那可能是因為當時他確實有錢。現在他卻沒錢了。我仔細調查了他的經濟狀況。表面上酒吧是有盈餘，但是十年前他們出售釀酒廠時卻債台高築。薩爾的父親生前經營得很好，但在他死後，薩爾的母親接手，她卻經營不善。等酒廠出售時，負債大於資產。她很幸運能保住農舍。薩爾是一個人養兩個。那種經濟壓力可以讓一個人做出瘋狂的事情來。」

重點要來了，瑪琳感覺得到。是卡斯楚的聲音變化，每個字都更加輕柔。瑪琳一直在尋覓的答案就要揭曉了。

「凡妮莎，說吧。無論妳來這裡之後是想要說什麼，直說就是了。」

「妳已經知道了。」卡斯楚的聲音溫和。「我從妳的聲音裡聽出來了。」

「妳認為是薩爾帶走了塞巴斯欽。為了贖金。」

「我相信是的。」

瑪琳閉上眼睛，緩緩吸氣吐氣。痛苦稍後才會降臨，此時此刻她需要保持專注。活在當下。

「然後把他怎麼了？」

「這個，我不知道，」卡斯楚說，「可是快要一年半了。」

「他還是有可能還活著。」

「也許吧。」私家偵探的聲音不偏不倚。在她這一行，這就代表是否定。「我們得找薩爾談一談。」

「那麥肯姬又是什麼角色？在塞巴斯欽的綁架案裡？她自己的呢？她設計了她自己的勒索贖金？」

「什麼勒索贖金？」卡斯楚放下了咖啡杯。「瑪琳，妳要是知道什麼，現在就是說出來的時候了。」

瑪琳以發抖的手去拿手機，手機正面朝下擺在兩人之間的桌上。她點開了影子應用程式，再點開麥肯姬的照片，被打，被綑在床上。她遞給了私家偵探。

「妳不是把程式刪除了？」

「我今天稍早又重新啟用了。」瑪琳對著手機點頭。「仔細看。讀內容。我覺得像真的。」

卡斯楚放大看，皺著眉頭。「有可能是。在這個階段誰能確定呢。德瑞克是今天收到的？」

「對。」

「妳看到的時候就應該傳給我的。」卡斯楚看著瑪琳，她似乎極為驚訝。「為什麼沒傳呢？」

「我想先問德瑞克。」瑪琳的眼睛因為淚水而發燙。「因為簡訊好像意味著他之前就收到過贖金勒索。我想知道德瑞克知道什麼。」她吞嚥一口。「他隨時都會到家。」

「那麼妳知道什麼呢？」溫和的語氣消失了，卡斯楚的聲音嚴厲，而瑪琳能想像得到她在當警察的日子，無情地拷問嫌犯，直到得出真相。「妳還知道什麼，瑪琳？」

告訴她。把妳做的事告訴她。把朱利安說出來。

但是她連一個字也沒法說。買兇殺人是同謀罪，她會坐牢。

「就這些，我只知道這些，」瑪琳說，「妳要報警嗎？讓薩爾被捕？」

「我已經報警了。」卡斯楚的聲音又恢復正常。「我正在等普羅瑟警局傳消息來。現在除了等待，看他們找到什麼之外，沒有別的事情可做。」

「找到？」瑪琳眨眼，不太懂她是什麼意思。「妳是在說塞巴斯欽嗎？」

「瑪琳，妳兒子被帶走已經一年四個月了，」卡斯楚說，「囚禁一個人這麼久並不容易。我不是說我有答案。我們得等待，看薩爾怎麼說。但是我要妳做好心理準備，好嗎？現在是我在跟妳說話，女人對女人，母親對母親。我不要妳燃起希望。妳需要鼓起勇氣來。所以我才會過來。我覺得我可以在這裡幫妳——」

瑪琳頭搖得很快。「不。薩爾不會傷害他。」

「也許不是故意的，不是在他的計畫之內。可是薩爾是在一個非常暴力的家庭成長的。」

「就是因為這樣他才不會傷害孩子。」她很頑固，因為她想要這件事是真的，她需要是真的。「他不會傷害我的孩子。」

「他跟妳的兒子關係怎麼樣？」

「他……」瑪琳停下來，思索。薩爾跟塞巴斯欽的關係並不好。他並不是討厭他，就只是……沒多少興趣。「他們並不算親密。不過無論薩爾是在玩什麼變態遊戲，他都不可能心狠手辣到會殺人。」

「是嗎？」卡斯楚說，「妳確定他父親不是他殺的？」

瑪琳張口要回應，又閉上了。她不應該驚訝卡斯楚會知道薩爾父親的猝死，不過對於如何回答，她必須非常小心。「那是很久以前的事了。」

卡斯楚揚起了一道眉。

「那是意外，」瑪琳趕緊說，「薩爾的爸爸喝醉了。他──」

「根據警方的報告，妳那晚也在場。妳真的看見了經過嗎？」

「沒有。」

瑪琳沒看見。她晚了一秒才到陽台上。

但幾乎是立刻她就要薩爾說謊。她教了他怎麼說才不會被捕，才不會坐牢。可她為什麼會那麼做，如果她不是在某種程度上，在內心深處，相信他有可能是故意殺死他父親的？老薩爾是個恐怖的人，他們會去那場派對也是她的錯。她不想讓她的男朋友因為殺了一個幾乎殺死他母親，而且也可能輕輕鬆鬆要殺掉他的男人而把餘生都虛擲在監獄裡。

「而且跟薩爾有來往的人也不是好人，」卡斯楚接著說，「妳見過他的朋友朱利安·布萊克嗎？」

瑪琳僵住。

「二十多年前他們是牢友，在薩爾因為販毒而坐牢的期間。我調查跟妳和德瑞克親近的每個人的背景時，一開始並沒有朱利安的名字。我承認當時並沒有深入挖掘薩爾的生活，因為我已經把他的嫌疑排除了。但是後來我發現了麥肯姬和薩爾的關係，我就仔細排查了薩爾已知的友人。朱利安·布萊克的犯罪紀錄洋洋灑灑。妳不記得曾經見過他？薩爾沒有介紹？」

卡斯楚為什麼問這個？是因為她已經知道了答案，現在是想設圈套讓瑪琳上當？

「我確實見過他。」瑪琳吞嚥了一下。一半的真相比什麼也不說要好。「是薩爾安排的。他說朱利安在為某家慈善機構募款，幫助受虐婦女。事後想想，那個人是有一點陰陽怪氣的，可是慈善機構是合法的，而且之前我也捐款過。拒絕好像不太好，所以我就捐了錢。」

卡斯楚有一會兒沒吭聲。她的沉默卻令人招架不住。她一定是知道還有內情，私家偵探的超級感官絕對不可能沒有感應到什麼。

「朱利安·布萊克在某些地下圈子是以喬事出名的。」卡斯楚慢慢說，眼睛始終盯著瑪琳的臉。「他洗錢、行賄、勒索。如果薩爾想要綁走妳兒子，由朱利安這樣的人來安排是非常有可能的。媽的，穿著聖誕老人裝的那個人搞不好就是他。」她微微前傾。「我的消息來源說拿錢殺人這種事他也是來者不拒。不過謠傳他非常貴。」

天啊。卡斯楚隨時都會跟瑪琳說她知道瑪琳付錢給朱利安去殺害麥肯姬。瑪琳最後有沒有叫停都不重要。計畫已經擬定了。錢也換手了。她不是法律專家，但是這些就足以判刑了。一切都要東窗事發了。她做的一切，德瑞克做的一切，薩爾做的一切。所有的秘密，所有的謊言。瑪琳並沒有比他們任何一個優越。

而且凡妮莎．卡斯楚知道。從她的表情來看，她對瑪琳做的事心知肚明。

「妳要逮捕我嗎？」瑪琳脫口而出。她覺得臉頰癢癢的，伸手去抹，這才發覺是眼淚。

「當然不是，」卡斯楚說，「我不是警察了。我離開那個崗位是有原因的。至於妳和朱利安見面……」

兩個女人視線交會。瑪琳不敢別開臉。

「可能妳真的……是捐款。」又做了一次引號的手勢。「我不是在批評妳在當時覺得必須要怎麼做。妳不是為了這個原因雇用我的。妳失去了孩子，瑪琳，那就足以把任何做母親的帶入黑暗的深淵。麥肯姬會惹上今天的麻煩完全是因為她和薩爾的關係，不是因為妳。」

瑪琳嚥下一聲哽咽，覺得寬心的感覺流貫全身。她這時在私家偵探臉上看到的只有同情。

「妳覺得塞巴斯欽被綁架，麥肯姬也有關係嗎？」她問道。

「有可能，」卡斯楚說，「不過在她那一邊就是某種嚴重的心理變態的操縱了，綁架一個男人的孩子，幾個月後再跟他搞外遇。不過坦白說，誰知道呢。如果她從少女時代起就和薩爾有牽扯，而薩爾又認識了朱利安多年，有可能他們三個是合夥的，而且計畫了有一段很長的時間了。」她想了想。「不過我的直覺告訴我薩爾才是幕後主腦。我認為他利用麥肯姬來接近德瑞克，而我覺得骯髒活則是由朱利安出馬。」

一段記憶跳脫出來，瑪琳坐得更直了一些。「那天我在跟薩爾打電話，記得嗎？在市場裡。他從普羅瑟打給我。我跟他說了大概只有十秒，因為塞巴斯欽一直在拉我，要吃棒棒糖……喔，我的天啊。他八成是打來確認我的位置的。他會在背景裡聽到塞巴斯欽的聲音。」

「而朱利安可能已經埋伏在市場裡了，說不定已經穿上了聖誕老人的服裝。」卡斯楚的表情嚴峻。「所以他們才會知道幾時下手最方便。薩爾會告訴他什麼時候動手。」

「我怎麼會沒有早點知道是薩爾？」痛苦與愧悔是那麼巨大，瑪琳的胸口感覺在收縮。

「妳怎麼可能知道？」卡斯楚搖頭。「妳認識薩爾的時間比認識妳先生還長，他是妳最不可能會懷疑的人。」

「他們也會逮捕朱利安嗎？」

「找得到他的話，不過如果薩爾被收押了，就不太可能。就算是抓到他了，朱利安也是一個字都不會說的。」

瑪琳沒辦法再藏著秘密了。秘密從裡向外在切割她。

「凡妮莎，我曾經……我曾經雇用朱利安去……」她被自己的話噎住，而私家偵探俯身握住了她的手。

「他是不會下手的，瑪琳。」卡斯楚說，「妳還不明白嗎？薩爾跟麥肯姬有關係，他只是在讓妳以為妳雇用了朱利安。他們要的是妳的錢。這是個圈套。」

「可我還是錯了。」

「也許吧。也許妳是一時失去了理性，判斷力被妳拋到了腦後。不過我是站在妳這邊的，」卡斯楚說，「妳到現在還不明白嗎？我從一開始就是支持妳的。而且我可以說，而且是有絕對的把握，有鑑於妳承受的一切，妳在這件事上也是情有可原。」

啜泣聲從瑪琳的胸口湧出，她頭一次在這個女人面前放聲痛哭，直哭到車庫的門向上捲動，驚動了她們兩個。

德瑞克回家來了。

29

麥肯姬的臉被朱利安打到的地方痛得要命。她的一邊眼睛和下巴感覺像是有了自己的生命，不停顫動，任何表情都會痛。她瞪著鏡子，以手指描摹腫脹處，碰到特別痛的一點，疼得她縮了縮。

誰知道是怎麼搞的，每件事都他媽的砸鍋了。

她從來就不喜歡J.R.的農舍，多年以前第一次見時已經老舊頹敗了，現在的狀況更差。她恨死了它的味道，像苔蘚和黴菌。她恨死了那過時的裝潢，尤其是褐色的八〇年代壁紙和花朵圖案的椅墊。在J.R.的老房間裡，床墊損壞得太厲害，她都能感覺到一圈圈的彈簧刺進了她的背。

J.R.說房子以前很可愛，但顯然那是在麥肯姬的時代之前。

土地也沒好到哪裡去。三畝的葡萄園包圍住仍屬於J.R.母親的屋子，葡萄藤卻乾枯凋萎，毫無用處。屋後樹下的那架鞦韆漸漸腐爛了。即使是舊品酒室底下有溫控的酒窖，以前從地板到天花板都堆積了上等好酒，有自家酒廠釀造的，有來自世界各地的，也幾乎消耗罄盡了。酒窖曾是性交的好玩地方，現在卻只讓人沮喪。

在受傷之外更叫人羞辱的是蘿娜始終都不喜歡她。J.R.的母親覺得她是個蕩婦，專門來誘拐她兒子陷入腐敗的人生的。還真是爆笑了，同時也證明了她壓根就不知道她兒子長成了一個什麼樣的男人。公平來說，麥肯姬也不喜歡蘿娜，但起碼這個女人還懂得待客之道。J.R. 跟他母親說麥肯姬是在躲一個家暴的男朋友，而這一點稍微軟化了蘿娜。她甚至還給了麥肯姬一個冰敷袋，幫她弄了一碗湯。

「妳暫時不能咀嚼，」蘿娜那時說，「喝湯比較好。」

根據 J.R. 跟她說的事，他母親是過來人。

「還痛嗎？」有人在她後方說。

她不知道他醒了。J.R. 在他們性交之後就睡著了，但是他現在坐了起來，被子掀開，露出了他光裸的軀幹。他伸手去拿擱在菸灰缸裡抽了一半的大麻菸，重新點燃。麥肯姬很討厭他抽得這麼兇。大麻害他神經兮兮的。

「好一點了，可是那個混蛋根本不用那麼用力打我啊。」她很清楚她有多乖戾幼稚，可是她有權利使性子。她還在生氣呢。

「妳想討回來不是嗎？」J.R. 已經沒興趣聽了。他滑動手機，大麻菸危險地叼在嘴角。「為了照片就得真實一點。」

「對，可是不必像這樣。」她轉身離開鏡子，惡狠狠瞪著他，隨即發覺皺眉會痛，趕緊放鬆了肌肉。「你說我們會找別的辦法來了結這件事，我沒想到你是這個意思。」

「嘿，」他說，瞪著螢幕上的東西。「過來。」

他勾勾手指，示意她過去。她坐在床上，彈簧被她壓得晃動，他把手機斜拿給她。泰勒的臉書出現在螢幕上。

「你幾時用臉書了？」她問。

J.R.不回答，只是指著泰勒的最新動態。她的室友貼了有關她的什麼東西，很受歡迎，超過一千個讚，三百多則評論。

「喔靠，」她說，讀了貼文。「泰勒以為我失蹤了。他發出了尋找失蹤人口佈告。」

「妳應該要給他傳簡訊，讓他知道妳沒事的。」J.R.說。

「我根本都忘了。我剛到這裡的時候大概還記得，可是我昨天實在是太痛了。朱利安發訊息給德瑞克之後就把我的手機關機了，免得被追蹤。」

「他媽的，難道什麼事都得要靠我嗎？」J.R.尋思了一會兒，伸手去拿她放在床頭几上的手機，打開了電源。「在IG上發文。別拍妳的臉，也不要有東西能指認出妳的所在地。」

她翻個白眼。太好了，他把她當白痴。

「讓大家知道妳沒死就行了，」J.R.說，「然後傳簡訊給妳的混帳室友。跟他說妳沒事，只想一個人靜一靜。」

她嘆氣，踱到窗邊。手機向上，拍了一張她做出和平手勢的自拍，背景是藍天白雲。她上傳到IG上，選了濾鏡，加上文字：感覺好祥和。她標記為#關機和#我的時間。在上傳之前，她拿給J.R.看。

他點頭核准，她就按了分享。

接著，她發給泰勒簡訊。看到你的FB文了。太對不起了，害你擔心！我沒事，只是需要放空一下。很快就回家。照顧好布佛。

泰勒不到一分鐘就回覆了。真的假的？OMG妳真他媽的夠賤。我還真的擔心妳。等妳回來就去找別的地方住。王八蛋。

接著是最後一通簡訊，五秒之後。算妳走運，我愛妳的貓。

「好了，完蛋了，」麥肯姬說，聲音滴得出強酸。「泰勒把我踢出來了，也就是說我的每一條退路都斷了，都是因為你。」她把手機關掉，抗拒著用手機丟J.R.的臉的衝動。「你知道這些都是沒必要的吧？」

「放輕鬆。妳會找到新室友的。不會有事的。」他就算裝也裝不出更不在乎的語氣了。「好，好。泰勒剛才又更新了。唉呀，你們兩個不再是臉書朋友了。想看嗎？」

麥肯姬瞪著他。她承認她愛J.R.，而且會一直愛——有些人就是會鑽進你心裡，常駐不走。可是有時候，比如說現在，她會想不起來為何愛他。「你知道真的沒必要這個樣子嗎？我用別的辦法也能從德瑞克那裡弄到錢。」

「我得說多少次？德瑞克是不會付錢給妳的。他不需要。他已經沒興趣了。而瑪琳知道妳的事，可是她還是原諒了他，就跟他媽的每一次一樣。」J.R.放下手機，雙臂抱胸。「好吧，那就說說看吧，妳有什麼計畫？」

「簡單，」她說，「我要等他自動給我錢。」

「自動給妳？開玩笑的吧？」

「德瑞克跟我在一起六個月了。我要他自己想清楚。他上個星期已經為了跟我分手的罪惡感給了我五千塊。要是我打出那張傷心難過／我愛你／拜託別結束的牌來，我能弄到五萬，說不定十萬。他就是吃那一套。那個人有強大的罪惡感情結，而且他喜歡照顧我。他回到瑪琳身邊反而更是讓他用錢打發我的完美時機。」

德瑞克和瑪琳。想到德瑞克回去老婆身邊不應該會心痛才對，但就是會。她抓起梳妝台上的瓶水，把傷痛吞下肚。

「是喔，現在是二十五萬，」J.R. 說，「妳拿十萬，我拿十萬，五萬給朱利安。」

「我怎麼不知道我們是一個團隊，」她說，「有人通知我一聲的話就太好了。」

「少耍賤。」

「哼，你那個賤人把我的臉打歪了。」麥肯姬輕拍下巴的瘀傷，不敢太用力。

「少在那兒哀爸叫母。妳第一拳就昏過去了，第二拳根本都沒感覺。」J.R. 說。

「哇，那我還真走運呢。你還是假定德瑞克會付你錢。」

「他會付的。」J.R. 陰鷙的表情又回來了。「他絕對會付。」

「這樣根本不值得。這種事會害你坐牢。這是勒索。」

他哈哈大笑。「那妳對那個保羅和翔恩，和另一個傢伙……他叫什麼名字來著……」

「艾瑞克。」

「艾瑞克。妳不覺得那也是勒索？」

「不覺得，那是他們自願給我的。美妙的地方就在這裡，那是很簡單的生意往來，誰也沒受傷，誰也沒被勒索贖金，而且當然也沒有人挨打。可是你什麼都做了，卻是一場空。」

他狠狠瞪了她一眼。「絕對不會是一場空。」

「德瑞克對我有感情。我知道有。他被我捏在手心裡了，一直到他跟瑪琳去度假——」

他俯身，一隻手直接抓住她下巴的瘀青處，她反射性地向後躲，但是他不管，只是更用力捏，逼她看著他。她盡量不動，知道如果她後縮，他只會把她抓得更痛。

「住手。」她喘著氣。痛死了，眼淚也湧了上來。「你抓痛我了。」

「妳從來就沒有把他捏在手心裡，」J.R.說，又捏了一次，這才放手，而她痛得慘叫。「他永遠也不會離開她。他永遠也不會是妳的。」

她溜下床，以免又被他抓到。她可以逃進浴室，希望等她出來時，他的心情會好一點。她去拿吊在臥室門後的毛巾時猛地想到了一件事。

「嘿。你怎麼知道瑪琳一定會原諒德瑞克？」

他又盯著手機了。「妳在說什麼？」

「就剛剛啊，」她說，「你說她每次都會再接納他。你是怎麼知道的？」

他沒回答。

「J.R.。」她拉高聲音，讓他知道她在等答案，但是也不至於大聲到讓他覺得她拉高了嗓門。「說真的。你是怎麼知道的？」

他抬頭，嘆了口氣。「記不記得我跟妳說過我的大學女朋友？說我們現在仍然是朋友？」

「記得啊，」她說，很氣惱他改變話題。「你說她甩了你，為了——」她打住不說，張大眼睛。「那是瑪琳？」

「嗄，還在狀況外啊。」他又回去盯手機了。

換作是別人，麥肯姬早就越過房間，一巴掌把他的手機打飛，讓他專心交談。

「你怎麼能不跟我說？我跟你說起他的時候你已經知道他是誰了？你……」她停頓。「是你設計的嗎？」

「妳一說他叫德瑞克，還有一輛金屬黑瑪莎拉蒂，我就知道了。西雅圖並沒有多少有錢的混蛋叫德瑞克，還有一輛黑色瑪莎拉蒂的。妳那時已經跟了他一個月了，所以我是要怎麼設計？」

J.R. 厭惡地搖頭。「用用腦子，M.K.。」

「可你還是騙了我。」她說。她不敢相信自己的耳朵。她一直在說德瑞克，說了好幾個月，而 J.R. 卻連一個字也沒說她已婚的男朋友就是害他心碎的前女友的老公。就連蘿娜都說她真希望她兒子娶了他的大學甜心。

這倒是說明了 J.R. 為什麼總是對她和德瑞克的關係那麼感興趣，也說明了他為什麼會撒手不管。他想要她最後跟了德瑞克。

如此一來他就能得到瑪琳。

「我沒騙妳，」J.R.說，「我只是沒插手。而現在妳知道了。」

「所以這件事根本不是因為你要錢，對吧？」麥肯姬覺得全身一陣輕顫。「這是個人恩怨。怎樣，你是在玩什麼拆散他們兩個的變態遊戲嗎？是為了懲罰她竟敢離開你去嫁那個她嫁的人，還生了一個孩子？」另一個想法浮現，接下來的話不經大腦就吐了出來。「我的媽喔，J.R.，是不是你綁走了他們的孩子？」

他一下子就下了床，她連反應的時間都沒有，就被他推到牆上，害她的後腦重重撞上。他一隻手又捏住了她的下巴，這次加倍用力捏，陰沉的眼神往她眼裡鑽。她動彈不得，也無法別開臉，只能閉著眼睛，感覺他熱燙的呼吸吹在她受傷的臉頰上。

「妳要再敢提那個孩子，」他說，「我他媽的就宰了妳。聽見了嗎，麥肯姬？」

他從來就沒這樣喊過她。

麥肯姬如果可以移動頭部的話就會點頭，但她只能哀鳴，讓他知道她懂了。

30

瑪琳對於如何開始這段對話毫無概念。

她無法決定從何說起。這四百九十四天來他們有太多話沒說，開門見山似乎不太對勁。結果先開口的人是德瑞克。

「有人來過嗎？」他把筆電袋放在廚房中島上，環顧四周。「我看到有車子停在路邊。」

她在德瑞克進門之前請卡斯楚離開，私家偵探就從前門出去了，跟她進來的路徑一樣。德瑞克是從落塵室進來的。兩人沒有交會。

「對。」

他靜候下文。她幾乎是不服氣地回視他的目光，看他有沒有膽子要求她說明。忽然她注意到了他的眼袋，凹陷的臉頰和蒼白的皮膚。他像這個樣子好一陣子了嗎？抑或是只有今天？

「妳要告訴我是誰嗎？」他問道。

「是我去年雇來找我們兒子的私家偵探。」

他悚然一驚。

「也是她，」瑪琳繼續平靜地說，「告訴我你和麥肯姬．李外遇。六個月，德瑞克。哇。」

他張口欲言，又閉上了嘴，似乎不知道該說什麼，而瑪琳只能想像他的腦子裡有各種情緒在翻騰競逐，他在決定該跟她說什麼。他是會否認，或是證實是真的？要是他承認了，他是會和盤托出呢，或是只說一部分？要是他否認，他要如何圓謊？

知道騙子在說謊時盯著他們的反應倒是很有意思。典型的面部抽動，心虛的視線接觸，身體的各部位輕微的震動。若不是你知道他們在說謊，你可能都不會注意到。要不是你信任他們，你可能想都沒想過要去留意這些跡象，因為你假設他們說的每一句話都是真話。你愛的人是不該跟你說謊的。

瑪琳和德瑞克站在大理石中島的兩端，相隔五呎，卻像是五哩。整整一分鐘過去了，他仍沒開口。好笑的是，《公主新娘》的電影台詞躍入了瑪琳的腦海中。黑衣人正在和綁匪威基尼對峙，為了決定誰得到公主：「好吧。毒藥在哪兒？鬥智開始了。」

最後，德瑞克低聲說：「對不起。」他的聲音沙啞，低垂著頭，兩隻手放在中島上支撐自己。「她對我沒有意義……我不愛她。」

瑪琳掏出手機，點開了影子應用程式，再把手機滑過冰冷的大理石面，讓德瑞克看到麥肯姬被打的臉展示在螢幕上。他幾乎癱倒。

「怎麼樣？」瑪琳問道，「你要付錢嗎？」

「天啊。」他的聲音像嗆到。「我的天啊，我從來不想讓妳知道。瑪琳，對不起，真的對不起。」

她不理他，對他明顯的痛苦不為所動。「他們要二十五萬。我知道我們有那筆錢，所以重點不在這裡。你打算怎麼做？照付？還是說你覺得照片是偽造的，她是在敲詐你，就跟她以前的那些有錢男朋友一樣？我聽說上一個給了她五萬。她顯然是把你升級了。」

他又瞪著照片看，然後看著瑪琳，表情茫然。「妳在說什麼？什麼別的男朋友？」

「喔，」瑪琳說，而且這天第一次，她微笑了。笑得一點也不美，是惡毒的笑，正是她此刻的心情寫照。「你不知道啊。那就讓我來告訴你吧。你的小心肝寶貝是個情場老手。她跟已婚的有錢男人約會，然後在他們想分手的時候要求一筆錢。怎麼，你以為她是真心愛你的嗎？」

德瑞克沒回答，這點可能算他聰明。

「可是她的瘀傷，還被綑綁，還有贖金要求，那倒是新把戲，」瑪琳說，「所以，你覺得呢？真的還是假的？」

她老公這麼蒼白又病懨懨的樣子她從所未見。「我跟他們說我會付錢。錢準備好了，就裝在車上的袋子裡。我在等簡訊。」

「他們為了塞巴斯欽找上你的時候你也是一樣處理的嗎？」

他凍結住。在這一刻，她知道了。

「你個天殺的狗雜種！你怎麼能不告訴我？」瑪琳的聲音在過大的廚房裡有如雷鳴，被他們的名牌櫥櫃反彈回來。

聽到她的聲音，一百九十三公分高的德瑞克縮成了一個甚至比她還要矮小的人。

「對不起，」他哭喊道，哭得整個身體在震動。「對不起，對不起，我他媽的不是人。」

塞巴斯欽被帶走已經一個月了。整整一個月；三十一天活在惡夢中，他們幾乎不敢相信自己的人生會變成這個樣子。

塞巴斯欽失蹤案——儘管他的照片和市場的監視畫面已經傳遍了全國媒體——調查卻走入了死胡同。沒有線索，沒有勒贖要求，沒有目擊證人忽然想起一個月前孩子失蹤時他看見的事情。德瑞克打電話給FBI質問還能做什麼，指派給他們的探員說塞巴斯欽的案子會一直視為「調查中」，但是他們得把當下的資源重新導向全國每週都在發生的數百宗兒童失蹤案上。

瑪琳如墜深淵。她的狀況已經很差了，滿腦子都是戀童癖和性侵的恐怖，以及她的想像力能創造出的各種折磨。但是在德瑞克打電話來說明FBI的說法之後，她更是一路墜到谷底。

是德瑞克發現她的。他從公司的緊急會議後回家來，他不信任由別人來主持這場會議，不料卻發現他太太，躺在浴缸裡，昏迷不醒。他才去了三個小時。他撥了一一九，給她做心肺復甦術，直到急救人員抵達。他們救醒了她，讓她保持意識抵達醫院，接受適當的治療。

「妳差點死掉。」德瑞克的語調單調，但是眼淚卻一顆顆落下。「我打開浴室門，看到妳，我還以為妳死了。」

瑪琳沒說話。她已經為了嚇壞他，和薩爾，和莎蒂，和在乎她的每一個人道歉過一百次了，沒辦法再道歉了。

「後來妳被精神科留院了五天，出院以後，我好害怕丟下妳一個人。大概一個星期之後，我收到了一封電郵，地址我不認得。是寄到我的工作信箱的。沒有主旨。我點開了郵件，出現的是塞巴斯欽的照片。他看起來還好；害怕，但是還好。他拿著一份《紐約時報》，展示著日期。照片就是那一天拍的。電郵警告我不能報警，說否則的話我就再也見不到兒子了。他們說某人會在三十分鐘後打電話給我，要是我不接，或是他們認為電話被竊聽，他們就會殺了他。」

瑪琳閉上眼睛。聽這件事痛徹心腑，而她的大腦不由得設想出一百種不同的處理方式。

「我應該要打給FBI的。可我就是……我沒辦法。我太生氣了。調查完全停擺了，感覺像是每個人都拋棄我們了。而妳又剛……」他搖頭。「我沒打給他們。我滿腦子只想到我已經有五個星期沒看到我兒子了。五個星期。而如果三十分鐘和一通電話就能告訴我他是不是真的沒事，那我要知道。我需要知道。」

對，她了解。可是她不想讓德瑞克知道她感同身受而讓他好過，所以她一言不發。

「我去車庫裡，坐進車子裡。手機就在他們說的時間響了。我一接就聽到巴許的聲音。」

「什麼？」瑪琳的膝蓋發軟，輪到她抓著中島的邊緣穩住自己，以免跌坐在地板上。「你跟他說話了？」

德瑞克點頭，整張臉寫滿了悲痛和煎熬。「他說：『嗨，把拔，我是巴許。我想你和媽咪。你們什麼時候來接我？』」

「天啊。」瑪琳無法呼吸。「天啊……」

「我說：『快了，我的寶貝熊，快了。』然後我問他好不好，他說：『我沒事。這裡有電視跟一大堆披薩和點心。』然後他又問我幾時去接他。」

瑪琳哭得好厲害，說不出話來，就用點頭的。

「然後有人拿走了電話，是個男人。我不認得他的聲音。他說：『要你兒子，今晚就拿一百萬來。我們會把帳號發給你。』」

瑪琳看著他。「我們剛把賞金提高到一百萬。」

他點頭。「對。我跟他說我可以湊到錢，可是至少得三天。錢被限定作為賞金用途，被追蹤了，而我壓根就不知道要如何動用而不驚動FBI。可是我說我有二十五萬，在我個人的帳戶裡，幾小時內就能提出來。讓我意外的是，他同意了。」

「那你那時為什麼不打給FBI？」

「換作妳會打嗎？」德瑞克並不是在挖苦。他是真的想知道她會怎麼做，而且他一副怕死了她會如何回答的表情。

她思索著她的答案。「不會。」話一出口，她就知道是真話。「不，我不會打。在那個時候不會，因為已經五個星期了。如果我覺得我可以用錢把兒子贖回來的話。」

德瑞克吁口氣。「我把錢湊齊了。裝進袋子裡，等待著。我等了一整天。然後終於另一封電郵來了。附了地址。北灣市的一棟房子。他們說塞巴斯欽會一個人在屋子裡等我。我自己進去，留下錢，帶著他離開。有人會全程監視。要是發覺哪裡不對勁，他們就會把我們連房子一起炸掉。」

「我的天啊，德瑞克。」

「我去了。屋子前面有塊待售的牌子，裡頭空蕩蕩的，除了一張沙發和一台電視之外沒有別的家具，後面的房間裡有一張小床。可是地板上有個玩具，一個便宜的塑膠玩具，快樂兒童餐附贈的。是一個寶可夢。我不知道是哪一個，黃色的那個。掉在那裡，好像在說有人曾在這裡。有個孩子曾在這裡。

「我坐在沙發上。大約午夜時手機響了。他叫我留下錢就走。我問他我兒子呢，他們為什麼沒把他帶來。然後我就聽到巴許在背景裡哭。我開始大叫，他也吼回來，然後電話就中斷了。一分鐘後，我收到了電郵，說……」

「說什麼？說了什麼？」

「電郵說：『太遲了。你搞砸了。他死了。』」

瑪琳一隻手捂住了嘴巴，嚥下尖叫。

「我不知道我是哪裡做錯了，瑪琳。我照他們的指示做，我拿了錢，我去了正確的地方，我不懂他們為什麼……為什麼……」他沒有說完。

天啊天啊天啊……

「不，」她說。話聲出口卻是一聲哀號。不——。「不，天啊，不要。」

「我想打回去，可是電話只是一直響。一個小時後就斷線了。我發電郵到那個地址，全都被退件。」

德瑞克大口喘著氣，猛烈顫抖，而瑪琳只能驚恐地瞪著他。一半的她想要安慰他，告訴他她也可能會做一模一樣的事情；另一半的她卻想要用雙手掐住他的喉嚨，用力，再用力，直到他的喉結爆裂，他體內的每一個小空氣分子都被榨乾才罷。

「我不知道是哪裡做錯了，可是我殺了他，瑪琳，」德瑞克說，聲音像窒息，彷彿她的手真的掐住了他的脖子。「我殺了我們的兒子。我卻不能告訴妳。我不能告訴妳，因為我知道萬一妳知道了，我會連妳也一起殺了。」

他又開始哽咽，而瑪琳再也狠不下心了，向他伸出了手。

兩人緊緊相依，在名家設計的廚房中的客製大理石中島前，在他們完美生活的理想房子裡，兩人一起哭泣。

「有件事我需要告訴你……」瑪琳在十分鐘之後說，在哭聲減弱後，因為一定是會減弱的，因為你沒辦法像那樣子一直哭下去。在生理上是不可能的。到了某個階段，你會開始覺得麻痺。這是身體的應對機制。

德瑞克的樣子比她的感覺好多了，可是他有十六個月減五週的時間來為兒子哀悼，不像她是剛知道。之後在某個時刻——她不知道是幾時，只知道是以後——她會想出她的下一步。她的最後一步。但此時此刻，有些話需要先說。

「什麼事？」德瑞克整個人就像洩了氣的皮球。很難得看到。她先生的體格向來就是他極受矚目的地方。他的身高，他的步伐，他走進房間的氣勢——總是威風凜凜，總是胸有成竹。

「綁走他的人是薩爾。他是為了錢。」

她把卡斯楚跟她說的事一一道來，只略過了朱利安的部分。她只稱他是「喬事的」。她為自己和朱利安的交易深以為恥，受不了告訴德瑞克，現在不行，以後可能也不行。

「可是我覺得薩爾也是為了要傷害我們。因為他知道我們會有裂痕。怎麼可能會沒有呢，發生這種事情的話？我滿肯定他是以為我們會分開的。事實上，我覺得他以前就想要拆散我們。」

德瑞克沉默不語，但是她能感覺到憤怒的浪頭一波波衝擊他。跟她一樣。

「你第一次外遇，是他跟我說他看到你們的。」現在瑪琳覺得是明擺在眼前的事，當時她卻完全沒有想到，實在是太瘋狂了。「他說他坐在餐廳的窗邊，看到你跟那個諾德斯特龍的櫃姐經過。我不相信他，結果他好生氣，指控我是一廂情願的天真。可是後來她打電話來，記得嗎？意外在我的手機上留言？我沒有辦法，只能當面質問你。現在回想起來，我相信一定是他精心安排的，讓我發現你的事。給你製造麻煩。」

「耶穌基督。」

「可是我們沒有分開。我那時懷孕了，可是薩爾不知道。幾星期後，我跟他說了孩子的事，他似乎……像鬥敗的公雞。好像是他輸了。輸了一場我不知道我們都參加了的比賽。」

「我要宰了他。」德瑞克的聲音很小，但其中的震怒卻是錯不了的。「我要把他的黑心挖出來。」

她的手機響了，是卡斯楚，發了簡訊。一切可好？

私家偵探應該不至於笨到問她一切可好。已經有很長一段時間一切都不好了。瑪琳沒回覆，但是她感覺哀傷在心裡有如泉湧，淹沒了原有的麻痺。她能感覺到自己在邊緣傾斜，就在理智與深淵那既銳利又薄窄的一條線上。要是她現在不動作，她就會永遠喪失自我。

她不好。她非常不好。

最後一搏來保持冷靜，來了結這件事，然後她再放手。

「我要到普羅瑟去，」她對德瑞克說，一邊挺直了身體。「我需要看見他。無論他在哪裡，他都會在農場上。我知道。我感覺得到。」

兩人都知道她說的不是薩爾。

「瑪琳，拜託。」德瑞克嚇壞了。「別讓自己吃那種苦。太多時間過去了，我們不知道薩爾怎麼——」

「我需要。看到。我兒子。」她沒有吼叫，恰恰相反，她的聲音低沉。自制。而且在沸騰。嚇壞了他；她從他眼神看得出來。「你可以來，不然就待在這裡，我他媽的不在乎。反正，我們完了。」

兩人都知道她指的不是這段對話。

她伸手拿皮包，然後從他面前走過，走進落塵室，抓起外套鞋子鑰匙。她從內側打開車庫門，詫異地看見卡斯楚的車子停在他們的車道上，就停在中央，阻擋住他們的汽車的去路。瑪琳走過去敲擋風玻璃，卡斯楚把車窗搖下來。

「要去哪裡嗎？」私家偵探問道。

「普羅瑟。我需要妳把車子挪開，拜託，凡妮莎。」

「上來，你們兩個都是，」卡斯楚說，視線越過了瑪琳的肩膀。瑪琳轉頭就發現德瑞克緊跟著她。「我來開車。」

31

晚餐時他們在假裝一切正常，其實一點也不正常，至於原因，麥肯姬連猜都不敢猜。

蘿娜在狀況最好時就怪裡怪氣的了，現在更是焦躁，喃喃自語，戳著砂鍋鮪魚通心粉，隔個幾分鐘眼睛就射向爐子上方的時鐘。房子被烤箱的熱氣弄得暖暖的，今天晚上的天氣不算冷，可是她穿著休閒褲和一件鋪棉袍子，活像是在隆冬時節。

J.R. 的盤子是空的，但不是因為他吃完了，是因為他沒吃。他正在客廳來來回回踱步，邊抽大麻邊喝啤酒，氣急敗壞地想聯絡上朱利安，他卻不接電話。

蘿娜擺在廚房流理台上的古董映像管電視正播放著《危險邊緣》，節目剛剛開始。我願意用六百塊知道「他媽的今天晚上大家是吃錯了什麼藥了？」，艾力克斯。

「操他媽的。」J.R. 突然在另一個房間裡大吼。

啤酒瓶砸中牆壁的聲音害麥肯姬嚇了一大跳，叉子都掉了。酒瓶粉碎，玻璃片落在木地板上。

她對面的蘿娜僵直不動，眼珠閃向客廳，豎起耳朵。幾秒之後她稍微放鬆，確認了無論她的兒子是在生誰的氣，都和她無關。餐桌上擺著一個塑膠容器，裝著「兩口布朗尼」，她抓了一個，急急忙忙咀嚼起來，即使她的盤子裡仍有一半的鮪魚通心粉。她低聲發出聲音，聽起來像在說話，但是麥肯姬始終聽不懂她在說什麼。

她難道不問問她的寶貝兒子為什麼把啤酒瓶砸在她的客廳牆上？這一對母子啊，真的都腦袋有問題。

J.R. 叫她，麥肯姬就丟下蘿娜一個人，走進客廳，小心腳下，以免踩到遍地的玻璃碴。

「朱利安不接電話。」

「喔，我知道了。」

他瞥了一眼她後方的廚房，看他母親是不是在聽。她沒有。蘿娜又舀了一匙鮪魚通心粉到J.R. 的盤子裡，正在仔細地給餐包抹奶油。麥肯姬翻個白眼。妳嘛幫幫忙，老太婆，他說了他不餓。

J.R. 攫住麥肯姬的胳臂，根本沒必要那麼用力，然後就把她拽到幾步之外，離廚房遠一點。

「朱利安的手機直接轉進語音信箱。」他說。

「搞不好是沒電了。」

「他的車上有充電器。」J.R. 又戳著手機。「要是他敢獨吞，我發誓……」

「他為什麼會那麼做？」麥肯姬揉搓被他抓過的地方。「沒有理由啊。是你想太多了。」

J.R. 又開始踱步。「德瑞克說他會付錢。朱利安應該要在他回西雅圖之後把會面地點傳給他的，然後讓我知道情況。他沒傳簡訊。」

「說不定他還在開車。」

「他最遲一個小時以前要到西雅圖，他們現在應該見面了。」

「那他們可能正在見面，他隨時都會傳簡訊來。」

「那他為什麼關機？」

「可能那個地方沒有手機訊號。」

「他如果是要跟一個帶著錢的人會面，就不會挑沒有訊號的地方，M.K.。他媽的，動動腦子。」

「我是在動腦子。說不定他只是……忘了要聯絡。」

「朱利安不會忘。」J.R. 看著她。「他是想黑吃黑，我能感覺得到。」

「哼，如果是真的，那我也被他黑吃黑了。」麥肯姬一屁股坐在沙發上。「可你知道嗎，現在我根本就不關心了。我受夠了。如果你當初讓我來處理，我的口袋裡已經裝著十萬塊，跟他一刀兩斷了。」

「對，然後我什麼也沒拿到。」

「你憑什麼拿？」她兇巴巴瞪著他。「德瑞克是我的有錢已婚男朋友。我的。本來就不應該變成這樣的。這些男人對我來說是收入來源，你知道嗎？他們把我當小三，可是去他的，我也當他們是肥羊，所以兩不吃虧。你根本就不應該插手的，你又不是我的皮條客。」

「我是應得的，」J.R. 說，「我需要這筆錢，M.K.。妳以為開酒吧養我媽跟我自己很容易嗎？我們雖然賣了釀酒廠，可是還完債就一分錢也沒有了，而我媽還有負債。可如果朱利安做了我認為他做的事，那錢就他一個人獨吞了，整整五十萬。而現在他又他媽的搞神隱。」

麥肯姬抬起了頭。「五十萬？你在說什麼啊？」

他停了下來，瞧著她。「沒事。」

無論他剛才說溜嘴透露了什麼，都是要瞞著她的，而她當然不會就此罷休。「J.R.，什麼五十萬？」

他伸長脖子，看著廚房裡，但是蘿娜不見了。J.R. 那盤通心粉也不見了，那盒布朗尼也一樣。怪了。她的臥室就在走廊盡頭，她要去房間就一定得經過他們。她是帶著食物到外頭去了嗎？這個女人真的是瘋了。

「J.R.，我會一直問到你跟我說你是什麼意思為止，」麥肯姬說，「你剛才說五十萬，而我們是在等德瑞克付二十五萬，其中十萬是我的。我不是數學天才，可是也怎麼算都兜不攏。」

J.R. 揉臉，嘆了口氣。「瑪琳付給朱利安二十五萬把妳殺掉。她發現了妳的事以後，就想要妳消失，而我告訴她我認識一個人。」

「你說什麼？」麥肯姬愣了好一會兒。她的直覺一直是對的——瑪琳知道她和德瑞克的事。像保羅的老婆一樣喝得大醉再當著鄰居的面羞辱她是一回事，付錢讓人殺掉麥肯姬卻是完全不同層次的瘋狂，超越了一般人對婚外情的合理反應。他媽的瘋子，他們全都是。「而她真的付了錢？」

「放心，」J.R. 說，「妳當然不是真的有危險。不過，對，她雇用了朱利安，至少是她以為她雇用了他。朱利安跟我是應該要對拆的。」

「你有想過要告訴我嗎？」麥肯姬難以置信地說，「或是分給我一點……血腥錢？」

他沒回答，等於是說出了她需要知道的一切。

「那你是利用了我，」她說，「我告訴你德瑞克的事，你滿腦子只想著那是弄到錢和贏回瑪琳的好辦法。你個王八蛋。」她苦笑。「我不相信你從一個傷心欲絕的母親那兒詐騙了二十五萬。她不是你的朋友嗎，J.R.？你知道嗎，我希望朱利安遠走高飛，連他媽的一毛錢也不給你。因為我不知道誰是那個最大的垃圾，我還是你。」

他向她過來，舉起拳頭，但這一次她沒有瑟縮，反而坐在原處，仰視著他，彷彿是第一次看著他——真正地看清了他。薩爾．帕勒摩二世不是她以為的那個刺激好玩的男人——有街頭智慧，聰明狡猾，獨立自主。他只是個沒長大的孩子，被他父親多年的虐待殘害了，不得不照顧一個同樣被殘害的母親，而且愛著一個不會愛他的女人。他只不過是個低級的人渣罪犯。她在他身上浪費了七年，七年。

夠了。

「打啊，打我啊，」她說，「反正你最厲害的就是這個。」

她在看見燈光之前先聽到警笛，她從餐桌後一躍而起，剛才她陪著蘿娜在看《危險邊緣》的結尾。J.R. 在樓上房間裡。早先他氣沖沖離開客廳，她聽到他的房門重重關上，也就是說他整晚都會待在房間裡。

蘿娜在他們吵完架之後幾分鐘回到屋子。老婦人的臉龐泛紅，也不知是去了哪裡，做了什麼。以一個另一邊髖骨又要置換的人來說，J.R.的母親算是行動自如的。她重重坐在餐桌後正好看到最後一個問題，而她當然知道答案。

這棟鬼房子。這些神經病。

麥肯姬回到客廳看著窗外。紅藍色燈光在馬路下方的某處閃爍，她只能看見閃光，但顯然他們來了。

一定是警察來找她了。泰勒一定沒能及時取消失蹤人口協尋。麥肯姬的家鄉是普羅瑟並不是什麼秘密，而她和J.R.親近，所以警察到他家的農舍來找她也是合理的推論。她到底是該如何解釋？警察當然不會因為她的室友以為她失蹤了而逮捕她，她可以說是誤會，其實也真的是誤會。

當然，除非他們不是為協尋失蹤人口而來的。說不定是為了勒贖的事。說不定德瑞克報了警，說她被囚禁，綁匪要求用金錢來換她的性命。如果警察是為了這個而來的，那她鐵定會有麻煩。J.R.也一樣。

太多謊言了，想知道究竟是發生了什麼是一點辦法也沒有的。

她感覺到蘿娜在她後面移動，轉頭看到老婦人驚慌失措。她聽見頭頂上J.R.在房間裡的腳步聲。完全沒有預警，蘿娜一把就握住了麥肯姬的肩膀，力道大得出奇。

「酒窖。」她嘶聲說，而J.R.剛好衝下了樓。

蘿娜還沒能多說一個字，她兒子就衝進了客廳，面紅耳赤，活像野生動物。蘿娜衝向他，雙手按著他的胸膛，卻被他推開了。老婦人踉蹌倒在沙發上。

「冷靜一點，兒子，拜託。」蘿娜說，卻毫無效果。

冷靜跟 J.R. 連邊都沾不上。他像之前一樣在客廳來回踱步，但是步伐更大，而且他在揉搓臉和頭髮，激躁不安。他散發著大麻的臭味，瞳孔完全擴大，通常褐色的眼珠變成了黑色。

「我該怎麼辦？」他對她們說，「我他媽的怎麼辦？」

「我們先看他們是來幹什麼的，」麥肯姬說，努力保持鎮定。並不容易。J.R. 的負面能量很有傳染力。「無論警察是怎麼想的，我都會跟他們說只是惡作劇——」

「是妳報的警？」J.R. 問道。

「當然不是，」她說，「我幹嘛要報警說我自己失蹤？」

「耶穌基督，妳真是笨死了。」他又踱步，而警笛也越來越響。燈光從窗帘透了過來。「他們不是來找妳的，M.K.。他們是來抓我的。」

他轉向他母親。「他們會逮捕我，媽。我要回去坐牢了，這一次會關一輩子。」他快哭了，眼睛搜尋著房間的每一吋，似乎是在找逃亡路線。「是朱利安，我就知道。他媽的黃鼠狼一定是把我供出來了。」

「你憑一張嘴就能脫身的。」麥肯姬不覺得看過 J.R. 這麼情緒激動過。「矢口否認，全推給朱利安。他收了瑪琳的錢，然後又綁架我，送出了勒贖信。統統怪到他頭上。我會幫你作證。」

她驀地想到蘿娜每個字都聽進去了，卻完全沒有驚訝的樣子。就好像她全都知道，一直都知道。

「媽，妳還有爸的槍嗎？」他說。

「臥室，」蘿娜說。她似乎也不意外他會這麼問。「衣櫃裡的保險箱。密碼是你父親的生日。」

什麼槍？麥肯姬不知道他們還有槍。

J.R. 一走出去，蘿娜就又抓住她。

「酒窖，」老婦人對著麥肯姬的耳朵低聲叫。「去，把門鎖上。無論如何都別讓我兒子進去，無論他說了什麼。聽見了嗎？」

蘿娜嚴肅得要命，而此時此刻，她完全不是那個麥肯姬習慣了的傻傻的、神經錯亂的女人。可是J.R. 的母親為什麼叫她去躲在酒窖裡？還要鎖上門不讓她兒子進去？沒道理啊。

燈光變得刺眼了，警笛也更嘹亮了。通往農舍的馬路既長又直，警察快到了。

「媽！槍不在保險箱裡！」J.R. 在走廊上喊。

蘿娜掀開了袍子。那把槍——她叫她兒子去找的那一把，應該是鎖在保險箱裡的那一把，麥肯姬甚至不知道他們有的那一把——就塞在她的休閒褲褲腰裡。

「麥肯姬，」她說，而這可能是蘿娜第一次喊她的名字。「酒窖。快點。」

麥肯姬轉身就衝。

酒窖的門就在舊品酒室的底下，在農舍的左邊，約莫一個足球場的距離。麥肯姬拔腿直奔，被蘿娜吩咐她時的眼神嚇到了。J.R. 情緒不穩，正在找槍，而槍在蘿娜那裡。警察快到了。還需要多說什麼嗎？

她跑到了品酒室，穿過舊的對開門，全力衝過空洞的品酒室，經過了塵封的酒桶和長櫃檯。房間的後面有另一扇門，通往地窖，她發現門沒鎖，樓梯的燈也亮著。麥肯姬重重關上門，上好門栓，在樓梯口暫停一下歇口氣。她一隻耳朵貼著門，傾聽腳步聲，唯恐有人跟蹤。蘿娜要她不准放 J.R. 進來。

她開始拾級而下，葡萄酒都保存在有溫控的房間裡。十二、三度最理想，J.R. 曾跟她說過，而且室溫必須要謹慎維持才能保留葡萄酒的完整性。

快到底部時，麥肯姬才發覺底下絕不可能是十二、三度，否則的話應該會覺得冷，可是她每走一步都覺得越來越熱。現在感覺就像是一般的室溫——二十二度，甚至是二十三、四度。跨下最後一階時，她聽到電視聲。

酒窖裡有電視？一間溫暖的酒窖？她停下了腳步。究竟是怎麼回事？

然後她看見了。

她的大腦一下子全部吸收。大房間，空酒架，床鋪，桌子，檯燈，桌上有半空的盤子，裝著布朗尼的盒子，一排成熟的香蕉，一只水瓶，各種形狀和尺寸的玩具散落在地上。

而其中站著一個小男孩，深色頭髮像狗啃的，穿著藍色睡衣，太短了，腳上的小狗拖鞋又太大了，他緊緊抱著一隻幾乎和他一樣高的泰迪熊。泰迪熊穿著一件棕色毛衣，上面有某種動物的臉。

一件馴鹿毛衣。

麥肯姬一隻手飛向嘴巴。動彈不得，說不出話。她只能瞪著小男孩。他也瞪回來，張大了褐色的眼睛，表情混合著恐懼與希望。

「妳是我媽咪嗎？」他說，而他的困惑很明顯。他的聲音好小、好甜，而且在發抖。他非常努力不哭出來。「蘿娜婆婆說我媽咪要來了。」

麥肯姬還沒能說什麼話來安慰他——她想要讓他安心，因為那是這個可憐的小孩子應得的——她就聽到了警笛，就在他們的頭頂上。

警察到了。

32

凡妮莎・卡斯楚就如她自己說的一樣駕駛技術高超，他們以破紀錄的兩個半小時的時間趕到了普羅瑟。等他們抵達農舍，它已經被警車包圍了，屋子本身也拉上了警示帶。就跟電影一樣。

擠進卡斯楚的汽車後座超過兩個小時，瑪琳在沉默中有很多時間可以思索抵達之後會發現什麼。感覺上她的兒子不像死了。瑪琳總覺得萬一發生的話她會感應得到，她會覺得骨頭輕顫，或是心臟被刺穿，或是某天早晨醒來就知道。法蘭西絲就知道啊，法蘭西絲還夢到了。

可是也許法蘭西絲的例子只是湊巧，而母親的直覺並不會延伸得那麼遠。卡斯楚叫瑪琳不要燃起希望，她也沒有，但是她仍保有的那一丁點的希望——自從塞巴斯欽被帶走後就日復一日消減的希望——仍然深深嵌入她的心底。這是讓她的心臟跳動的唯一動力。

卡斯楚停好車，三人全部下車。立刻就有兩名警員趨前，私家偵探捏了捏瑪琳的胳臂。

「我先問問情況，」卡斯楚說，「別急。」

瑪琳東張西望。這場面太驚人了。警察和FBI都來了，人來人往，警車的燈掠過農舍，讓場面更加混亂。她認不出任何探員，只能假設指派給他們的那一位還沒來。有個探員離開他的小組，走到卡斯楚和警察那裡。私家偵探一定是說了什麼她的事，因為他們不約而同都看向瑪琳這邊。從這個距離聽不到他們在說什麼。

薩爾的家族農舍在晚上看來另有一番樣貌，滿月的月光下，它甚至比她記憶中還要破敗，窗戶骯髒，油漆剝落。白天時綿延不絕的葡萄園提供了驚人的背景，給房子添加了一種質樸的魅力。

瑪琳並不冷，卻還是打哆嗦。她的兒子就在這片土地的某處。她的身體的每一吋都在輕顫，她很肯定他在這裡。無論要花多久的時間，他們都會找到他。無論他們發現了什麼，無論他是何種狀況，瑪琳都不會離開這裡，除非她能帶塞巴斯欽回家。彷彿是覺察到她的想法，德瑞克碰了碰她的胳臂。她閃開了。

卡斯楚回來了，站在瑪琳和德瑞克面前。一句廢話也沒有，開口就說：「薩爾有槍。他開槍打了他母親。」

「薩爾向蘿娜開槍？」瑪琳幾乎不敢相信。蘿娜連一隻蒼蠅都不忍心傷害，而且她很寵愛兒子。更何況，她幾乎不能動，依照薩爾的說法。薩爾怎麼會傷害他自己的母親？「不可能。」

「他射中了她的手臂，她跟警察說是意外，」卡斯楚說，「薩爾在找他父親的槍，後來發現是被他母親拿走了，他就想奪過來。兩人爭搶，槍就走火了。」

瑪琳看著德瑞克。就算他聽見了，他也沒反應。他只是站在那裡，文風不動，迷失在騷動之中。他麻痺了。她不怪他。她也會，等這一切結束之後。再撐一會兒。

「他們現在在哪裡？」她問卡斯楚。

「蘿娜送醫了。他們想問她塞巴斯欽的事，但是她沒辦法說。她跟薩爾爭槍的時候撞到了頭，加劇了她之前的頭部創傷。她的情況很差，幾乎意識不清。」

「蘿娜送醫了，那薩爾呢？」

「他還在屋子裡。他讓急救人員帶走他母親，可是他不肯出來。瑪琳……」卡斯楚猶豫了。

「薩爾說他只跟妳說話。」

「不可能，」德瑞克說，恢復了生氣。這是一小時以來他說的第一句話。「不行。」

「我想跟他說話，」瑪琳說，「我需要知道塞巴斯欽在哪裡，而這裡只有他一個人知道。」

德瑞克攫住她的胳臂，難以置信。「瑪琳，不行。他很危險。妳不能進去裡面——」

「她不需要。」卡斯楚轉向一名FBI探員，揮手要他過來。「妳可以用電話。」

他們把她安排在能看見他的地方。

薩爾在樓上他的臥室裡，從窗戶往外看。瑪琳在鞦韆附近，大約五十呎遠，坐在一輛警車的乘客座上。她要求隱私，所以他們准許她一個人坐在車子裡，不過有兩名警員就在車子旁守衛。他們不肯讓她使用她自己的手機，因為他們想全程錄音，所以她對著FBI探員一分鐘前拿給她的手機說話。

她能看到薩爾在窗後踱步，槍口比著自己的頭，另一手則在手機第一聲鈴響時就接聽。

「活著嗎？」她說。

他停下了腳步，看著窗外，直盯著她。她只依稀看見他的臉孔。他的房間昏暗，但是她能分辨出他的輪廓，於是她就在車子裡揮手。他也揮了回來。

「暫時是。」他說，陰沉沉地笑了一聲。

「為什麼，薩爾？」她以柔和的聲音問道。

「我沒有想到會變成這樣子，瑪兒，我發誓。」薩爾的聲音在顫抖。「我需要錢。計畫是把塞巴斯欽帶走一天，最多兩天，等德瑞克付贖金，可是條子和FBI無孔不入，我沒辦法，只能低調。我把他帶到這裡，讓我媽照顧他。我跟她說德瑞克會家暴，就跟爸一樣，我們需要保護塞巴斯欽的安全。她相信了。我們決定——」

「我們？你跟朱利安嗎？」

「對。我們決定等風聲過去。一個月之後，事情平息了。我們給德瑞克發了勒贖信，在妳剛出院之後。可是我們到會面地點的路上給耽誤了。朱利安跟德瑞克說話，我聽見他大吼，塞巴斯欽又在哭。我就……我就氣瘋了。妳老公一向就是個自命不凡的混蛋，我大概是想傷害他。所以我們掛了電話，幾分鐘後，我跟德瑞克說他的兒子死了。」

瑪琳說不出話來。她淚流如注。薩爾又笑了，這次卻是天底下最酸楚的苦笑。

「最離譜的是他居然沒告訴妳，」薩爾說，「我想過了幾千萬種的結果，怎麼也沒想到他居然沒告訴妳，他居然把它藏起來當秘密。他該死的一個字也沒說。跟妳，或是跟任何人。」

「他怕我又會自殺。」瑪琳硬著頭皮問下一個問題。最艱難的問題。「薩爾，我兒子呢？」

「我要妳知道我愛妳，」他說，語不成聲。「我打我們相識的那一刻起就愛著妳——」

「薩爾，拜託。我兒子在哪裡？」

「他在酒窖裡。」

她猛吸一口氣。「是生是死?」

停頓。五秒鐘,十秒鐘,她不知道,但是感覺上像永恆。好不容易,三個字,那麼的輕,她幾乎沒聽見。

「他沒事。」

瑪琳打開警車門,用全部的肺活量大喊:「酒窖!」但是他們已經知道了,因為他們已經聽見了,而且已經行動了。

「最叫人難過的是,薩爾,我會給你錢,」她對著手機說,「你如果有麻煩,我會幫忙。我連考慮都不必考慮。你是我最好的朋友。你只需要跟我說。」

她抬頭看著窗戶,薩爾的手又揚了起來,她這才想到道別的揮手和寒暄的揮手是一樣的。

「我愛妳,瑪琳。」他說,之後就斷線了。

她聽見砰的一聲,看到槍口冒出火花,但是薩爾的身體撞擊到地板的聲音她只能靠想像的。

瑪琳和德瑞克不能下去酒窖,連品酒室也進不去,只好在外頭等。每一秒鐘都像一分鐘,每一分鐘都像一小時。

對開門終於扒開了,麥肯姬第一個出來,由一名警察帶著。她沒有上手銬。她一看見德瑞克表情就亮了起來,但只有一秒鐘,然後她似乎想起了他們並不是一對,從來也不是,而且將來也不會是。她連一眼都沒看瑪琳。她一聲不吭走過他們面前。

一分鐘後，門又打開來。而握著一名FBI探員的手的就是她的兒子。

他們慢悠悠地往外走。他被那麼多的燈光和騷動嚇到了，空著的那隻手死命抱著一隻巨型泰迪熊，眼睛瞪得好大，掃視每一張臉孔，只在盯住瑪琳時停住。她戰戰兢兢地舉高一隻手，唯恐會嚇到他，甚至更害怕這一切不是真的，萬一她朝他移動，他就會蒸發，如同在她的夢裡一樣。

他的臉蛋——他完美、漂亮、圓潤、甜蜜的臉蛋，兩隻眼睛長得跟她一樣——與她記憶中的毫無二致，只是他的身高變了，因為他成長了。德瑞克不知是從她附近的哪裡發出了一聲嗚咽。

她的兒子又盯著她看了幾秒，猶豫不決，然後他明白了她是誰，一張小臉亮了起來。她站得太遠，聽不見他說話，但是她看到了他的嘴形。媽咪。

塞巴斯欽。

她整個人衝了出去，他也拋下泰迪熊向她跑過來，小胳臂伸得老長，而情況真的就像是她的夢，只不過這一次兩人接觸了，因為他在這裡，他是真的，他還活著，他很平安。

而瑪琳的心臟——四百九十四天前就被帶走了——終於回來了。

第四部

一個月後

每個新的開始都來自於另一個開始的結束。

——半音速樂團（Semisonic）

綠豆子的客人排成了一條長龍，不過瑪琳進來這裡不是要來喝咖啡的。她重新調整了肩上的黑色圓筒旅行包，四下張望。袋子是德瑞克的，是她從他的後車廂裡拿出來的，但是他不需要裡頭的東西。瑪琳也不要。

看了一會兒才看到她。她不是在櫃檯後工作，而是在後面擦拭一張桌子，瑪琳接近時她抬起了頭。她的粉紅色頭髮褪色了，變成了黃銅金，讓她的膚色顯得蠟黃。怪了，瑪琳第一次看到她時，她似乎是那麼的活潑、那麼的美麗、那麼的青春又充滿了生氣，令人相形見絀。而現在她就像個工作過度的研究生——筋疲力盡，壓力山大，毫無特別之處。

麥肯姬臉色發白，退後了一步。瑪琳舉起一隻手。

「我不是來鬧事的，」她說，而年輕的女人很明顯地呼了口氣。「可以談一談嗎？」

後面角落的那張桌子是空的，瑪琳記得她那天來監視麥肯姬時就坐在那裡。真的只有五個星期嗎？感覺上從那之後她活了一輩子，忙著塞巴斯欽的預約治療和她自己的治療，同時也忙著持續不斷地打造一個她現年五歲的兒子極度渴望的有架構的日常規律。

不過，他的情形不錯。兒童心理學家經常向她保證孩子是很有韌性的，而且陳醫生也說了同樣的話。原來蘿娜把瑪琳的兒子照顧得相當好，儘管生活條件有限。薩爾起初是欺騙了他的母親，跟她說她需要保護瑪琳的兒子不受德瑞克的傷害，薩爾把他捏造成家暴的丈夫，而蘿娜自然是相信了。她一向就把薩爾說的話照單全收……直到最後，她不信了。

在照顧塞巴斯欽的一年又四個月裡，蘿娜非常盡職。她餵飽他，幫他洗澡，念書給他聽，拿玩具給他，只要可以就每天都帶他到戶外，讓他在新鮮空氣和陽光下跑動。她每天都跟他說瑪琳，說他的媽咪有多愛他，多想他，會盡快來找他。她倒是沒多說德瑞克，因為蘿娜相信塞巴斯欽的父親是壞人，但是她也沒有說他壞話。

對了，蘿娜的髖骨沒有問題。她去年的髖骨手術復元得很好，她的那些額外的病痛都是薩爾捏造的，為了讓他頻繁回普羅瑟查看塞巴斯欽有個好藉口。她胳臂上的槍傷只是擦傷，但是在和兒子奪槍時又傷到了頭部，痼疾惡化，又動了一次手術，現在還在住院，密切觀察中。

瑪琳坐了下來，把圓筒包放在地板上。其實不重，只是怪怪的，而她很慶幸不用再揹著。麥肯姬在她對面坐下，把濕抹布擺在兩人之間，活像個超細纖維路障。

「妳的氣色很差。」瑪琳說。

「呃，謝了？」麥肯姬說，隨即聳聳肩。「應該是我活該吧。我被踢出公寓之後就一直在借住朋友的沙發，昨天晚上的那個人養了一隻狗，牠討厭我的貓，所以我們兩個都沒睡多少。」她低頭，挑掉襯衫上的一根貓毛。「妳兒子還好嗎？」

「他很好，」瑪琳說，「其實我就是為他來的。」

麥肯姬緊繃了起來。「我不懂。」

「妳大概聽薩爾——抱歉，*J.R.*——說過，我雇了人來殺妳。」瑪琳壓低聲音。這句話說出口既荒謬又恐怖。「當然我現在知道他不會拿錢辦事。我被騙子詐騙了。不過，只有妳知我知，我感覺在這件事上我可以信得過妳，我真的想要妳死。我已經失去了兒子，而感覺上妳是想要奪走我僅存的家人。這麼說吧，我的狀況不是很正常。」

麥肯姬點頭，幾乎難以察覺，但是瑪琳沒有遺漏掉。

「妳有朱利安的消息嗎？」瑪琳問道。

麥肯姬搖頭。「從他拍了那張勒贖照片之後就沒有。J.R. 懷疑他獨吞了妳付他的錢然後消失，而看起來就是這個情況。」她露出極小的笑容。「幸好妳沒有再被騙走二十五萬。」

瑪琳用腳把圓筒包向前推，直到碰到對方的腿。「對，幸好。否則的話我就不能帶來給妳了。」

麥肯姬皺眉。低頭瞄了袋子一眼，再回來看著瑪琳。「妳在說什麼啊？」她左看右看。「這是什麼詭計嗎？」

「不是詭計，」瑪琳說，「我花錢找人殺妳，無論有沒有成真，我都一直活在我真心希望妳死掉的認知裡。我確實改變了心意，也確實取消了，可是錯就是錯，我沒辦法對得起良心。尤其是現在我把兒子找回來了。」

麥肯姬張口欲言，卻說不出話，就又閉上了嘴巴。

瑪琳站了起來。「所以我來了，來彌補。我們大可讓妳因勒索而被捕，但是德瑞克跟警方說他相信在這件事上妳也是受害者。我個人是不相信的，我覺得他是因為內疚才這麼說的。我覺得妳是個聰明的年輕女人，而妳完全知道妳對那些有錢男人的所作所為是敲詐。在許多方面，我都像是在獎勵妳這個想毀了我的人生的爛人。可是我晚上必須要能安心睡覺，知道我起碼設法彌補了我做的錯事。我花了二十五萬找人殺掉妳，而現在我付妳二十五萬來贖罪。留下、捐贈或燒掉，我一點也不在乎。」

麥肯姬瞪著她，愕然無言，等著笑哏，卻沒等到。

「還有，」瑪琳說，「妳對我兒子很好。巴許跟我說妳在酒窖裡陪著他。妳握著他的手，在他害怕時擁抱他，跟他說一切都會變好。巴許喜歡妳。他叫妳是粉紅色頭髮的小姐。他說妳是他的朋友。所以我又丟了一點東西進去。」

麥肯姬吞嚥了一下。「他真的是個很可愛的孩子，」她說，終於找到了聲音。「還有……謝謝妳。為了這個。我媽病了。這會……這會有很大的幫助。」

「不客氣。對了，妳應該染回粉紅色。適合妳。」

瑪琳把袋子留在地板上就走出了咖啡店，想像著年輕女人拉開拉鍊看見那疊鈔票上還放著那雙她在闖進瑪琳的屋子時非常喜愛的路鉑廷時的表情。

好吧，果報。我們扯平了。

34

這是本月的第一個星期二。

瑪琳駛入大洞的停車場。她想不起幾時來參加小組聚會有這麼緊張了——八成是從第一次之後，不過當時緊張被哀傷和震驚沖淡了。她從停車場的車輛看出賽門先到了，莉拉也是。當然，法蘭西絲也是。還有潔咪，那個新人，她的車就停在瑪琳的隔壁。

自從一個月前消息曝光之後她就個別跟他們聯絡過。她和德瑞克拒絕了一切的採訪，但是他們發表了聲明，表達他們對兒子平安回家的感激。她真的不知道今天來聚會是不是適當。這是法蘭西絲的主意，可法蘭西絲是在和別人都不同的情緒空間裡。

而現在，瑪琳也是。

她從後照鏡看著塞巴斯欽，他坐在安全椅中，對著她的倒影嘻嘻笑，她也回以笑容。「你可以嗎，寶貝熊？」

「我要彩虹糖甜甜圈，」他說，「裡面會有玩具嗎？」

「喔，我不知道。」瑪琳解開安全帶，下了車。「可能沒有玩具。可是絕對有甜甜圈。各式各樣的甜甜圈。我們不會去太久，好嗎？只是說聲哈囉。通常聚會是只有大人的，可是法蘭西絲想要認識你。」

「誰是法蘭西絲？」

「她是我的朋友。這家甜甜圈店是她的，她的人非常好。」瑪琳解開了安全椅的安全帶，把他抱出來。兩人自動牽手，走過停車場。真神奇，分開了一年四個月，他們的手卻仍然知道該做什麼，該如何找到彼此。

「她有孩子嗎？」他抱著希望說。

「有。」瑪琳說，而塞巴斯欽也不再追問了。

她打開了大洞的門。櫃檯沒有人，平常的下午時光都是這樣，店裡只有一些客人，都是老顧客。她帶著塞巴斯欽穿過，人人都轉過頭來微笑，她回以溫暖的笑容。快到裡間時，她做個深呼吸，再推開門。

她希望這麼做沒有錯。她希望不會有誰受到傷害。

「驚喜！」他們高聲喊，塞巴斯欽嚇了一跳，手從她的手裡溜掉。

她低頭看，提著一顆心，不過不需要。她兒子興奮極了，拍著手，笑望著十來個氦氣氣球撞著天花板，懸墜的彩帶尾巴碰到地板。房間中央擺了一堆的各式甜甜圈，還有一個「汪汪隊立大功」蛋糕覆著藍色和白色的糖霜。蛋糕上方吊著一個大牌子，簡單地寫著「塞巴斯欽」。

法蘭西絲第一個上前來，以擁抱和親吻沐浴他們。接著是賽門，眼中含淚，其次是潔咪和她羞澀的笑容，最後是莉拉，她把兩個幼子帶來了。有音樂和禮物——這麼多禮物，媽咪！——塞巴斯欽直接就衝向最上層的彩虹豆甜甜圈，立馬就拿了一個給莉拉的孩子。

瑪琳本來擔心讓他們看見她的兒子生龍活虎、健康快樂的樣子只會害他們更傷心，即使他們都在電話中向她保證不會。她現在看出來了。他們都是家長，無論孩子在不在身邊，他們都真心高興有一個他們那麼頻繁談起，他們渴望得到的、他們為此祈禱的孩子出現在他們的面前。

法蘭西絲捏捏她的手。「德瑞克不能來嗎？」

「不是，」瑪琳說，「互助小組這種事讓他不自在。他在家裡等我們。今天是電影夜。《獅子王》。」

「你們兩個還好吧？」

「我們沒事，」她說，「不沒事也不行。為了巴許。我們都住在屋子裡，對我們大家都好，至少是目前。我不確定將來會怎麼樣，不過我們有時間可以慢慢弄清楚。我們仍然愛著彼此。我們是朋友。在兒子的事情上我們有志一同。目前我只有這些事是確定的。」

法蘭西絲又擁抱了她一下。

瑪琳看著塞巴斯欽和莉拉的孩子玩。他笑得好高興，沾了糖霜的臉頰變成了粉紅色。她仍然會半夜三更驚醒，不由自主地去查看他是否安全地在房間裡睡覺，可是陳醫生說假以時日就會和緩。至少她不需要藥物助眠了。

她的手機響了，她拿出來看。是德瑞克的簡訊。

回家路上告訴我，我來叫披薩。不急。愛你們，想你們。

她不知道在他說這些話時該作何感想，所以就以她覺得最自在的方式回應了。她回傳了一顆心。

塞巴斯欽忙著玩，而其他的人都在談話，瑪琳就在角落椅子上坐下滑手機。這幾個星期來，朋友、家人、客戶傳的簡訊打的電話讓人應接不暇，她還沒有全部看完。

在信息清單的最底部是薩爾傳的舊簡訊，她還沒辦法去刪除。把那個她自認為認識的人跟後來變成的那個人調和起來實在很難。他害她在地獄裡爬了一圈，但也是他幫著她熬過來的。兩人是二十多年的死黨，直到過去的一年半之前，大多數的時光都是快樂的。愛與恨可以同時存在，糾結交纏，困惑混亂，即使是在一個人死後，實在是讓人想破腦袋也搞不清楚。

薩爾的簡訊是僅存的具體跡證來讓瑪琳記住在內心深處他是個好人。而且他愛她。他再也不會發簡訊給她了。

她查看了薩爾最後一則簡訊，跟他月復一月每天早晨發給她的一樣。

活著嗎？

房間對面，有顆氣球爆了，塞巴斯欽開心得尖叫。瑪琳的心因為那個聲音而膨脹。

他媽的沒錯，她是活著。

作者的話

寫小說是很困難的，但是這一本尤其是我寫過的小說裡最難的一本。我並不會事前草擬大綱，所以我經常會對故事的走向大出意外——而且也被嚇到。探索瑪琳在兒子失蹤之後向下沉淪的歷程既不舒服也讓人心碎。我也有個小兒子，而失去他是我最大的恐懼。鑽研瑪琳的心態並不容易，我努力真實呈現她的角色，並不想閃躲，或是美化她的天人交戰。請了解我知道她的一些想法和行動可能會令人不安，對某些讀者來說難以接受。

如果你有過傷害自己或是自殺的想法，務必要尋求幫助。你並不孤單。

謝辭

我的寫作生涯中最美好的一個日子就是維多莉亞・斯科尼克把我從雪水泥濘中撈出來的那天。十年後，出版了六本書，我們仍然在合作，而每一位作家都應該像我一樣幸運，能有這麼一位經紀人。她幫我撲滅每一場火，殺死每一頭惡龍。維多莉亞，沒有妳我無法想像能有今天，我每一天都對妳感激萬分。

沒有比作家按下傳送鍵，寄出最新文稿的那一刻更恐怖的了。運氣好的話，收件的編輯會是個寬厚的人。凱絲・卡哈拉，跟妳一起工作讓人開心愉快。妳從不會改變我在做的事，反而會一心一意幫助我做到，而且我的書也變得好很多。謝謝妳的辛苦、妳的指引，以及總是相信我的願景。

再多的話也表達不了我對Minotaur Books以及St. Martin's Press團隊的感激於萬一。安德魯・馬丁、凱莉・雷格蘭、珍妮佛・安德林、馬丁・昆恩、莎拉・梅爾尼克和愛麗絲・菲佛——你們是一個作家的夢幻團隊。謝謝各位做過以及繼續在做的一切。

大大感謝「國際驚悚小說家」、「有色人種犯罪小說家」及「驚悚開始」等協會提供了一種命運共同體的感覺，支持了一個可以說是相當艱難的行業。

格外感謝愛德・艾馬，他幾乎每天都逗我笑（至少也會讓我翻白眼）。每個作家都需要一個麻吉，抱歉（才怪）我黏上了你。

雪薇．史蒂文斯，謝謝妳的友情和建議。我不知道妳是否有意當我的良師，但是這一年來妳就是，而我很幸運能有妳這樣的益友。

感謝嘉畢諾．伊格西亞斯、漢娜．瑪麗．麥金農和卡若琳．柏陶幫助我翻譯西班牙語和法語——感激不盡！

圖書部落客和IG上的書評人，你們是燦爛的陽光，轉動了我的社群媒體世界。謝謝你們的熱情、創意與慷慨。

媽（緹姆）、爸（約翰）以及所有在加拿大、菲律賓、美國的佩斯塔諾、裴瑞茲和勒豪亞家的人，謝謝你們始終愛我，支持我。*Mahal kita, salamat.*

安妮、朵恩、蘿莉、謝爾，你們是最棒的心腹，旅行同伴，逛街同好，晚餐飯友，簡言之，一個女人能想望的犯罪同夥。愛你們，也謝謝你們始終在我身邊。

摩克西．蒲，怎麼可能是有哪一段時光缺了你的？達倫，你給了我我自己都不知道我想要的一切。我一定是做了什麼好事，宇宙才會把你們兩位送給我。你們這些勒豪亞家的男生是我的摯愛。我寫的雖然是驚悚小說，但是我們的愛情故事卻是我最喜歡的。我愛你們。

Storytella **171**

秘密殺機
Little Secrets

秘密殺機/珍妮佛.席利爾作 ; 趙丕慧譯. -- 初版. -- 臺北市 : 春天出版國際文化有限公司, 2023.12
面 ; 公分. -- (Storytella ; 171)
譯自 : Little Secrets.
ISBN 978-957-741-747-3(平裝)

874.57　　112014780

ISBN 978-957-741-747-3
Printed in Taiwan

作　者　珍妮佛・席利爾
譯　者　趙丕慧
總編輯　莊宜勳
主　編　鍾靈

出版者　春天出版國際文化有限公司
地　址　台北市大安區忠孝東路四段303號4樓之1
電　話　02-7733-4070
傳　眞　02-7733-4069
E－mail　bookspring@bookspring.com.tw
網　址　http://www.bookspring.com.tw
部落格　http://blog.pixnet.net/bookspring
郵政帳號　19705538
戶　名　春天出版國際文化有限公司
法律顧問　蕭顯忠律師事務所
出版日期　二〇二三年十二月初版

定　價　420元

總經銷　楨德圖書事業有限公司
地　址　新北市新店區中興路二段196號8樓
電　話　02-8919-3186
傳　眞　02-8914-5524
香港總代理　一代匯集
地　址　九龍旺角塘尾道64號 龍駒企業大廈10 B&D室
電　話　852-2783-8102
傳　眞　852-2396-0050